낙엽인생

낙엽인생

초판 1쇄 발행 2024년 3월 11일

지은이 박종삼
펴낸이 장길수
펴낸곳 지식과감성#
출판등록 제2012-000081호

교정 한장희
디자인 오정은
편집 오정은
검수 김지원, 정윤솔
마케팅 김윤길, 정은혜

주소 서울시 금천구 벚꽃로298 대륭포스트타워6차 1212호
전화 070-4651-3730~4
팩스 070-4325-7006
이메일 ksbookup@naver.com
홈페이지 www.knsbookup.com

ISBN 979-11-392-1703-2(03810)
값 15,000원

- 이 책의 판권은 지은이에게 있습니다.
- 이 책 내용의 전부 또는 일부를 재사용하려면 반드시 지은이의 서면 동의를 받아야 합니다.
- 잘못된 책은 구입하신 곳에서 바꾸어 드립니다.

지식과감성#
홈페이지 바로가기

낙엽인생

박종삼 지음

이젠 그 반복은 일상이 된다.

돌고 도는 반복된 인생이란 우리들 곁에 늘 존재한다.
해가 바뀌고 사라져도 끝없는 반복은 어김없이 또다시 돌아온다.

저심과감정

차례

1. 저출산의 늪 ·· 6
2. 폭염 전쟁 ··· 24
3. 빈부 격차로 균열을 빚은 여고 동창회 ············· 42
4. 비트코인과 보궐선거 ····································· 59
5. 마이운수 마을버스 ·· 77
6. 유권자를 끌어안고 빙빙 돈 신 후보 ················ 95
7. 불량한 택시 기사 남편 ································· 112
8. 그 나물에 그 밥 ··· 130
9. 이성을 잃어버린 부부들 ······························· 148
10. 변질된 트롯 오디션 ···································· 166
11. 끝내 산중 생활 시작 ··································· 184
12. 타이어 펑크 전문가 ···································· 202
13. 지도급 인사들 승차 거부당하다 ·················· 220
14. 호랑이보다 더 무서운 사람들 ····················· 236
15. 과욕이 파멸을 자초 ··································· 253

작가의 말 ·· 268

1. 저출산의 늪

택시 회사 사무실에서 기사들끼리 대화가 오고 가고 있었지만 분위기는 매우 어두웠고 그 내용은 경제 문제, 특히 먹고사는 방편의 어려움을 토로하는 것 같았다.

"지긋지긋한 반복되는 인생은 계속됩니다. 낙엽 같은 인생 말이죠. 그렇다고 생각합니까?"

"하하하, 그럴까요? 뭐! 너무 그렇게 지긋지긋하다고 하면 어째 좀 그렇네요. 살다 보면 좋은 일도 있겠죠. 인생사 새옹지마라는 말도 있지요. 근데 그게 맞긴 해요. 우리가 하는 일이 왔다 갔다 하는 거니까. 그렇긴 한데 난 그런 반복이고 뭐고 생각할 겨를도 없습니다. 하루하루 그저 먹고사는 문제로 피곤에 지쳐 곧 쓰러지려고 하는 사람이니까요! 으으으."

묻는 사람의 말에 다소 귀찮다는 듯, 대답한 이는 자리에서 벌떡 일어나 사무실 내에 비치된 커피 자판기로 가서 밀크커피를 한 잔 빼 먹으며 푸념하듯 답을 늘어놨다.

"나는요. 남들처럼 한가롭게 근사한 카페 같은 데 가서 아메리카노나 라떼 같은 거 못 먹습니다. 그럴 돈이 어디 있어요. 이렇게 400원짜리 한잔하고 말아야지! 으으으. 뭔 놈의 커피 한 잔 값이 4천 원이나 하냐고요. 어휴~"

"아니, 어디 카페 가면 천오백 원짜리 아메리카노도 있던데요?"

"아! 그게 그런가요. 그런 것도 본 것 같습니다."

그는 종이컵을 들고 나가 천천히 그 커피를 홀짝홀짝 마셔 가며 알뜰폰을 꺼내어 시간을 확인한 후 다시 차 문을 열고 시내로 나갔다.

그래도 손님들이 제법 많을 것으로 보이는 용인 시내로 나가 김량장동 롯데시네마 앞에 차를 세우고 손님을 맞이하기 위하여 여기저기 동서남북을 훑어봤다.

어느 대학생으로 보이는 남자와 여자가 쏜살같이 뛰어오더니 문을 열고 들어오며 "에버랜드로 가 주세요."라고 말하자마자 김 기사는 차를 에버랜드 방향으로 돌려 액셀을 힘껏 밟았다.

대학생 커플이 들어온 지 1분도 채 안 되어 로맨틱한 향수 냄새가 차 안에 진동하기 시작하였다. 냄새는 꽤 좋은 편이었다. 그랬는데 1분이 더 지나자 그 커플은 아주 진하게 입술을 부딪쳤고 뒤가 보이는 작은 거울에 비친 그 모습에 김 기사는 속으로 '20대 초반이라 혈기가 왕성해서 그렇구나!'라고 생각했다.

운전하는 기사의 심경에서 생각하면 그들의 그런 행동은 조금 신경 쓰이긴 했다.

특히 예민한 성격의 기사들은 더더욱 그럴 수도 있을 것 같았다. 눈 깜짝할 사이에 목적지에 다다라 그들을 내려 주고 돌아서 오려는 순간 에버랜드 입구 쪽에서 어느 손님 2명이 허겁지겁 달려와 차 안에 들어와 "김량장동 롯데시네마로 가 주세요."라고 말하였다.

김 기사는 속으로 '방금 전 그곳에서 대학생 커플이 이곳에 왔는데, 이번엔 이곳에서 그곳으로 가는 60대 초반 커플이 타니 어쨌든 내 업무가 돌고 도는 반복된 업무구나!'라고 새삼 생각했으나 뭐 별다른 특이할 것 도 없었다. 그저 돌고 돌아야만 하는 마치 낙엽 같은 인생이라고 늘 생 각해 온 것이다.

이리저리 왔다 갔다 바퀴 굴러가는 대로 나뒹굴어 다니는 낙엽처럼 그렇게 기진맥진 돌고 돌았다.

문득 아까 유림동 택시 회사 사무실에서 다른 기사가 자신에게 "반복 된 인생은 계속됩니다. 그렇다고 생각합니까?"라고 물었던 게 주마등처 럼 머릿속을 스쳐 지나갔다. 반복된 길을 계속 운행하니 반복이란 두 글 자가 더욱더 실감 나는 순간이다.

자신의 업무, 즉 김량장동 롯데시네마에서 에버랜드로 왔는데 이번 엔 다시 그곳으로 돌아가니 말이다. 김 기사는 이 모습이 낙엽이나 다 를 바 없다고 생각했다.

인생도 업무를 닮았다는 것을 느끼며 핸들을 돌리는데 또다시 문득 다른 게 떠올랐다. 무작정 이리저리 이렇게 많이 갈라지고 흩어진 여러 갈래의 길들도 인생을 닮았다는 것이다. 사람들이 모두 다 한길로 가진 않기 때문이다. 길이 수천수만 갈래로 제각각 다르다는 것을 느끼는 김 정배 기사는 남달리 생각이 많았다.

다 다르고 다 그렇게 끊임없이 반복된다는 것은 김정배 기사뿐만 아 니라 이 세상 그 어느 직업의 종사자이든지 대부분의 모든 사람들이 공 감하고 있는 부분이었다. 그 느끼는 강도 면에 있어서 인생에 접목해 어 느 정도로 깊게 인식하느냐 하는 차이만 있을 것이다.

이런 수많은 여러 갈래 길과 반복되는 시간들의 연속선에서 기쁨을 느끼는 사람도 있지만 슬픔을 느끼는 이도 있었다. 연속선 속에서 계속 하나의 기분으로 굳어지지 않고 심한 변화를 일으키고 있었다.

기쁨을 느끼는 자는 어쩌면 오만과 거만함 속으로 빠져들 수 있고 그 중 특히 돈이 많아 그렇다면 더더욱 심각한 문제를 낳을 수도 있다. 거만함 속에 돈이 물처럼 빠져나갈 수 있기 때문이다.

아직 닥쳐올 슬픔을 인식하지 못하기 때문이다. 돈이 없어 슬픔이 찾아온 자는 그것을 탈피하려고 부단히 애를 쓸 가능성이 높았다.

왜냐하면 그것은 무척 괴로운 일이기 때문이다. 그렇게 빠져나갔다 하더라도 진정 돌고 도는 낙엽 같은 반복의 의미를 모르면 또 그렇게 슬픔이 찾아든다. 반복된 시간 속에 실수가 벌어지며 추풍낙엽을 연상케 하기 때문이다.

즉, 어지러운 삶이 밀물과 썰물과도 같다는 것을 받아들일 수밖에 없고 그것이 곧 진리가 됨을 느꼈다.

다시 말해 이러지도 저러지도 못하는 현실 앞에 직면하여 이 한 몸 나뒹굴 수밖에 없었고 반복되는 시간 앞에서 그저 침묵하고 기다리는 수밖에 없었다. 이런저런 생각을 하던 김정배 택시 기사는 일과가 다 끝나 자신의 집, 역북동 환희빌라 11동 202호로 들어갔다.

돈이 없어 개인택시를 하지 못하고 회사택시를 하고 있다. 보통 돈이 없다고 하면 무능하다거나 방종의 세월을 반복했다고 볼 수도 있지만 그렇진 않았다.

물론 방종과 사치의 세월을 보내며 그리된 사람들도 많긴 하지만 그는 그게 아니었다. 부단히 자기 삶에 노력을 경주하긴 했다. 그러나 온갖 불운으로 힘들었다.

　이 세상에는 어부지리로 돈이 많아진 경우가 대부분이다. 부동산 불로소득 같은 경우이다.

　물론 본인들은 불로소득이 아니라 그 지역과 공간을 끊임없이 가꾸며 노력했다고 하겠지만 이 세상 어느 것이든지 노력을 안 한 사람이 있겠는가?

　어느 지역, 어느 공간이었느냐에 따라 자본의 차가 천차만별이다. 하늘 아래 땅과 건물은 동일하나 위치에 따라 천문학적인 금액의 차이가 난다면 이걸 무슨 노력이라고 할 수 있는가?

　좋은 뜻으론 행운이라 할 수 있고 더 정확한 표현은 어부지리, 벼락부자, 불로소득이라고 볼 수 있었다. 이게 부익부 빈익빈의 전형이었다.

　부인은 한 푼 더 벌어 보겠다며 시내에 있는 통통마트를 다니는데 저녁 9시가 다 되어 퇴근하고 집으로 들어오고 있었다.

"아! 언제 들어왔어?"

"어! 방금 전에 들어왔지!"

　상당히 투박하고 지친 말투로 아주 짧게 말을 주고받았다. 삶에 지치면 긴말을 피하고 싶은 마음이 앞서는 본능이 작용하곤 하였다.

　이들은 전형적인 극빈 서민으로서 알뜰살뜰 한 푼이라도 더 벌려고 안간힘을 쏟고 쏟았다.

　이들 부부의 지친 하루 일과를 그나마 녹여 줄 수 있는 것은 냉장고 안에 든 싱싱한 과일을 깎아 서로 마주하며 먹는 시간이었다. 남편 김정배는 45세, 부인 김미소는 43세인데 누가 보면 그녀의 나이가 남편보다 10살은 더 먹은 걸로 보인다는 평이 있다. 40대 초반인데도 폭삭 갔다.

　이들 부부는 그런 것은 그리 개의치 않았고 두 사람이 함께 살아가는

데 있어서 핵심사항은 돈이었고 이에 대한 강박관념이 가득하여 무조건 앞만 보고 돈을 벌어야만 한다는 결기도 보였다.

그녀의 시기심이나 빈부에 대한 열등의식이 때론 남편을 상당히 피곤하게 했고 노이로제를 일으켰으며 더 나아가 트라우마를 유발시키는 데까지 미쳤다. 그 까닭은 부인이 남편의 직업과 다른 남자들의 직업을 서로 비교하면서 아픈 부위를 찔러 들어 오곤 했기 때문이다.

그녀가 그럴 수밖에 없는 것은 워낙 벌이가 형편없어 삶의 아픔과 상처가 아주 깊게 드리워지고 있어서였다. 이런 것을 그 누가 알겠는가! 타인에게 하소연하면 겉으로는 동정하는 척하지만 결국 웃음거리만 될 뿐이었다.

직접 부딪치는 본인들만 찢기는 가슴 안고 사는 것 아닌가! 게다가 두 사람은 쉬면서 TV 시청을 하면서도 신경이 날카로워졌다.

까닭은 매스컴을 통해 쏟아져 나오는 오만가지 명품 물건들이 특히 그녀의 정신을 괴롭히며 처량하게 함으로써 결국엔 남편을 자꾸만 노려보게 만들고 서로가 얼굴을 붉히게 만들어 버렸다.

이들 부부가 맞벌이하여 한 달에 벌어들이는 총수입은 그래도 500은 됐다. 하지만 수도권인 용인에 살다 보니 이것저것 하다 보면 생활하는 데 턱없이 부족함을 절실하게 느꼈다. 시골도 들어가는 돈이 만만찮다는 건 마찬가지이지만 말이다.

게다가 아들 하나, 딸 하나도 있어 양육비, 교육비가 실로 무섭다는 현실에 늘 직면했다. 지금 시기가 2023년 7월이라 올해 들어 역대급 초월적 무더위가 기승을 부리는 상황이었지만 에어컨을 켜는 것도 무섭다는 생각이 들 지경이었다.

김 기사 부인의 바가지 기승도 무더위와 동반 상승할 수밖에 없는 현실이었다.

이들 부부의 고향은 순대로 유명한 용인 백암면이었다. 그곳에서 시내 쪽으로 나왔는데 그곳이든 이곳이든 금수저 아닌 자들은 피곤한 게 사회구조라고 볼 수 있었다.

거의 모든 빈부 차이의 결정적인 요인은 거대한 상속과 앞서 적은 바 대로 불균형적 지역발전, 지나친 편중된 개발 같은 것으로 이뤄지는 게 대부분이기 때문이었다.

이즈음 매스컴을 통해 수도권 땅값 폭등이 된 원인이 정부와 지자체가 짬짜미한 때문이라는 기사가 뜨자 더더욱 분노를 느낀 부부였다. 이것은 오래전부터 그래 왔다.

물론 본인들은 부귀영화를 합리화시키기 위해 다 실력이고 능력이라고 버럭버럭 우기는 경우가 많겠지만 예로 공직이든 사직이든 성실하고 알뜰살뜰하게 일반적인 직장 생활하에서 평생 번 돈이 그 천문학적인 부동산 시세 폭등으로 벼락같이 뛴 불로소득의 만분의 일이라도 따라갈 수가 있겠는가? 수도권에선 20억 보유는 부자 소리도 못 듣는 지경이 된 지 오래다.

하지만 더욱 안타까운 문제는 이런 부분들을 이들 부부가 이 세상 그 누구에게 토로해 봤자 돌아오는 것은 비웃음뿐이라는 것이다.

부자가 생각할 땐 이들을 엄청난 무능력자라고 치부해 버리고 부자가 된 자신들은 능력자라고 굳게 확신하고 있을 것이다. 또한, 같은 빈자들이 생각할 때도 그리 가슴 아프게 여기지 않게 되어 있다. 본인들의 빈곤이 가슴 아프지, 남들의 빈곤까지 그렇게 처절하게 가슴 아픈 상처로 남겠는가? 힘 있는 자에게 심리적으로 쏠려 들어가는 것도 자연스러운 인간 심리였다.

결국 빈자는 이리 치이고 저리 치이게 되어 있다. 그렇기에 일정 연령에 달하면 급격히 말수가 적어지는 성향을 보이기도 하고 말을 하더라도 형식적인 말과 했던 말을 으레 반복하는 경향을 보인다. 이게 그나마 살길인지도 몰랐다. 이런 상처를 그 누구에게 토로하려고 하지 말고 묵묵히 눈을 감고 침묵 속에서 빈곤에서 탈피할 수 있는 묘수를 찾으려고 늘 부단히 연구하는 수밖에 없으리라!

오늘은 7월 1일 토요일이고 첫 주말인데도 지난달과 비교가 안 될 만큼 무덥고 조금만 밖에 나가 몇 미터만 돌아다녀도 땀이 비 오듯 줄줄, 줄줄, 흐르고 또 흘렀다.

어쩌면 이런 돌고 도는 반복된 낙엽 같은 인생에서 인간을 가장 힘들고 지치게 하는 것은 바로 7월과 8월인지도 모르겠다. 이들 빈자 부부는 악몽 같은 7월과 8월을 어떻게 슬기롭게 보낼 수 있을지 심각하게 고민해야 했다.

더군다나 자녀들에게 들어가는 경제적 문제가 그들을 더욱 애태웠다. 아들은 고1, 딸은 중1, 3살 차가 나는 남매를 뒀다. 지금 아이들 키우는 데에 한참 돈이 들 때인데 스트레스가 이만저만이 아니었다. 유일한 스트레스 해소제인 소주도 조금씩 조금씩 아껴 먹고 담배도 반쯤 피웠다가 끄고는 다시 꺼내어 불을 지폈다.

술안주도 삼겹살은 엄두도 안 나고 그냥 된장찌개를 몇 번 떠먹는 수준이었다. 그렇듯, 김정배, 김미소 부부는, 흙수저나 이리저리 꼬인 낙엽 같은 인생을 사는 사람들은 뭐든지 어떻게든 아끼고 아껴야만 아이들 둘을 키울 수 있다는 강박관념을 가졌다. 이런 문제로 인해 저출산의 심각한 늪으로 빠져들었을 것이라고 이들은 피부로 느낄 수 있었다.

남편 김정배가 저녁 7시쯤, 택시 일을 마치고 집에 들어오자마자 에어컨을 켜려고 리모컨을 손에 쥐자 부인 김미소가 느닷없이 아주 크게 고함을 질렀다.

"아니, 이봐. 자기, 지금 뭐 하는 짓이야? 무슨 에어컨을 켜려고 손을 놀리고 폼을 잡아? 어서 내려놓지 못해? 우리는 그냥 선풍기 한 대 있으면 되지. 무슨 에어컨이냐고? 저 벽걸이 에어컨은 우리 애들 들어왔을 때나 잠깐 잠깐 켜는 거라고……! 어휴, 시발 것."

그러자 정배는 깊은 한숨을 푹 쉬며 에어컨 리모컨을 내려놓는다.

"아아, 그, 그, 그게 그런가! 하, 하하하."

그는 무척 겸연쩍은 표정을 지으며 머리를 긁적이며 집 밖으로 나가 쓰디쓴 담배 한 대를 입에 물고 라이터를 켰다. 밖에서 이러자 부인이 뛰어나오면서 소릴 질렀다.

"자기 말이야. 담배 한 번에 끝까지 다 피우면 안 돼. 중간쯤 피우다가 끄고 어디 화장지나 종이에다가 잘 싸서 남겨 뒀다가 가지고 다니다가 피우라고…… 말이야. 그리고 자기 웬만하면 그놈의 담배 좀 끊으면 좀 안 돼? 우리가 뭔 돈이 있다고 그놈의 담배를 퍽퍽 피워 대냐고? 우악! 악악."

부인 미소는 남편에게 바가지 융단폭격을 한차례 날리고 담배 연기가 자신의 콧속을 찌르자 느닷없이 아주 거칠게 깊은 침을 "캬! 캬캬!" 한차례 확확 뱉어 버리면서 화장지 조각을 남편에게 집어던졌다. 얼른 담배를 중간쯤에 끄고 싸 뒀다가 다음에 피우라는 경고성 동작이었다.

"아니, 가정 살림하랴, 밖에 나가 돈 벌랴, 스트레스를 많이 받는 여자가 담배 피우는 것은 몰라도 무슨 남자가 무슨 스트레스를 받는다고 건

방지게 담배를 쪽쪽 빨아 대냐고? 어휴, 더러운 냄새가 진동한다."
 미소는 남편을 갈구고 다시 집으로 들어가 버렸다.
 에어컨과 담배 문제로 왜 이리 부인이 남편을 갈구는지 무척 이상하단 생각을 할 수도 있지만 그만큼 극빈층이 세상을 살아가는 문제가 까다롭고 버겁다는 것이다. 물론 그녀가 다른 여성들에 비해 유난히 더 까다롭고 예민한 성격인 것은 맞다. 전국 어느 지역이든 돈이 되는 부동산을 많이 물려받아 편하게 사는 이들이 이런 가슴 아픈 현실의 상처를 알 길은 만무하다.
 뭐든지 자신들이 직접 겪지 않으면 모르는 법이다. 왜냐하면 말로 전해 듣는 것과 직접 부딪치며 겪는 것은 천양지차라서 그렇다. 그런데 모르기만 하면 그래도 중간은 된다.
 모르다 못해 돈이 되는 땅을 상속받아서 편하게 사는 이들이 그렇지 않은 타인들을 향해 짐승들이란 표현까지 서슴없이 내뱉는 현실 앞에 가슴이 먹먹할 따름이었다. 혹자는 "못 배웠으니 그럴 수밖에 없는 노릇이 아닌가!"라고 생각할 수도 있다. 그러나 그것은 단순한 발상이 아닐 수가 없다. 소위 말하여 학력은 좋다고 하더라도, 그중 일부 극소수의 빼어난 직업을 가지면 몰라도 지역 부동산을 많이 물려받지 못한 자는 서민 대열에 들어갈 수밖에 없고 까다롭고 버거운 삶을 살아갈 수밖에 없는 구조인 것이다.
 정배는 역북동 금학교 다리 아래 실개천 도보로 내려가 이리저리 돌아다니다가 혼잣말로 중얼거렸다.
 '난 왜 돈복을 타고나지 못했을까! 에잇, 왜 내 사주팔자는 이 모양 이 꼴이란 말인가! 난 왜 차 지붕 위에 택시라고 써진 소나타나 몰고 다닌단 말인가! 소나타는 나 같은 소 같은 팔자로 타고난 소나 타고 다니는 차인가? 뭐, 물론 일반형 소나타도 있지만 그건 그렇고… 아아아, 나도 바로 저기 저 길 위에 달려가는 제네시스 90을 타고 다니고 싶다. 흑흑흑. 저 인간들은 나처럼 돈 걱정, 자식 양육비, 교육비 걱정은 찢어지게 하진 않을 거니까 말이야! 저 인간들은 어떻게 하면 재테크 돈을 더 잘 굴려 더 많은 돈을 벌까, 또 어떻게 하면 정력을 더 세게 보강하여 골프장 같은 데 가서 부킹하여 더 많은 다양한 이성을 만나고 다닐까 이런 거나 궁리하고 그런 쪽에 신경 쓰고 걱정하고 괴로워하고 그러겠지, 뭐! 으으, 어휴, 휴.'

공원에 나무가 한 그루 보였다.

그 나무는 무수히 많은 나뭇잎을 부여잡고 있었다. 그렇게 붙들린 잎새들은 나무라는 배경으로 탄탄한 기반이 되어 푸른 잎으로 새록새록 힘을 받고 있었다. 이게 마치 돈 많고 빽 좋은 사람처럼 보였다.

하지만 그의 신발 앞에 정처 없이 나뒹구는 낙엽들은 떨어진 지 이미 오랜 시간이 지나 썩어 문드러져 작은 실바람에도 이리저리 흔들렸고 수많은 행인이 무심히 밟고 지나가 버리는 것이었다. 바로 강력히 부여잡고 있어야 할 나무라는 배경이 없어 존립할 기반이 붕괴됐기 때문이다.

방금 전 그의 눈에 비친 제네시스 90을 타고 간 사람은 나무에 달린 나뭇잎 같았고 그는 신발 앞에 이리저리 나부끼는 낙엽 같다는 느낌을 받으며 낙엽 인생을 실감하는 순간이었다.

그는 신세를 찢어지게 한탄한 뒤, 아까 환희빌라 앞에서 피우다가 부인에게 걸려 융단폭격을 당하고 화장지에 싸 뒀던 담배를 슬며시 꺼내어 입에 물고 주룩주룩 서글픈 눈물을 흘렸다.

절반밖에 남지 않았던 꽁초라서 몇 차례 빨자 금방 다 사라져 재가 됐다. 무척 허탈한 마음이 엄습한 순간 공중도덕을 망각하고 꽁초를 금학천 흐르는 물에다 휙 집어 던져 버렸다. 꽁초는 비록 세찬 물살은 아니었지만 잔잔히 흐르는 물살에도 떠밀려 힘없이 둥, 둥, 둥둥 떠내려가 금세 자취를 감춰 버렸다. 무척 허탈함을 느끼고 자신이 낙엽이 된 듯한 느낌을 받으며 발길 돌려 집으로 돌아갔다.

낙엽은 미세한 작은 실바람에도 이리저리 정처 없이 나뒹군다.
동쪽에서 부는 작은 실바람에도 서쪽으로 흩어진다.
북쪽에서 부는 작은 실바람에도 남쪽으로 흩어진다.
힘도 없고 돈도 없고 빽도 없기 때문이다.
그는 자신이 마치 낙엽이 된 듯한 심경 속으로 깊게 빠져들었다.
환희빌라 11동 202호 집으로 들어가자마자 부인은 "밥 먹을 생각은 안 하고 어딜 갔었어?"라고 아주 거칠게 고함을 질렀다. 시무룩이 "그래, 알았어! 밥 먹어야지."라고 그는 대답하였다.
조금 늦은 시간 7시 반쯤이었는데 저녁을 먹고 있다. 정배는 그래도 최소한 밥 먹는 시간에는 바가지를 긁히지 않을 거라고 기대했지만 그 예상은 완전히 빗나갔다. 미소는 식사 시간 내내 계속 "아이들 교육비 때문에 큰일이라고, 정말 미쳐 죽겠어."라고 반복에 반복을 가하며 압박했다.
늘 반복하는 내용의 말이고 반복되는 인생의 돌고 도는 맑지 않은 검은 그림자였다.
부인의 계속되는 이런 공세에도 남편은 묵묵히 침묵을 지키며 밥과 국물, 반찬을 꾸역꾸역 먹어 가며 이런 반복된 시간들에 대해 다시금 짚어 봤다.

그러다가 때론 문득 어디론가 도망쳐 깊은 산속 강원도 정선 같은 곳으로 들어가 산중 생활을 하고 싶단 충동에 사로잡히기도 하였다.

지금 이 시간, 용백고 1학년인 아들, 용백중 1학년인 딸은 김량장동 시내에 있는 학원에 가 공부 중인데 오후 10시가 넘으면 학원 승합차를 타고 집으로 들어올 것이다. 문제는 두 아이의 학원비를 대 주는 일이 그리 호락호락한 일만은 아니라는 것이었다.

그래서 다음 달부턴 '학원을 다니지 말라'고 말해야겠다며 생각하고 있었다.

그렇게 되면 아이들의 학업성적에 적잖은 타격이 올 것은 기정사실이었다. 그래도 어쩌겠는가! 다른 의식주 문제 때문에 거기까진 한계가 있다는 것을 직시하고 있으니 어쩔 수 없었다.

"아, 말이야 내가 생각할 땐 그래. 중, 고 교육은 학교에서 가르치는 교과서만으로, 그러니까 교과서만 봐도 대입시험을 보는 데 전혀 문제가 없게 출제가 되어야 한다고 생각해! 왜냐면 어차피 대학에 들어가면 전공 전문 과목을 배울 거고 고교 때 배우는 것과 직접 관련은 없는 유형들이 너무 많기도 해! 사실 그것만으로도 대학 졸업 후 취직해서 업무를 보는 데에 아무런 문제가 없단 말이야!"

"그래. 맞아, 맞아. 뭐 사실 공무원이든 회사원이든 그 무슨 일이든 컴퓨터 활용 능력과 순차대로 업무 파악 능력만 익히고 대인관계 잘할 줄 알면 다 하지 뭐! 뭐, 근무하다 보면 시행착오도 겪고 하다 보면 차츰 익숙해지고 숙달되는 거지 뭐! 그게 별거야? 고급 전문직도 별반 차이도 없어. 특별한 것도 없어. 고시든 공무원 시험이든 뽑는 수가 적으니 괜히 떨어뜨리려고 문제만 이리저리 꼬고 돌려 잔뜩 내는 거지 뭐!"

"의사든 법조인이든 변호사시험이든 뭐든 다른 전문적인 직업들도 다 그들 과에서 하는 것만으로도 충분하잖아! 괜히 쓸데없이 중고교부터 문제를 이리저리 길게 꽈서 내는 거라고…… 몰라도 되는 내용들이야! 학원 돈 벌어 주는 거지 뭐."

"뻔하지! 사교육 시장에서 지들 돈 벌어먹으려고 괜히 필요도 없는 유형의 문제로 대입시험 보게 유도하는 거 아니야. 관계 기관과 정부에 얼마나 로비를 하겠어! 그래야 애들이 어쩔 수 없이 학원을 다니지. 그래서 학부모들 교육비 대느라고 죽어나는 거지. 등골이 휜다고! 에잇, 이 시발 것들…… 도대체 왜 공교육으로 커버를 못 하냐고. 돈 해 처먹으려고 일부러 그러는 거란 말이야."

"그래. 생각해 보니 그렇다. 이건 조금 다른 차원의 얘기지만 학교에서도 학원에서 하는 식으로 교육하여 커버하면 되는 것 같기도 해!"

김정배, 김미소 부부는 저녁 식사 내내, 이 사회의 교육 현실에 대해 불만과 푸념과 분노를 쏟아 냈다.

"우리 같은 서민들이 많으니… 이렇게 먹고살기도 힘들고 아이들 교육비가 장난이 아닌데, 그래서 아이를 낳지 않으려고 하는 거라고."

"그러니 저출산 공화국이 된 거야. 아이들이 초등학교 때부터 영어를 하느니 어쩌느니 그 엄청난 사교육비가 들어가는데… 또 어떤 미친놈, 년들은 유치원 때부터 그런다는데 상당수 서민들이 무슨 재주로 그걸 감당하겠다고 뭘 믿고 아이를 막 낳겠냐고…… 이렇게 경제가 바닥을 치고 있는데 말이야! 고령화 사회로 들어갔어! 앞으로 젊은이가 점점 길거리에 보이지 않을 거야! 유령도시가 다 됐다. 소멸될 나라야. 이 나라는."

부부의 대화는 흙수저들이 아픔을 토로하며 시름하는 장으로 이어졌다. 미소는 얼굴을 붉히며 벌떡 일어나 냉장고로 달려가더니 소주를 한 병 꺼내 탁자에 '탁' 하고 올려놨다.

짜증이 포화되어 알코올로 시름을 한번 이겨 보겠다는 발로였다.

"자아, 자기야, 한잔 시원하게 쭉 마셔, 내일 또 택시 운전하려면 알코올로 몸을 좀 녹여 줘야지! 히, 히히히."

"그래, 그렇긴 한데 어째 말이 조금 그렇다. 맞긴 해!"

부부는 소주 안주를 찌개와 반찬으로 대체했다. 그래도 취하는 것은 동일했다. 원래 술을 마신다는 것은 취하고 싶어서일 것이다. 하지만 부실한 안주로 속은 망가질 수도 있었다. 간에 직격타가 올 수 있었.

몇 잔밖에 마시지 않았는데 벌써부터 알딸딸한 기운이 몰려왔다. 식사를 마치고 저녁 8시부터 마시기 시작한 소주였는데 그럭저럭 시간이 흘러 어느새 9시가 훌쩍 지나가 버렸다. 이제 아들딸이 학원 수업을 마치고 집에 들어오는 시간이 약 한 시간 조금 더 남았다. 보통 밤 10시 15분에서 20분 사이에 들어오곤 했다. 미소는 평소 스트레스를 너무 많이 받아서 그런지 몇 잔밖에 마시지 않은 소주에 취하여 정욕이 발동되었다. 남편인 정배가 오늘따라 유난히 사랑스럽게 보였다. 그녀는 취해 혀가 꼬부라진 느낌의 말투로 삿대질을 해 대며 말하기 시작하였다.

"이봐, 김정배 씨, 당신이 나하고 결혼해서 지금껏 살면서 도대체 나한테 해 준 게 뭐가 있냐? 이 씨팔! 자기야, 자기야! 큭 큭, 캭캭."

"……."

그녀가 취해 객기를 보이며 공격 일변도로 나오자 그는 침묵을 지키며 고개를 다른 데로 돌려 버렸다.

"아니, 정배 오빠. 왜 고개를 다른 데로 돌려 버리는 거냐? 나 좀 똑바로 쳐다보라고! 어휴, 이걸 정말 확확. 한 대 후려갈겨 버려? 팍팍. 으으 아악!"

혀가 많이 꼬부라져 때릴 듯이 손을 번쩍 들어 올리고 투정 부리는 느껌을 좀처럼 지울 길이 없었지만 그는 눈 하나 꿈쩍하지 않았다. 그러자 그녀는 이번엔 실제로 그의 귀싸대기를 아주 세게 휘갈겨 버렸다. 퍽퍽, 짝짝. 얻어터졌어도 그는 웃으며 미소를 지었다.

 그녀는 남편보다 두 살이 어린데 나이를 떠나서 가끔 이렇게 술만 먹으면 거친 욕설도 하고 객기를 부리며 난폭한 행동을 서슴없이 일삼기도 했다.

 술주정과 폭력은 그만큼 남편인 정배를 사랑하고 있다는 발로인지도 몰랐다. 그런 감정이 겉으로 표출되는 순간이 찾아왔다.

 그녀는 느닷없이 벌떡 일어나 그에게로 가서 자신의 입술을 그의 입술에 대고 아주 세게 꾹꾹 누르고 한참 동안 머무르고 있었지만 정배는 놀랍지 않았다. 왜냐면 그녀가 취하면 늘 정신 나간 행동을 한다는 것을 알고 있어서였다. 울다가 웃다가 이랬다저랬다 한다는 걸 깊게 인식하고 있어서였다. 그는 그저 그렇게 속절없이 가만히 있었다.

 속으로 생각했다.

 '아아아, 이 여잔 술만 먹으면 내 얼굴을 때리기도 하고 입술을 빼앗아 가는구나! 늘 반복된 행동이었지만 뭐, 반복된 인생이기도 하고 말이야. 부인이 남편의 입술을 그러니 뭐라고 할 순 없지만 입에서 나는 소주 냄새는 조금 그렇다. 윽윽, 흑흑흑. 재수 없다.'

 그녀는 그러는 시간이 조금 지나자 그를 일으켜 응접실 바닥에 눕히고 몸 위로 올라가 버렸다. 입술은 계속 부딪고 있었다. 그도 정신이 해롱해롱하여 비몽사몽과 같은 상태가 되고 말았다. 두 사람은 그야말로 야릇한 시간 속으로 빠져들고 있었던 것이었다.

 이런 서로의 몸짓도 1년 365일 반복된 인생의 시간이고 돌고 돌아가는 반복된 몸짓이다. 이들은 때론 이런 반복에 대해 지겹다는 것을 느낀

적도 있었으나 그래도 그렇게 생각하지 않고 행복한 반복임을 확신하려고 노력하며 하루하루 그렇게 이렇게 임했던 것이었다.

하지만 문제는 지금부터였다. 9시 반을 향하여 시곗바늘은 다다르고 있었는데 이들의 애정은 점점 깊어지고 있었다. 무아지경에 빠져 아이들이 밤 10시가 조금 지나면 들어온다는 것도 새카맣게 잊고 말았다.

한편으론 문이 잠겨 있으니 아이들이 초인종을 누르면 그때 열어 주면 되리라, 판단하고 있었는지도 모른다. 그렇게만 된다면 뭐가 문제인가, 그게 마음대로 되지 않으니까 문제가 생기는 것이다.

그 문제란 바로 이것이다. 정배가 스트레스를 받아 가며 금학천 도보에 나가 담배를 피우고 돌아오다가 뭔가 혼동했는지, 정신을 딴 곳에 집중했는지 현관문을 제대로 잠그지 않고 그냥 들어오고 만 것이다. 그게 화근이 될 것 같았다.

사달이 벌어질 시간이 점점 다가와 밤 10시가 훌쩍 넘어가 버리고 말았다. 10시 15분이 되니 아들 찬호가 초인종을 누르려다가 문이 조금 열려 있는 걸 보고 그냥 쓱 밀며 들어오고 있었다.

"어어, 문이 열려 있네!"

찬호가 들어온 줄도 모르고 부부는 계속 응접실 바닥에서 애정을 나누고 있었던 것이었다. 아들 찬호는 그 광경을 보는 순간 가슴이 쿵 내려앉았다. 그나마 옷을 벗고 있지는 않았기에 조금은 다행이라 하더라도 어머니가 옷을 입은 채로 아버지의 위로 올라가 있었기에 이를 지켜본 찬호는 무척 당황스러울 수밖에 없었다.

그래서 아들이 재빨리 얼굴을 돌리고 밖으로 나가려고 돌아 움직이는 신발 소리에 부모는 무슨 길고양이가 들어온 건가 하여 소스라치게 놀라 그 방향을 쳐다봤다.

이들은 깜짝 놀라며 온몸이 얼린 동태처럼 굳어졌다.

"아아아, 이, 이, 이게 어떻게 된 거야! 어떻게 문이 열려 있지. 내가 아까 들어오다가 분명히 문을 잠근 것 같은데⋯⋯ 으으, 으으으."

부모가 아연실색하는 순간, 20분이 되자 딸 별리도 계단을 올라와 들어오다가 오빠 찬호가 허겁지겁 나가는 장면을 보고 놀랐다.

"왜 그러는 거야? 오빠."

별리가 어리둥절하며 응접실을 바라볼 땐, 부모는 이미 조금 떨어져 제자리를 잡은 상황이었다. 그랬지만 아들은 계단으로 뛰어나가 어디론가 한참 가 버렸다. 딸이 응접실로 들어와 "엄마, 오빠가 왜 저러는 거야?"라고 묻자 얼굴은 완전히 굳어져 그저 침묵을 지켰다.

지금 이 순간, 부모는 몹시 당황하여 별리에게도 뭐라고 말할 수가 없었다. 잠시 소강상태가 한동안 이어진 뒤, 약 15분가량 지나자 찬호가 당혹스러운 표정으로 서서히 문을 열고 들어오고 있었다. 부모는 아무런 말도 못 한 채, 벽만 쳐다보며 그저 우두커니 앉아만 있을 뿐이었다.

찬호는 얼른 자신의 방으로 들어가 버렸고 끝내 부모도 침묵하자 별리도 자신의 방으로 들어갔다.

부부는 서로가 눈으로 사인을 보내며 아주 작은 말로 "잠깐 밖으로 나가자."라고 말한 뒤 밖으로 나갔다.

2. 폭염전쟁

아까 정배 혼자서 바람을 쐬던 곳인 금학천 도보로 내려갔다. 내려가자마자 미소는 정배를 갈구기 시작하였다.

"야아, 자기 말이야. 우리가 그럴싸한 SUV라도 한 대 있으면 차 안에서 우리만의 시간을 가질 수 있잖아! 있다고 해 봐야 소형 중고 한 대 있으니 그런 차 속으로 들어가 그럴 수 있겠어? 좁아터져서! 어휴. 이게 정말 뭔 꼴이냐고…… 정말 돈 없으면 이래저래 골치 아프다니까! 에잇 이 시발. 이젠 마음 놓고 하지도 못하네."

그러자 정배는 고개를 떨구면서 무심한 하늘을 한번 빤히 쳐다봤다.

"우리의 사랑은 말이야, 소형 중고면 뭐 어디가 어때?"

"야, 그게 자세가 제대로 나오냐? 너 혼자 실컷 해라."

남편 정배가 부인 미소의 손을 지그시 잡고 용인 시청 쪽으로 걸어 올라가려고 하자 그녀는 느닷없이 그 손을 확확 뿌리쳐 버렸다.

"에잇, 그냥 손 놓고 가!" 하며 발로 그의 엉덩이를 세게 걷어차 버렸다.

두 사람은 손을 놓고 묵묵히 그 방향으로 걸어 올라갔다. 그 길은 다른 도보보다 음산한 편인데 이들의 마음 상태를 대변하기에 충분했다.

한참 걷다가 보니 땀이 줄줄 흘렀다. 돌 벤치가 있어 잠시 앉아 휴식을 취했다. 올해엔 1,000년 만에 찾아드는 역대급 폭염이 예상된다는 기상청의 예측이 맞았을까! 푹푹 찌며 마치 용광로 옆에 있는 듯했다.

천 년 만에 찾아오는 엄청난 무더위 속에 남편 정배는 본격적인 여름을 알리는 7월의 첫날부터 부인 미소로부터 에어컨 리모컨을 건들지 말라는 바가지, 담배 한 대를 반으로 나눠 피우라는 바가지, 우리만의 오붓하고 편한 섹스를 나눌 수 있는 감미로운 데이트 장소인 멋진 SUV가 없다는 바가지, 세 가지 문제로 말미암아 혼란스러운 상황에 엎친 데 덮친 격으로 빌라 현관문을 실수로 열어 놓는 바람에 아들이 그들의 애정 표현하는 장면까지 목격하게 되는 참극이나 다름없는 쓰디쓴 역사를 쓰고 말았다. 먼 산만을 하염없이 바라보며 자정이 다 되어 부인과 함께 실개천 산책로를 돌아다니다가 들어왔다.

들어와 보니 아들과 딸은 이미 잠들어 있었다.

무심히 TV를 틀자 밤 11시 뉴스가 나왔다.

첫 내용은 다음 달 8월 15일 광복절에 기흥구 갑 국회의원 보궐선거가 치러진다는 것이었다. 5월 말에 집권 여당인 시민사랑당 차노영이 불법 비트코인에 연루되어 낙마하게 되어 새로 보궐선거가 치러지는 것이었다.

내일부터 집중적인 선거전이 열릴 예정이라는 내용이었다.

야당인 국민만 생각하는 당은 참신한 후보로 작년 야구 월드컵 우승의 주역 이천승을 공천했다는 보도가 떴다. 천승은 작년 미국에서 거행된 야구 월드컵에서 투수로 나와 무려 4승 3세이브를 올리며 한국의 우승을 이끈 영웅이다. 작년 나이 42인 노장이었지만 시속 164킬로미터의 아시아 최고 광속구를 뿌려 대며 상대 나라들을 완전히 얼어붙게 만

들어 버렸다. 이 국제대회를 끝으로 은퇴 후 잠시 휴식을 취하다가 국민만 생각하는 당 측으로부터 제안이 와 수락하여 선거전에 뛰어든 것이다.

프로 야구 선수가 은퇴하고 얼마 지나지 않아 국회의원 보궐선거에 나오는 것도 참 기이한 상황임이 틀림없어 보였다.

여당 시민사랑당은 신허찬을 공천했다. 허찬은 재작년 국제 족구대회에서 한국의 최초 우승을 이끈 영웅이다. 나이는 상대 당 이천승 후보와 똑같다. 올해 나이 43세이다.

여당 후보인 족구 국제대회 우승을 이끈 영웅과 야당 후보인 야구 월드컵 우승을 이끈 영웅이 광복절을 기해 기흥 갑에서 국회의원 배지를 걸고 격돌하게 됐다.

이 보도는 족구 팬들과 야구 팬들을 열광의 도가니로 들썩이게 만들었고 세인들에게도 흥미로운 관심거리로 만들기에 충분했다.

한편 비인기 종목 출신과 인기 종목 출신의 대결로도 화제가 되기도 했다.

이 보도를 접한 미소는 남편에게 "야, 자기야. 잠시 택시 기사 관두고 저기 가서 선거운동이나 해라? 차라리 그게 낫겠다. 잘되면 뭐 하나 일자리 같은 거 달라고 해."라며 다그쳤다.

조금 이해할 수가 없다는 표정으로 정배는 "아니, 무슨 저런 선거운동 했다고 뭘 달라고 해 달라고 하기는 그런다고 주나? 선거운동 일당이나 받는 거지 뭐!" 하고 고개를 옆으로 저었다.

"혹시 알아 저들이 자기를 운전기사로 쓸지. 택시 경력이 있으니까 말이야? 만약 그렇게 되면 그게 훨씬 낫지. 이게 뭐야?"

계속 뉴스를 지켜보는데 이번에 치러지는 기흥 갑 보궐선거에 나온 양당 후보의 딸들이 비교되며 매우 흥미롭다고도 나왔다.

여당 시민사랑당 신허찬의 딸은 현재 기흥대학교 뮤지컬학과 2학년에 재학 중이며 이름은 신라미이다.

야당 국민만 생각하는 당 이천승의 딸은 신갈대학교 실용음악과 2학년에 재학 중이고 이름은 이혜미이다.

그녀들이 이번 보궐선거에 걸맞게 대비되는 까닭은 워낙 가창력이 뛰어나 올가을 10월 초에 있을 국민 트롯 킹우먼 대회의 우승 후보들이기 때문이다.

아버지는 보선에서 맞붙고 딸은 국민 트롯 킹우먼 대회에서 맞붙으니 정치와 가요로 가족 간 대결이 벌어지는 형국이었다. 양 대학에서도 이미 떠오르는 우승 후보로 점치고 있었다.

보궐선거가 8월 15일 광복절이니 선거가 끝나고 한 달 반 정도 지나야 트롯 킹우먼 대회가 치러질 예정인 것이었다.

허찬은 딸 라미에게 "라미야. 우리 다 같이 승리의 축배를 들자. 난 국회의원에 당선되고 넌 국민 트롯 킹우먼 대회에 대상을 먹고 말이야? 우리 부녀간에 우승 트로피를 들고 매스컴에 도배질을 하자고. 음?" 하고 더 열심히 하라고 딸에게 석 달간 용돈으로만 무려 6천만 원을 건넸다. 7월부터 9월까지 3개월을 그렇게 무지막지한 돈을 줬다. 딸이 3개월 용돈을 겨우 이것밖에 안 주냐고 더 달라고 땡깡을 부리자 2천만 원을 더 얹어 줬다. 합이 8천만 원이나 됐다.

천승도 가진 건 돈밖에 없는 사람이라 딸 혜미가 요구만 한다면 얼마든지 용돈을 두둑이 줄 수가 있다.

허찬은 신갈동에 살고 있고, 천승은 구갈동에 살고 있다. 이번 기흥 갑은 신갈동, 구갈동, 하갈동, 상갈동 4개 동을 묶어 갑구로 정하였다.

내일 2일부터 공식적인 선거운동이 시작되면서 아주 요란한 기흥 갑구가 될 것으로 예상되고 있다.

게다가 양당 후보의 딸들이 아버지의 당선을 돕겠다며 선거로고송을 제작하여 선거용 차를 타고 다니며 노래를 부를 생각까지 하고 있어서 더욱더 후끈 달아오르는 선거전이 될 것은 자명했다. 딸들이 트롯 킹우먼 대회 대상 기대주들이니 기가 막힌 노래를 부르고 다닐 게 예상됐다.

그녀들은 노래를 부르는 자체가 아버지의 선거운동도 돕고 또 자기 자신의 가창력도 향상시킬 수 있어서 더더욱 좋은 기회로 여겼다. 하루 약 2시간가량만 그렇게 하는 것이니 몸풀기용으로 딱 좋았다. 그 외 본격적인 오디션 연습은 아버지가 마련해 준 전용 노래 공간에서 하려고 생각하고 있다.

이날 밤, 정배, 미소 부부는 오늘 이런 문제 말고도 아이들이 들어오는 대로 다음 달부턴 돈 없으니 학원에 다니지 말라고 말하려 했는데 좋지 않은 일이 발생하여 어쩔 수 없이 그 말은 다음으로 미뤄야겠다고 생각했다. 이렇듯, 이들 부부는 7월 첫날 하루 사이에도 남들 평탄한 사람들과 달리 엄청난 수준의 다사다난함을 맛봤다.

원래 돈이 없으면 한 시간 한 시간이 다사다난함으로 이어지게 되어 있다. 물론 돈이 많아도 또 다른 형태의 다사다난함이 도사릴 순 있다. 그러나 계획한 것을 하고자 하는데 막히는 고통으로 한정할 땐 없는 자의 다사다난함이란 설명 불가한 부분이다. 숨이 팍팍 막혀 들어오니까 말이다.

이들 부부는 그렇게 팍팍 막히는 가슴을 안고 늦은 밤 꿈나라 속으로 빠져들었다. 부인은 꿈을 꾸게 되었는데 올여름은 초가을처럼 너무 시원하여 에어컨이 없어도 지내는 데에 전혀 어려움이 없다는 말을 꿈속에서 그 어떤 도인이 나타나 외치는 소리를 듣게 됐다. 그래서 부인은 전기료가 나오지 않겠다며 "그게 정말인가요? 산신령님?" 너무 기뻐 펄쩍펄쩍 뛰면서 환호성을 터뜨리기도 하였다.

그러다가 너무 더워 식은땀을 줄줄 흘리며 잠에서 깨어나고 말았다. 꿈속에선 올여름 너무 시원하다고 하여 들떴는데 생시는 너무 더워서 땀이 비 오듯 하며 잠에서 깨어나는 이중의 거울 그림자를 맛본 그녀였다.

"아니, 내가 꿈을 꾸고 있었구나! 아아, 그럼 그렇지 뭐! 무슨 여름이 초가을처럼 시원할 수가 있겠어. 으흑흑. 어쨌든 올여름 어떻게 지낼 수 있을까! 가뜩이나 돈도 없는데 폭주하는 전기세, 선풍기도 마음대로 못 틀어. 휴우, 아이들 들어온 시간이나 틀어 줘야지. 뭐!"

그녀는 호재의 꿈을 꿨으나 깨어난 생시는 아픔이었다. 그 아픔을 뒤로한 채 다시 누웠다.

날이 밝자 이날부터 기흥 갑구 보궐선거 선거운동이 정식으로 시작되는 시간이 도래하였다. 아침 먹을 시간이 되어 가족들은 일제히 식탁에 모였는데 서로서로 꽤나 신경을 쓰며 무척 겸연쩍은 표정으로 식사를 마쳤다.

아버지 정배가 "야, 얘들아. 너무 가슴 아픈 얘기이지만 너희들 다음 달부터는 조금 힘들더라도 학원에 나가지 말고 그냥 집에서 책을 보며 공부를 하면 안 되겠니? 우리가 살림살이가 너무 힘들어서 그렇다. 그렇게 하도록 해라."라며 어제 말하려다가 하지 못한 말을 꺼낸다.

그러자 어머니 미소는 얼굴이 완전 침통하여 죽을 맛이었고 아이들도 망연자실한 얼굴로 바뀌었다.

"아니, 글쎄 그렇긴 한데 좀 더 생각 좀 해 보고 아이들에게 말해야지. 아침부터 막 그런 말을 하면 어떻게 하냐고, 으윽."

부모님의 말을 듣던 아들 김찬호는 "아니, 엄마. 걱정하지 마세요. 형편이 안 되면 그냥 학원에 가지 않아도 돼요. 집에서 그냥 책만 봐도 충분해요. 하하하." 하며 어머니에게 위안을 줬다.

여동생 김별리는 "난 학원에 가고 싶은데……." 하며 한숨을 쉰다.

갑자기 부인 미소는 벌떡 일어나 남편 정배의 멱살을 움켜쥐고 화장실로 끌고 들어간다. 아이들이 그러지 못하게 뒤를 따랐으나 더 빠르게 끌고 들어간 후 왼손, 오른손 번갈아 가며 거칠게 그의 귀싸대기를 후려쳤다.

아이들이 문을 밀고 들어오며 흐느끼며 "아니, 엄마. 제발 그러지 마세요. 안 돼요. 으으으!" 하며 결사적으로 말렸다. 그러자 얼굴에 독이 바짝 올라 흥분을 가라앉히지 못한 그녀는 괴성을 지르며 밖으로 나가 출근길에 오른다.

남편도 지친 얼굴로 뛰쳐나가 자신의 차, 스파크 중고를 타고 유림동 택시 회사로 달려갔다. 쏜살같이 먼저 뛰쳐나간 그녀는 자신의 일터인 중앙동에 있는 통통할인마트로 뛰어갔다.

감정이 격해진 그녀는 오늘 제대로 근무를 할 수 있을지 앞이 컴컴하기만 했다. 깊은숨을 들이쉬며 최대한 침착해지려고 노력했다.

한두 시간 지나자 어떤 여자 손님이 들어오는데 낯이 익은 듯했다. 미소는 그 여자를 유심히 바라봤다. 그러자 손님도 미소를 유심히 바라봤다. 결국 서로 아는 사이라는 게 어렴풋이 기억이 났다.

"어! 너 미소 아니니? 와아! 너무 오랜만이다."

"어어, 그래. 넌 라희 아니니? 오호, 너무 반갑다."

그녀들은 백암면 백송여고 동창생으로 고교 졸업 후, 한 번도 본 적이 없었는데 김미소의 직장에서 마주하게 되는 것이었다. 형식적인 대화가 오고 가고 있는 사이, 라희의 남편이 주차장에 차를 세우고 통통할인 마트로 들어오고 있었다.

남편은 부인 라희에게 "자기야, 물건들 좀 골라 봐. 당신 좋아하는 음식들을 많이 사야지!"라고 말했다. 그러자 라희는 남편을 미소에게 소개했다.

"우리 남편이야."

"아, 네. 안녕하세요."

"아, 예. 안녕하십니까? 저는 라희 씨 남편입니다. 하하하하."

미소는 친구의 신랑을 본 첫인상으로 얼굴이 두꺼비를 닮았다는 느낌을 지울 수가 없었다. 그것도 통통한 두꺼비 말이다. 그녀가 별로라고 생각하는 타입이다. 남의 남편이니 별 상관은 없지만 말이다.

"허허허, 저는 라희 씨 남편이면서 도의원 이방철입니다."

그러자 미소는 깜짝 놀랐다.

"아, 네. 도의원님이셨군요. 몰라뵈어 너무 미안합니다. 히히히히."

"아아, 아닙니다. 뭐 도의원이 별건가요."

문득 그녀가 봤을 때, 얼굴은 통통한 두꺼비 상이었으나 정말 도의원이나 국회의원 같은 인상과 분위기였다. 대체로 정치꾼들이 두꺼비 상들이 많기 때문이다.

물건을 다 고른 후, 계산하고 나가며 라희가 "오늘 너무 반가웠고 다음에 만나자."라고 말하자 미소는 "그래. 조심해서 잘 가."라고 화답하였다.

미소는 그들이 가는 주차장까지 바래다주러 나갔다.

"아니, 나오지 마. 됐어!"

"아아, 그래, 그래도 오랜만에 만난 친구인데. 히히히."

남편 이방철은 자신의 차, 벤츠 S클래스 문을 열고 들어간다. 곧바로 부인 라희도 옆자리로 들어가고 있다.

검은색인데 번쩍번쩍한 것이 미소의 마음을 뒤숭숭하고 괴롭게 만들었다.

그녀의 뒤숭숭함은 어제 빈곤 3요소로 남편과 다툼이 있었는데, 오랜만에 본 친구는 두꺼비 상 도의원 남편과 결혼하여 벤츠 S클래스를 타고 다닐 정도로 무척 부유층이 되어 자신과 너무 대조되기에 그랬다.

그녀는 이런 시샘하는 마음이 작용되면서 한없는 자기모멸과 물욕의 늪으로 빠져들었다. 지금 이 시각부터 괜히 짜증이 나 통통할인마트 업무가 손에 잡히질 않았다.

흔히 종교적 차원이나 수행 차원에서 마음을 비우면 편해진다는 말도 있긴 하지만 그것은 엄청난 수양과 진리의 깨달음이 경지에 이르렀을 때만이 가능한 일이라 그런 마음공부를 철저히 하지 않은 그녀로선 그게 그리 쉽진 않았다.

안절부절못하는 시간이 흘러 퇴근 무렵이 되자 시샘의 연장선에서 그녀는 박라희와 고향이 같은 양지면 야태리에 있는 여고 동창인 최란비에게 전화를 걸었다. 혹시 라희에 대한 정보를 알 수 있을까 해서였다.

란비는 지금 현재 중앙동에서 미용실을 운영하고 있다. 란비의 남편도 택시 기사라 미소의 심정을 어느 정도는 안다. 동병상련이기 때문이다.

"란비야, 너 라희 기억하지? 나 오늘 마트에서 일하다가 라희를 봤어.

남편과 같이 들어오더군! 혹시 그 애에 대한 소식을 알고 있니?"

"음, 그 애는 우리 양지면에서 시집 잘 갔다고 소문이 자자해. 남편은 도의원이고 돈은 엄청 많고 땅값이 펄쩍 뛴 부동산도 어마어마하게 많다고 하더라고. 가진 것은 돈밖에 없는 남자야. 여기 용인은 짧은 기간에 느닷없이 폭발적으로 땅값이 뛰어올랐잖아! 라희 그 애는 완전 돈복 터졌지 뭐! 남편이 그렇게 많은 돈을 갖고 있고 또 도의원이면 명예도 조금 있잖아! 어어, 잠시만 잠깐만…… 근데 지금 방금 우리 미용실에 손님이 들어오고 있어서 다음에 음, 음, 다음에 통화하기로 하자! 음?"

"그래, 란비야. 알겠다."

미소는 전화를 끊고 '오늘 오전에 라희의 남편이 타고 온 벤츠 S클래스가 그냥이 아니었구나!'라는 걸 실감했다.

문득 자신의 신세와 너무 비교되어 허탈감과 초라함을 동시에 자아내며 쓸쓸한 표정을 짓는다.

게다가 그녀는 자신이 라희보다 더욱더 외모상으론 우아하다고 생각했다. 실제로 오래전부터 그런 평을 받았으니 그랬다. 그랬지만 어쩌다가 이리저리 꼬여 현재 남편인 김정배를 만나 그야말로 허탈하고 초라하게 살고 있으니 괴롭고 비참했다.

과거로 거슬러 올라가 보면 그녀는 26살 때 28살이던 그를 만나 교제를 하다가 1년 지나 결혼하고 첫 아이인 아들 김찬호를 낳았고 그 후 3년 지나 딸 김별리를 낳았다.

지금 당장 양육비, 교육비 걱정이 태산 같으니 앞날이 어둡기만 했다. 이제 결혼한 지 17년이나 되어 가고 있다. 올해 43살인데 없는 형편에 남편의 택시 기사 일을 뒷받침하는 차원에서 맞벌이로 일을 마치면 발이 땡땡 부어오르는 고된 마트 일을 하며 지금껏 가정을 이끌어 나간 일은 대단한 일이었다고 생각하고 있다. 자신의 주변 친구들 말을 들으면 보통 30대 중반쯤 되면 심각한 권태기를 느끼고 외도를 하는 경우가 다반사라는 소식도 접하게 된다.

그런 것에 비하면 미소는 그런 일이 없고 악착같이 저축만 했으니 정말 우직하고 굳세게 살아온 것이었다. 문제는 그녀도 이젠 조금씩 조금씩 한계를 느끼는 것이었다. 그 한계란 길거리든 어디든 다른 남자들이 자꾸만 눈에 들어오기 시작한단 것이었다. 다 남편보다는 좋게 보이고 외모도 훨씬 더 매력적으로 보이고 재산도 더 많아 보인다는 것이 심각한 질병을 일으키는 수준까지 이르렀다.

게다가 엎친 데 덮친 격으로 일하는 곳에 복부인이 되어 버린 여고 친구까지 들어왔다 나가니 더욱더 흔들릴 수밖에 없는 노릇이었다. 확인 결과도 일치했다. 남편이 도의원에다 갑부였다.

올해 찾아온 무더위만큼이나 그녀의 마음도 텁텁하고 무겁다. 그런 기분 상태에서 다음 날 출근을 이어 갔다.

사실, 직장인 마트에서 그녀에게 알게 모르게 접근해 온 남자 직원들은 꽤 많았다. 그랬지만 그녀는 가정의 평화와 안녕을 위하여 단칼에 잘라 버렸던 것이었다.

그런데 여러 가지 심경 변화로 인하여 올여름엔 마구 뒤흔들릴 것만 같다는 것이 큰 문제가 될 것 같았다.

통통할인마트에 돈이 꽤 많은 남자 부장이 한 명 있어서이다. 이름은 조철화이다. 생긴 건 어제 가게에 왔던 라희의 남편인 도의원 같은 두꺼비 상보다는 조금 낫다. 뭐 그리 대단한 외모는 아니지만 일단 돈이 많다고 소문이 나 있으니 잘 애교를 떨며 기어 붙기라도 하면 용돈을 뜯어낼 수도 있으리란 불량한 생각도 해 보며 점점 타락의 상상으로 빠져들고 있었다.

조철화 부장은 아주 오래전부터 미소에게 구애의 끈을 놓지 않았었다. "퇴근 후 커피라도 한잔하자."라며 줄기차게 매달렸었다. 이를 받아주지 않자 그는 지쳤고 그러다가 끝내 포기하고 말았었다.

그랬던 그에게 오늘은 왠지 그녀가 먼저 웃음을 보내기 시작하였다.

"안녕하세요. 부장님, 올여름은 꽤나 더울 거라고 그러더라고요."

평소 무척 냉랭한 그녀가 자신에게 부드럽고 따뜻한 자세로 나오자 그는 눈이 번쩍 뜨이며 속으로 해가 서쪽에서 뜰 일이라고 느끼며 "뭐, 그렇지 뭐! 내가 무더위를 막을 길이 있나? 난 신이 아니잖아. 무더위 덕분에 우리 마트에 에어컨이나 설풍기나 선풍기나 많이 팔렸으면 좋겠다. 우하하하하." 덕담을 이어 갔지만 조 부장은 속으로 다소 의아한 느낌을 받았다. 평소 같으면 김미소 직원이 말을 잘 하지 않는 편이고, 말을 걸어도 회피해 버리는 쪽이었기 때문이다.

한편으론 '혹시 나에게 관심이 생겨서 그러나!' 하는 설레는 마음을 품으며 다소 들떴다.

"아니, 우리 김미소 씨가 오늘은 웬일인지 나에게 먼저 그런 따뜻한 인사말을 다 하지? 살다 보니까 이렇게 쨍하고 해 뜰 날도 오는구나! 그럼 이따가 점심 먹고 카페에 가서 우리끼리 시원한 아메리카노나 한잔해야지? 퇴근하고 노래방도 가고?"

"호호호, 뭐 못 할 것도 없지요."

"우아아, 하하!"

조철화 부장은 올해 50살이란 나이에도 마트 일 마치면 늘 정력 보강 차원에서 실개천 산책로를 3시간 이상을 걸어 다니며 운동을 하고 있다. 매일 한 번 걷기 시작하면 안 쉬고 쭉 3시간을 걷다 보니 정력이 강화된다는 것을 익히 실감했기에 비가 오나 눈이 오나 천둥이 치나 태풍이 부나 하루도 거르지 않고 무조건 앞만 보고 걷고 걸었다.

오후 12시가 넘자 두 사람은 인근 대중식당으로 들어가 된장찌개를 먹고 나와 카페로 들어가 시원한 아메리카노를 시켜 놓고 서로 얼굴을 빤히 바라봤다. 잠시 후 주문한 커피가 나와 마시기 시작하였다.

이미 조 부장은 눈치를 챘다. '미소가 나에게 기울어져 들어오는구나!' 생각했다.

"이따가 퇴근하고 부장님 차로 드라이브를 하고 싶어요."

기적에 가까운 말이지만 이미 다 눈치를 챈 상태라 표정을 관리하며 "어어, 그래그래. 그럼 그렇지 뭐! 나도 이미 마음속으로 그 얘길 하려고 했어!"라고 말했다.

조 부장은 노렸다는 듯이 얼른 그녀를 데리고 통통할인마트 주차장으로 가서 차에 태우고 액셀을 힘껏 밟고 예술대 방향으로 가려는데 아는 지인들이 이를 목격하게 되자 워낙 명예와 체면을 중시하는 성격인 그는 뭔가 좋지 않은 기운이 감도는 것을 직시하고 얼른 자신의 차, 아우디 A8을 공터에 세웠다.

"야, 미소야. 안전하게 택시를 타고 어디 외곽으로 나가 얘기 좀 하자?"

"아이, 그런다고 내 이름을 그렇게 막 불러 버리면 어떻게 합니까?"

"아아, 그런 얘긴 다음에 하고……."

조 부장은 예술대 방향으로 가려다가 방향을 바꿔 용인대 방향으로 가려고 생각하고 그녀의 손을 잡고 택시를 잡아탔다.

"용인대 쪽으로 가 주세요."

두 사람이 탄 택시는 그 방향으로 막 달려갔다. 그녀로선 불행이었을까, 아님, 이것도 저것도 아닐까. 지금 조 부장이 잡아탄 택시는 너무 공교롭게도 중앙동에서 미용실을 하는 자신의 친구 란비의 남편이 운행하는 개인택시였다.

란비의 남편 엄태석은 예전에 방금 탄 손님 미소가 부인이 하는 미용실에 들른 적이 있단 것을 기억하고 있다. 즉, 부인과 친구 사이란 것을 말이다. 그러나 아는 체는 하지 않았다. 왜냐하면 남자 손님과 동승했기 때문이다. 또 한 번 정도 안면이 있기에 '정확히 기억하진 못하리라!' 하는 생각이 들었다.

그저 가만히 앉아 가자는 대로 핸들을 돌릴 뿐이지만 뒷자리 손님들이 하는 대화는 다 엿듣고 있었다.

뒤에 탄 두 사람의 소곤거리는 애정 가득한 소리를 말이다. 불과 5분도 채 안 되어 목적지에 도착하였고 둘은 내려 용인시청 뒤쪽 길로 간다. 두 사람이 내려서 걸어가는 장면을 란비의 남편 엄태석은 재빨리 폰을 꺼내어 동영상으로 찍어 버렸다. 둘은 인근 카페로 들어가 이런저런 얘길 나눴다.

택시 기사 태석은 다시 돌아서 갔다. 돌고 도는 낙엽같이 뒹굴어 다니는 직업이라 그랬다. 그가 다시 자신의 업무 속으로 반복된 삶의 시간 속으로 들어갔으나 뭔가를 목격하였기에 앞으로 그 일이 어떤 파장을 일으킬 것인지는 이 세상 사람 아무도 모를 것 같았다. 원래 인간은 그 누구나 무언가를 보거나 들으면 발설하려는 본능이 있는 것이다.

물론, 그가 개인의 사적 업무 속에서 취득한 일이라 제삼자에게 발설할지 어떨지 모르겠다. 지켜볼 일이다.

그는 그 업무를 마치고 집으로 들어가 부인에게 말할까 말까 하다가 결국 말하지 않았다. 별로 좋지 않은 일이라서 그랬다.

혼자서 우두커니 소파에 앉아 자신의 개인택시 업무에 대한 것을 골똘히 생각했다. 이런저런 일이 다 발생할 수 있는 일이기에 특히 입조심은 황금이라고 판단했다.

한편, 용인시청 뒤쪽에서 데이트를 즐긴 그들은 각자 집으로 돌아서 갔다. 조 부장은 아까 아우디 A8을 세워 둔 공터로 가서 그 차를 타고 역삼동 집으로 들어갔고, 김미소는 운동 삼아 역북동 집까지 걸어서 갔다.

그녀는 직장 상사인 조 부장의 아우디 A8을 생각하니 어제 가게에 왔던 라희의 남편이 타고 온 벤츠 S클래스와 견줄 만하다고 은근히 달콤해하는 마음을 품는다.

그녀는 그렇듯, 타락의 노선으로 빠져들고 있었다. 의아한 것은 아우디가 자신의 남편 차도 아니고 자기 것도 아니고 직장 상사의 차인데 무슨 대리만족 차원에서 은근히 달콤해하느냐는 것이었다.

원래 일탈, 타락이란 시간문제인 것이다. 삽시간에 벌어지니 말이다. 그러다가 환희빌라 베란다 밖을 내다보니 남편이 회사 일을 마치고 소형 스파크 중고를 타고 들어오는 것을 보게 되었다. 그가 무척이나 한심스럽고 형편없는 남자로 보이는 것이었다.

남편이 초인종을 누르자 한참 있다가 서서히 걸어가 문을 거칠게 팍팍 열어 버렸다.

"어, 왜 그렇게 일찍 들어와! 좀 더 핸들 잡고 왔다 갔다 돌아다니며 일을 해야지! 이래서 우리 가족 먹여 살릴 수 있겠어?"

이젠 연일 바가지가 더욱더 거세어질 공산이다.

한편, 란비의 남편 태석이 중앙동 집에서 잠시 쉬고 있을 때, 부인도 미용실 일을 마치고 들어오고 있었다.

"자기야, 오늘 너무 피곤하다. 어디 냉장고 안에 소주라도 있으면 한 병 가져와 봐!"

"허구한 날 소주 타령이야? 자기가 가서 꺼내다 먹지. 에잇."

남편의 성가시게 하는 행동에 부인은 투정을 부렸다. 그녀도 미용실 일이 여간 힘든 일이 아니기 때문이다. 그래도 서방을 위한 마음으로 꺼내다 줬다.

남편은 오늘 개인택시 일이 너무 고단해서일까! 소주를 피로회복제라고 생각해서일까! 혼자서 한 병을 눈 깜짝할 사이에 다 따라 마셔 버렸다.

"밥은 안 먹어도 돼?"

"그래."

남편은 밥은 먹지 않고 소주와 간단한 안주를 먹었다.

그는 자신의 업무 속에서 취득한 비밀을 그 누구에게라도 절대 발설하지 말아야 함에도 그놈의 소주 한 병이 무엇인지 그 한 병을 먹더니 자신도 모르게 몽롱한 상태가 되어 부인에게 직업상 체득한 비밀을 누설하고 말았다.

"나 말이야, 아까 자기 친구가 어떤 남자랑 데이트하는 것 봤다. 하하하."

"……."

부인은 잠시 아무 말도 하지 않고 우두커니 창밖을 바라보며 한숨을 푹 쉰다. 그러면서 속으로 이런 대화 자체가 무척 한심하단 생각과 그리고 한편으론 그게 누군지 다소 궁금하단 마음이 동시에 몰려왔다.

"어어, 그래 내 친구가 누군데?"

"어어, 지난달에 한번 당신 미용실에 왔던 그 고교 동창이라는 친구 말이야, 그 여자 남편도 무슨 택시를 한다고 했던……."

란비는 이 말을 듣자 순간 깜짝 놀라며 어리둥절해했다. 그 동창이 김미소를 말하는 것 같아서였다. 더군다나 미소는 어제저녁 때 전화 통화도 했었기 때문이다.
  란비는 남편의 이 말이 전혀 믿어지질 않았다. 그 친구는 완전 살림형이자 완벽한 구두쇠고 전혀 바람피우는 것과 무관한 현모양처로 알려졌기 때문이다. 게다가 그 친구는 미용실에 와서도 다른 손님들처럼 헤어에 대해 많은 신경을 쓰지 않고 외모에 전혀 관심을 갖지 않았다. 그냥 기초적인 수준에서 하고 돌아갔었기에 더더욱 충격이 아닐 수 없는 일이었다.

  미소는 오로지 가정만을 생각하고 악착같이 돈 벌고 자식 뒷바라지하는 일만 전념하는 이 시대의 최고의 현모양처라고 란비는 늘 그렇게 여겨 왔다. 그랬지만 다른 한편으론 그런 부분과 원초적 본능인 남녀 문제는 또 다른 별개의 차원이란 생각을 조심스레 해 보는 시간을 갖게 됐다.
  돈이 많든 적든, 미모가 되든 안 되든지 살림형이든 바람기 있든 없든 간에 그런 본능은 그 누구에게나 존재하기 때문이다. 단지 차단하려고 노력하느냐 그냥 발산하느냐 차이만 있을 뿐이다.
  그녀는 우두커니 깊은 상념 속으로 빠져들었고 남편이 또다시 친구 미소 얘길 꺼내려고 하자 란비는 "아아아, 그, 그런 얘긴 이제 그만해. 그만하자고. 진짜 듣기 싫다. 남이야 바람을 피우러 다니든 말든 남잘 만나고 다니든 말든 나하고 뭔 상관이야! 그리고 자기도 진짜 한심하다. 왜 그런 걸 내게 퍼뜨리는 거야? 그렇게 할 말이 없어? 우리 가족을 위해 발전적인 얘기 좀 해 봐!"라고 쏘아붙였다.
  이젠 소주가 두 병째 들어가는 남편 태석은 상당히 시큰둥한 표정으로 변했다. 이젠 소주를 따라 먹는 것만 집중했다.

"야, 와서 좀 따라 줘라! 내가 내 손으로 따라 먹으니 맛이 없다."

"이런, 확! 혼자 처먹어."라고 역정을 낸 란비는 끝내 다가가 따라 줬다.

"자, 실컷 소주나 처먹어."

부인의 투정에 남편 태석은 살짝 웃으며 "아하! 난 말이야 그래도 꼭 로또를 구입한다고. 혹시 알아? 한 방 제대로 걸릴지 누가 아냐고? 하하하, 당첨만 되면 바로 그날로 이거 택시 기사 때려치우고 인생역전으로 간다고! 그럼 그때부턴 막 놀고먹는 거다." 하며 소주잔을 또 그렇게 확 들이켰다.

"그래, 자기 그거 당첨되면 내게 뭘 해 주려고……?"

"그래. 내 말을 들으니 입이 쩍 벌어지지! 아아, 뭐 자기가 해 달라는 걸 해 줘야지 뭐! 자기도 미용실 한다고 개고생했잖아."

3.
빈부격차로 균열을 빚은 여고 동창회

이 말에 갑자기 들떠 흥분됐는지 란비도, "자, 나도 한 잔 따라 줘. 난 오늘은 술을 안 먹으려고 했는데 이런 말 들으니 막 괜히 흥분된다. 우리가 팔자를 뜯어고칠 수 있는 건 이것밖에 없는 것 같다. 자 내게도 따라 봐." 하고 잔을 내민다.

소주를 따라 주자 한 번에 확 들이마셨다.

란비는 매우 호기롭게 소주를 한 잔 마셨으나 기분이 영 그랬다. 문득 로또에 당첨되더라도 엄청난 세금을 내야 한다는 말을 지난번 미소에게서 들었기 때문이다.

"혹시 자기 말이야. 당첨되면 세금 얼마 뜯기는지 알아?"

그러자 태석은 잠시 골똘히 생각에 잠겼다.

핸드폰으로 그와 관련된 내용을 검색해 봤다. 결과는 10억이 되면 3억까지는 22%인 6,600만 원, 나머지 7억 원은 33%인 2억 3,100만 원으로 둘을 합산하여 총 2억 9,700만 원을 세금으로 뜯긴다. 최종적으로 손에 쥐는 건 7억 300만 원이라고 나왔다. 이 결과를 부인에게 보여 줬다.

"야, 야, 자기야. 여기 이걸 봐 봐. 이렇다고, 이런 거야! 어쨌든 이렇게 엎어지면 코 베어 간다. 이건 뺏기는 거지 뭐! 어휴~ 시발."

당첨되지도 않은 남편이 불만을 먼저 늘어놓자 엄청 한심하게 생각한 부인은 "야, 이런… 자기가 벌써부터 이런 불평불만을 늘어놓을 때야? 로또 당첨되고 붙는 그 정도 거액의 세금도 괜찮지! 그래도 행복한 비명이라고……." 하며 따졌다.

"야, 그럼 이런 말도 못 하냐? 그냥 한번 해 본 소리지, 뭐! 자기 너무 지나치게 예민한 것 같다. 별 시시콜콜한 사소한 말로 우리가 지금 이런 걸로 열을 낼 일이야? 그냥 그렇단 소리야. 아무튼, 그래서 그런 놈들도 당신처럼 그렇게 생각하는 사람들이 워낙 많으니 지들 멋대로 막 무지막지하게 세율을 매겨 버리는 거라고. 그만큼 공것이 크니 대들지 않을 거라 이거지!"

"자, 술이나 먹어. 이런 얘긴 그만하자."

란비는 짜증이 나는 듯 더 이상의 말을 차단시켜 버렸다.

날은 점점 무더워지는데 이번 주 목요일엔 이런 무더위를 조금이라도 날려 버리자는 의미에서 그녀는 백송여고동창회를 개최하려고 마음먹었다. 그녀가 총무를 맡고 있었기 때문이다. 일제히 카톡을 날리면 오는 사람은 오고, 안 오는 사람은 안 오는데 그래도 대략 한번 모이면 최소 60명 이상은 모이는 경우가 많았다.

요즘 날씨가 너무 무더워 지금 그렇게 날리면 그 정도 모일지는 미지수이다. 그보다 조금 모이더라도 일단 모여서 이런저런 수다를 떨며 소맥을 들이붓고 다른 동창들 흉보고 하는 재미로 온갖 스트레스를 다 풀고 또 풀었다.

란비는 총무답게 며칠밖에 남겨 놓지 않은 상태에서 2023년 7월 6일

목요일 저녁 6시를 기해, 용인 처인구 유림동 황제회관에서 백송여고 동창회를 연다는 공지를 날렸다.

그러자 예상대로 60명 이상의 "오케이"라는 회신이 일제히 날아오기 시작하였다. 최란비가 백송여고 동창회 총무가 된 것은 다른 친구들에 비해 성격이 활달하고 매우 명랑하고 책임감도 꽤 강하기 때문이다.

회장도 별도로 뽑아야 하는데 그렇게 하지 않은 이유는 총무가 회장직을 겸하는 의미였기 때문이다. 그랬지만 이번 모임엔 누군가 회장직을 뽑자고 나서는 이가 나타날 것 같다는 느낌이 들었다.

란비는 다 좋은데 미용사라 다른 회원들이 속으로 무척 깔봤다. 그래서 회장을 정식으로 선임하자는 말이 나올 법한 것이었다. 명실공히 제대로 된 학교동창회를 이끌고 나가야 하는 일이라 그랬다.

드디어 학교 친구였던 동창들을 흉보고 헐뜯으며 이런저런 소문을 낼 수 있는 기회인 백송여고 동창회가 열리는 날 저녁 시간이 다가왔다.

처인구 유림동 황제회관에 43세 먹은 중년 부인들이 몰려들기 시작하였다.

"야아, 여기다, 여기. 여기로 달려와라! 와아, 너무 오랜만에 보니 너무 기분도 좋고 너무너무 반갑다, 얘들아. 오호, 오호, 오호."

"그래요. 최 총무님. 히, 히히히."

"그래, 란비야, 호호호."

"음."

여기저기서 최란비 총무에게 화답하는 소리들…….

이번 모임엔 며칠 전, 란비가 남편으로부터 다소 이상한 정보를 듣게 만든 대상인 김미소는 물론, 용인시 도의원 이방철의 부인인 박라희도 어김없이 참석했다. 특히 눈에 띄는 대목은 다른 이들은 그저 혼자서 왔는데 라희만이 남편과 함께 그의 차, 벤츠 S클래스를 타고 나타났다는 것이다.

원래 라희는 그간 참석하지 않았었는데 며칠 전 통통할인마트에서 친구 미소를 보게 된 게 동기인 것으로 보였다. 그 차를 자랑하려고 그런다기보단 도의원인 남편을 다른 친구들에게도 자랑하고픈 마음이 앞서서 그랬다. 이게 바로 박라희의 객기에 가깝다.

그녀가 벤츠 S클래스에서 내리자마자 "얘들아, 우리 남편 이방철 도의원님을 모셔야지. 뭐 하는 거야? 우리 도정을 위하여 너무 고생이 많으셨잖아! 키키, 킥킥."

그녀의 행동은 다분히 남편을 자랑하며 자신은 그의 부인이라는 점을 강조하며 우쭐대는 듯한 분위기를 연출하기에 전혀 부족함이 없었다. 그러나 이곳 황제회관 앞에 모인 다른 동창들은 매우 시큰둥한 표정들이다. 왜냐하면 이들의 남편들은 현재 라희 남편의 사회적 위치보다 그 이상이기 때문이다. 그런데 겨우 도의원 가지고 동창회에 나타나 으스대니 엄청나게 역겹다고 이들은 속으로 생각했다. '우리도 당장 집에 가서 남편을 데리고 와 볼까, 어디 백송여고 동창회가 남편 자랑하는 자리란 말인가!'

여기서 예외로 밖으로 내세우기가 다소 좀 그런 이도 있다. 김미소의 남편 김정배는 회사택시 기사, 그리고 최란비의 남편 엄태석은 개인택시 기사이다.

둘의 경우는 그랬지만 여기에 모이는 대부분의 동창회원들의 남편들은 어쨌든 라희의 남편 이방철 도의원보단 위이다.

대체로 학교 동창회 같은 곳에 모이는 걸 보면 조금 잘났다는 생각이 들어야 참석하려고 하지 스스로 못났다고 생각하면 끼어들려고 하지 않는 법이다.

물론, 예외도 존재한단 이야기는 빼놓을 순 없겠다. 란비, 미소는 대중교통을 타고 왔다.

다른 여자들은 남편을 겸손하게 집에 모셔 두고 대신 외제 차 1억 넘는 것이나 제네시스를 타고 왔다. 과시 대체품으로 승용차를 택한 것이었다.

라희와 미소는 며칠 전 미소의 직장에서 본 일이 있어 더더욱 새롭기도 하였다.

"또 보니 반가워. 라희야?"

"그래, 미소? 난 원래 참석하진 않았는데 얼마 전에 널 보고 다시 보고 싶어서 온 거야!"

"그래 그런 말 들으니 기분이라도 좋다."

총 66명이나 되는 제40회 백송여고 졸업생이자 올해 43세인 중년 부인들의 모임이 열리는 순간을 맞이하였다.

최란비 총무의 사회로 진행된 그녀들의 모임은 다소 요란스러운 분위기하에서 진행됐고 박라희의 남편인 이방철 도의원은 남자는 자신밖에 없다는 게 왠지 쑥스럽고 겸연쩍은 기분이 들어 "저는 밖에서 그저 제 아내를 기다리고 있겠습니다."라고 말하고 얼른 밖으로 나가 버렸다.

여고 동창회원들은 일제히 "이 도의원님, 그러실 것 없어요. 함께하세요!"라고 외쳤으나 그는 "아니, 아닙니다. 어떻게 남자가 저 혼자인데 함께할 수가 있겠어요? 전 나가서 제 아내를 기다리고 있겠습니다." 하며 완강히 뿌리치고 나갔다.

"와아, 우리 이방철 도의원님은 우리 친구 박라희를 너무너무 사랑하고 있는 것 같아요. 히, 히히히."

잠시 회원들이 수다를 떠는 사이에 모임 행사 시작 시간인 6시가 조금 넘어가고 있었다.

행사를 시작도 하기 전에 친구들은 여자 나이 43세가 중년이냐 아니면 젊은 청춘이냐를 놓고 치열한 논쟁이 벌어지고 만다.

"야! 여자 나이 마흔이 넘었으면 중년이지 뭐!"

"이런 무슨 40대 초반이 중년이야? 최소 50은 넘어야 중년이지?"

듣던 다른 친구들은 "야, 야, 나이 먹은 게 그렇게 억울하고 분하냐? 축구도 전반 후반이 있고 전반전 45분 끝나면 후반으로 넘어가고 90분 다 하면 끝나잖아! 사람 나이도 대략 90으로 보면 똑같아 우리 나이는 중년이긴 해. 아직 2년 정도 남긴 했지만 말이야."라며 제재하고 나섰다.

오늘도 총무 겸 회장인 최란비가 개요를 말하기 시작하였다.

"아아, 그런 얘긴 그만합시다. 행사를 시작할 시간이 됐습니다. 자아, 오늘 또 이렇게 모이게 되어 무한한 영광입니다. 우리 백송여고 동창회의 만남은 너무너무 행복합니다. 오늘 정말 기쁨이 넘치는 시간이 되길 바란다. 얘들아… 하하하."

"그래, 그래, 그래."

총 66명의 백송여고 동창회원들은 따라 놓은 한 잔의 술을 마시기 시작하였다.

"자아, 마셔라! 부어라! 마셔라! 부라보, 부라보! 호호호."

가벼운 건배가 끝난 뒤, 서로 그간 하지 못했던 인생사의 사연들을 말하기 시작하였다.

김미소가 먼저 말을 꺼냈다.

"다들 잘 지냈지? 올여름은 너무너무 더워서 말이야, 너무 힘들다. 더군다나 올여름은 1,000년 만에 찾아온 살인적인 폭염이 이어질 것이라고 예고가 됐으니 말이야. 그래서 난 지금 집에서 너무 형편이 안 되어 에어컨도 제대로 못 켠다니까! 으으으으으!"

그러자 동병상련 차원일 것 같은 최란비만 마음이 아파 얼굴 표정이 일그러지고 다른 전체 회원 64명은 무척 한심하단 표정으로 돌변해 버렸다. 그저 에어컨 켜는 문제를 가지고 신세 한탄을 했기 때문이다. 그 후, 그녀들은 일제히 침묵을 지켰다.

잠시 침묵이 이어지자 최란비 총무는 "얘들아, 우리 너무 동창회가 엄숙하다. 서로서로 뭐라고 말들 좀 해라. 말을 하라고, 음? 호호호호."라고 말했다.

박라희가 "우리 남편 아까 나가 버렸는데 잘 있나… 난 잠시 밖에 좀 갔다 올게! 기다려 얘들아." 하며 밖으로 나갔다.

라희가 재빨리 밖으로 나간 이유는 지금 이 순간의 분위기를 간파했기 때문이다. 다소 껄끄럽단 느낌을 지울 길이 없어서 바람을 쐬려는 것이었다.

라희는 며칠 전, 미소가 일하는 중앙동 통통할인마트에 들러 얘기도 나눈 사이라서 그랬다. 그녀가 밖으로 나가자 남편은 벤츠 차 안에서 에어컨을 틀어 놓고 음악을 듣고 있었다.

"아니, 어디 카페 같은 데라도 가서 기다리지? 왜 차 안에서 그래? 불편하잖아!"

"아하, 그런가! 아니 괜찮은데……."

"난 술 좀 먹어야 할 것 같으니까 시간이 좀 걸려. 이 근처 어디 카페에 가서 있어, 내가 이따가 끝나면 전화할 테니까 다시 여기로 오라고……."

"네에, 우리 마누라 사모님. 하하하하."

그녀는 남편을 카페로 가게 한 뒤, 길에서 담배를 한 대 피우고 황제회관으로 들어갔다. 그녀가 들어간 후로도 동창회원들의 분위기는 좋진 않았다.

다시 자리에 앉자, 이번엔 총무인 란비가 말을 이어 가고 있다.

"야, 얘들아. 난 며칠 전 우리 남편한테 이런 말도 들었다. 자기가 만약 로또에 당첨되면 나를 위해 뭐든지 막 사 준다고 하길래 그런 이런저런 얘길 하다가 10억 당첨되면 세금이 얼마 뜯기나 그가 알아보니 2억 9천 700만 원이나 뜯기더라고! 그래서 실제 받는 건 겨우 7억 300만 원이야 그렇게 거액의 세금을 뜯어 가는 걸 보면 이건 완전 날치기다! 날치기!"

거액의 세금이란 대목에 대해 이곳에 모인 많은 동창회원들은 다들 고개를 갸우뚱거렸다. 왜냐하면 이들은 대체로 돈이 엄청 많은 소유자들이기 때문이었다. 그래도 상대방의 처지를 헤아려 공감 능력을 지녀야 할 텐데 그렇지 않고 중뿔난 한 친구가 나서기 시작하였다.

"야, 무슨 2억 9천이 거액이야. 애들 껌값이다. 그게 돈이냐? 그런 얘기 하려고 여기 모였냐?"

이 말에 단연 소스라치게 놀라는 사람은 미소였다.

"뭐야! 그게 껌값이라고? 이런, 어휴~ 나는 그게 유일한 희망인데……."

그녀는 너무 놀라 냉수를 벌꺽벌꺽 마시며 잠시 자신의 궁핍한 비애를 달랬다.

그러는 순간도 라희가 "무슨 그런 로또 같은 걸 사! 지저분하게. 다 지들 수익 사업하려고 그러는 거지 뭐! 난 그런 것 안 해도 돈을 충분히 펑펑 써도 남는다."라며 더 증폭시켜 버렸다.

다들 방금 전 말한 라희와 같은 생각이었으나 란비와 미소만이 침통한 심경 가늘 길이 없었다.

둘은 속으로 '으윽. 오늘 여기 괜히 왔다. 이게 뭐야! 이것들은 기본 에티켓도 없구나! 지들이 잘산다고 나 같이 못사는 사람 앞에서 이게 뭐야! 완전 객기잖아!' 하며 비통한 심경이었다.

잠시 둘은 침묵을 지키다가 짜증이 나 얼른 다른 화제로 돌리기 위해 미소가 말을 이어 갔다.

"요즘 어디 TV든 뭐든 보면 꼭 남녀 간의 바람이니 뭐니 연예인들, 기자들, 국회의원들 성폭행이니 뭐니 성추행이 어쩌고저쩌고 마약이니 뭐니 해서 시끄럽고 또 요즘 세태는 너도나도 할 것 없이 너무 타락한 상황인 것 같아! 너무 문란해졌어! 그런 것에 비하면 난 너무 조신하고 완전 살림형이고 현모양처로만 삶을 산 것 같아! 조금 억울하기도 해."

란비는 겉으론 애써 외면했지만 속으론 너무 어이없다는 생각이 들었다. 며칠 전, 택시 기사를 하는 자신의 남편에게서 승객으로 들어왔던 미소에 대한 그렇고 그런 정보를 들어서였다.

다른 회원들은 '미소가 에어컨도 제대로 못 켤 정도로 가난하다고 하니까 그럴 것 같기도 하다.'라고 짐작했다.

총무인 란비는 미소의 이런 위선적인 이중성격이 무척 역겨워서인지 얼른 화제를 다른 곳으로 돌리려고 애를 썼다.

"자자, 자아, 오늘 이 자리는 우리 백송여고 동창회인데 다른 애들은 너무 말을 안 하네. 우리 라희, 미소만 말하고 다들 침묵이니 어째 좀 썰렁하다. 야, 얘들아 말 좀 해라, 말 좀 해, 어서 말하라고! 막 떠들어라, 떠들어."

다른 회원들은 처음엔 자신들과 삶의 질 차이가 심한 것으로 보여 방관하는 분위기를 보이다가 술도 한두 잔씩 마시니 그런 이질감, 경계심 이 완화되는지 서서히 입을 열기 시작하였다. 그런데 말의 내용이 거의 대동소이했다.

자식 얘기, 교육 얘기, 음식 얘기, 연예인 결별 얘기 이 동창회에 참석 하지 않은 다른 친구들 얘기, 이런 시시콜콜한 주제들이 전부였다.

그녀들은 다들 제각각 몰래몰래 숨겨 놓은 애인들이 최소 3명~4명 정 도는 있다. 그랬지만 그런 지극히 민감하고 까다로운 얘긴 절대로 하지 않는다. 큰일 날 수도 있단 것을 깊이 인식해서 그랬다.

미소가 문란한 사회현상을 살짝 비난하고 자신은 무척 깨끗하단 선전 을 하는 것으로 그런 차원의 얘긴 일단락되는 분위기였다.

게다가 여기 모인 부녀들의 남편들은 라희의 남편이 도의원인 것으 로 시작하여 나머지 63명 모두 대기업 간부, 시의원, 검사, 판사, 도지 사, 시장, 변호사, 변리사, 회계사, 특급 졸부, 국회의원, 교수, 의사, 병 원장, 언론사 고위 간부, 공정거래위원장 등등 그 외 여러 종류의 엘리 트들이었다.

최란비 총무나 김미소는 서민이라 이런 동창회에 참석했단 게 매우 어색할 수밖에 없었다. 이젠 자진 불참 쪽으로 마음을 먹기 시작하였다.

별안간 계속 침묵을 지키던 한 회원이 입을 열기 시작하였다.

"나, 말이야, 차호수라고 해. 다들 내 이름 알지? 난 문득 이런 생각이 든다. 우리 백송여고 동창회 회장을 정식으로 뽑자고 말하고 싶다. 란비 가 총무 겸 회장을 한단 것은 왠지 좀 무리인 것 같다. 안 그래?"

"맞다. 맞아! 그렇게 하자고……."

호수의 제안에 다른 많은 회원들도 "그래, 그러자고."라고 연발함으로

써 결국엔 즉석으로 새로운 회장을 뽑는 선거를 치르게 됐다.

너무 공교롭게도 이런 제안을 한, 차호수가 회장직을 맡게 됐다. 특별히 투표 방식을 택하진 않고 그냥 만장일치로 큰 육성과 기립박수로 대체되었다.

"그래, 그런 제안을 한 호수 네가 그냥 회장을 맡아라! 네가 딱 맞다. 너밖에 없다."

"호수야. 우리 호수야. 네가 시원하게 호수답게 회장을 해라. 시원한 호수야. 와아아아!"

벌떡 일어나 소릴 질렀다.

란비가 총무와 회장직을 겸하다가 오늘부로 총무직만을 맡게 되는 순간이다. 백송여고 동창회 회장은 차호수, 총무는 최란비 체제가 출발하는 시점이다.

어느새 시간은 흘러 시작한 지 두 시간이나 지나 모임을 마치려는 분위기가 감돈다.

벽에 걸린 대형 TV에서 뉴스가 요란하게 나오고 있었다. 8월 15일 광복절에 기흥 갑 국회의원 보궐선거가 치러진다는 내용이었다. 벌써 공식 선거운동을 시작한 게 5일째를 맞이하고 있었고 후끈 달아오르는 선거전을 방송하고 있었다.

여당 시민사랑당 후보는 족구 선수 출신 신허찬 43세이고, 야당 국민만 생각하는 당 후보는 야구 선수 출신 이천승 43세라고 나오며 향후 정국의 주도권 싸움의 분수령이 될 것이라며 아주 치열한 선거전이 될 수 있다는 보도였다. 족구 대 야구의 대리전이라 더더욱 흥미롭다는 앵커의 멘트가 이어졌다.

이 보도는 시종일관 삭막하고 껄끄러웠던 동창회원들에게 긴장을 풀게 하고 아주 흥미를 일으키며 웃음을 일으키기에 충분했다.

"우아, 이것들이 이젠 맨날 법조인이나 교수들이 나오고 그래서 식상하니까 족구 선수, 야구 선수를 쓰네! 그래! 하여간 잘해 봐라. 인간들아. 우리 용인, 성남, 이천 땅값이나 더 엄청 올려놔라. 배 터지게 돈이나 쓰고 다니게……."

"아하, 저러다가 본회의장에서 말다툼하다가 열받으면 점프하여 킥 날리고 야구공으로 던지고 그러는 거 아냐?"

"날아오는 공을 발로 걷어차? 족구공은 몰라도 야구공을 그렇게 한단 말이야? 이건 충격이다, 충격."

그녀들이 요란하게 보선에 대한 얘길 하는 도중 뉴스에선 추가로 선거용 용달차에 여당 시민사랑당 신허찬 후보의 딸 신라미가 그 차를 타고 다니며 노래하는 장면과 야당 국민만 생각하는 당 이천승 후보의 딸이 개조된 차를 타고 다니며 노래하는 장면이 곁들여져 나오고 있다.

목소리까지 나오고 있었는데 라미는 "우리 아빠, 힘 있는 집권 여당 시민사랑당 신허찬을 밀어주세요. 오호, 오호."라 했고 혜미는 "기흥 갑을 발전시킬 유일한 야당 후보, 할 말은 하는 대안 야당 후보, 국민만 생각하는 당 우리 아버지 이천승 후보를 확실하게 도와주세요."라고 목놓아 외쳤다.

길을 지나가는 행인들은 이번 보선은 너무너무 특이하게 양당의 딸들이 아버지를 돕겠다고 나와 노래하고 외치는 것도 그렇지만 이들 딸들이 다 미래 트롯 킹우먼 대회 우승을 노리는 예비 가수들이라 더더욱 새롭기도 하고 특이하면서 볼거리를 제공하는 흥미로운 기흥 갑 보궐선거라고 여겼다.

행인들이 보이면 딸들은 갑자기 뛰어내려 "우리 아빠에게 한 표를 던져 주시죠."라며 활짝 웃곤 했다. 그러다가 흥을 돋우기 위해 엉덩이춤을 추기도 하였다.

　이런 광경이 브라운관으로 다 나오자 백송여고 동창회원들은 "너무 재밌다."라며 덩달아 엉덩이춤을 추기도 하였다.

　일제히 "마치자."라고 하며 일어나 밖으로 나가자 란비와 미소만 차가 없고, 64명 회원들은 최소 제네시스, 아니면 1억 넘는 외제 차를 끌고 왔다. 하나 더 차이점이라면 총 66명 회원 중, 총무인 최란비만 애인이 없고, 나머지는 모두 다 숨겨 둔 애인이 있었다.

　미소도 아주 최근에 정신이 마구 흔들려 극적으로 마트의 부장과 눈이 맞았으니 그쪽에 편입됐다. 란비, 미소는 친구들이 국내 최고급, 외제 최고급 승용차를 타고 빠져나가는 광경을 물끄러미 바라보다가 각자 버스를 타고 집으로 향했다. 란비의 집은 중앙동, 미소의 집은 역북동이라 가까우니 금방 갈 수가 있었다.

　라희도 마평동에 사니 금방 가지만, 다른 회원들은 성남, 안양, 의정부, 인천, 부천, 서울, 수원, 그 외 여기저기 흩어져 있으니 멀고 멀다.

　한 가지 문제는 64명의 회원들 모두 술을 먹었는데 아랑곳하지 않고 운전대를 잡는다는 게 심각한 문제가 될 것으로 보였다. 비틀거리다가 대형사고가 날 수가 있어서였다.

　라희는 남편이 왔으니 대리기사 역할이 되니 괜찮지만 말이다. 이렇게 1,000년 만에 찾아온 살인적인 폭염이 이어진 2023년 여름의 정점인 7월 6일 목요일, 그녀들의 동창회는 막을 내렸다.

　그녀들이 각자 집으로 들어가자, 일부만 빼고 대부분 "어디 갔다가 이제 왔느냐?"라며 남편들이 핏대를 올리기 시작하였다.

"이게 정말 입에서 술 냄새도 펑펑 나는데 그렇게 술 먹고 운전하고 다녔단 말이야? 이거 진짜 큰일 나겠다. 에잇."

"아, 아아, 뭐, 사는 게 다 그런 거지 뭐! 별걸 다 참견이야? 남자가 치사하게 말이야! 이히, 히히히."

"뭐? 나보고 치사하다고……?"

남편들은 몹시 못마땅하다는 반응들이었다. 그러면서 속으론 부인의 차를 압수해야겠단 생각을 품었다. 아무래도 차가 있으면 엉뚱한 짓을 하고 다닐 가능성이 높다고 판단해서 그랬다. 정욕 본능은 차와 무관한 것인데도 상당히 단순함을 보였다. 색욕이 통제가 안 되면 차 없이도 만 리를 걸어서라도 간다.

급기야 오늘 백송여고 동창회에 참가했던 상당수 회원들은 남편들에게서 명분은 음주운전 때문이었으나 '실은 바람을 피우고 다닐까 봐 그것을 미연에 차단하는 차원'으로 차량을 압수당하는 아픔을 겪었다.

이에 그녀들은 펄쩍펄쩍 뛰면서 "말도 안 된다."라고 하며 심하게 반발하였으나 끝내 뺏기고 말았다. 졸지에 그녀들은 대중교통을 이용할 신세가 되어 버렸다.

아이러니인지 원래 인간의 이기심인지 모르겠지만 정작 부인들에게 그런 차원을 방지하려는 꼼수로 승용차를 압수한 남편들은 자신들의 여비서라든가 직장 동료, 부하 여직원들과 몰래몰래 데이트를 즐기려 자신들의 승용차에 진한 선팅을 하고 다니는 것이었다.

이런 이중, 삼중적 이기심을 아직까진 부인들은 몰랐다. 실제로 목격된 것이 아니기 때문이다. 그녀들도 나름으로 성깔이 있는 성향들이라 남편들의 만행이 알려지면 융단폭격과 십자포화를 날릴 가능성은 기정사실이다.

단순한 부인들은 실제로 남편이 음주운전 문제로 심히 걱정하여 최고급 차량을 압수했다고 생각하기도 했다. 앞으로 그녀들은 자신들의 애인들을 만나기에 난항을 겪을 것은 틀림없었다.
　그래도 어쩌겠는가! 남녀 간에 눈이 멀면 어떤 수단과 방법을 가리지 않고라도 만나려고 부단히 애를 쓸 것이다. 그래서 콜택시라든가, 마을버스, 전철, 일반 버스, 이런 종류의 교통수단을 이용할 수밖에 없으리라! 그냥 걸어 다닐 수는 없지 않겠는가!
　불과 아까 동창회 모임이 있을 때까지만 하더라도 국내 최고급, 외제 최고급 차량들로 인하여 대중교통을 타고 온 란비, 미소를 속으로 한없이 깔보고 흉보던 이들이 하루도 넘기지 못하고 번쩍번쩍했던 차량들을 압수당하니 심한 격세지감에 빠져들고 있었다.
　그랬다면 결국 이젠 차량이 사라진 것이나 다름없으니 그런 차원으론 란비, 미소와 동일한 수준으로 전락한 것이었다. 그러나 그녀들은 그 친구들과 곧 죽어도 동일한 수준이란 생각은 하지 않았다.
　본인 남편의 직업이 엘리트이기에 그것에 함께 묻혀 자신들도 어깨에 힘을 주어 보기도 하고, 얼굴에 힘을 주어 보기도 하는 것이다. 남편으로부터 괄시를 받아도 남편의 직업에 귀의하며 우쭐거리는 가련한 심리가 작동되고 있다. 돈도 뒷받침되기 때문이었다. 하지만 그 돈을 흡족히 주는 것도 아닌데도 그랬다.
　더부살이라고 봐야 할 것 같다. 그러나 자신들도 그 직업의 관련자들인 것같이 행세하는 것이었다. 예로 자신의 아들딸이 판사라면 자신도 법조인 행세를 하는 그런 것 말이다. 어쨌든 그런 행세를 하는 건 본인들 자유지만 앞으로 은근슬쩍 남편 모르게 애인들을 만나고 다니다가 행여나 발각되는 날에는, 차량 압수 차원을 넘어서서 강력한 민사소송

법적 조치와 함께 이별의 쓴잔을 마실 수도 있을 텐데 과연 어떤 미래가 이어질지 알 수가 없었다.

박라희는 그날, 남편 이방철 도의원을 대동하고 참석했었기에 남편이 부인에게 "오늘은 당신의 축제 날이나 다름없으니 술을 마음껏 마셔."라고 한 상황이라 별다른 반응은 없다.

그랬지만 어쩌면 이방철이 차로 그 모임에 같이 온 것은 속으론 다소 박라희를 의심하는 측면이 도사리고 있다고도 볼 수 있었다. 그러니 방철은 라희에게 승용차를 사 주지 않는다. 그의 차, 벤츠 S클래스로 늘 라희를 태우고 다니는 것이다. 그것도 명분은 "난 자기를 너무너무 사랑하다 보니 영원한 보디가드로 자기를 보호해 주기 위해 함께 다녀야 해."라고 피력하고 말이다. 즉, 아주 빈틈없이 치밀한 성향을 가진 도의원 이방철이다.

하루 더 지나, 금요일이 되자 여고 동창회원들의 남편들은 각각 이런저런 핑계를 대고 애인들에게 전화를 걸어 "유원지 같은 곳으로 놀러 가자."라고 말하였다.

어제는 부인들이 외도할까 봐 두려워 차량을 강제 압수한 남편들이 오늘은 그 차량을 이용하여 세컨드를 만나러 가는 것이었다.

"어, 나 오늘은 굉장히 중요한 업무가 있어서 나가 봐야 돼! 집에서 푹 쉬고 있으라고……."

"……."

그렇게 사라지는 남편들을 바라보는 부인들은 우두커니 먼 산을 바라볼 뿐이었다.

유유히 사라진 남편의 그림자가 보이지 않자, 부인도 뭔가를 생각하기에 잠겼다. 그러던 중, 어디선가 전화가 걸려 와 바라보니 애인에게서 걸려 오는 전화였다.

"아아, 나 지금 외롭게 앉아 있었는데……."

"그래, 그렇다면 우리 살짝 만나야지? 차 타고 여기 사당역으로 올래? 거기다 주차하고 내 차를 타고 다른 데로 가면 되지, 하하하."

"아아, 근데 난 어제 내 차를 남편에게 압수당했어, 그래서 대중교통밖에 없어!"

"뭐야, 차를 압수?"

"아니, 아무튼 내가 1시까지 사당역으로 갈 거야, 가서 자초지종을 얘기할게."

"음."

어제 백송여고 동창회 새로운 회장으로 선출된 차호수는 캐딜락을 뺏겨서 이렇듯 애인을 만나는 데 상당한 어려움에 직면하게 됐다. 강남구 역삼동에 사는 그녀는 전철역이 다소 멀어 그냥 마을버스를 이용하기로 하였다. 바로 집 앞에 마을버스 정류장이 있기 때문이었다.

마이운수에는 역삼동 호키아파트 앞에서 사당역을 왕복하는 노선이 있다. 12시에 나와 마을버스에 올라타 핸드폰을 꺼내어 애인에게 카톡을 날린다. "방금 전 마을버스를 탔다."라는 내용이다.

이들이 만나게 된 계기는 그녀의 남편이 세일대학 경제학 교수인데 올봄 3월 초 세일대학과 세초대학이 자매결연하고 단합대회를 할 때 교수들 부부 동반 모임에 참석했다가 옆 테이블에 앉았던 세초대학 행정학 교수와 눈이 맞은 것이었다. 그래서 쥐도 새도 모르고 남편도 모르게 세초대학 남자 교수와 연락처를 주고받아 지금껏 교제 중이다. 점점 사랑의 불씨가 더욱더 강해지는 상황이었다.

4. 비트코인과 보궐선거

그녀는 남편 김하오보다는 애인 이계수를 보고 싶어 하는 마음이 늘 가슴 속에 자리하고 있었다. 그런데 오늘은 그녀에게 행운인지 아니면 불행인지 모르지만 또 다른 변수가 발생했다.

사당역으로 가는 마이운수 마을버스 기사의 눈빛이 예사롭지 않았다. 급기야 기사는 그녀에게 한마디 건넸다. 사실 운전기사가 승객에게 말을 건넨다는 것은 쉽기도 하고 어렵기도 한 성질이 존재하기도 한데 그것도 업무 외적인 대화는 더욱 그랬다.

"아이고, 이렇게 예쁜 여자가 그렇게 우아한 옷을 입고 어디로 가십니까? 우하하하하."

그러자 그녀는 깜짝 놀라며 그냥 미소만 보였다.

"아니, 원래 아름답게 생긴 여자들은 말을 안 하는군요? 허허허허."

그녀는 그저 미소를 짓더니 자신에게 계속되는 여자란 표현과 예쁘다는 표현에 정신이 다소 흔들렸는지 입을 열기 시작한다.

"아하! 난 여자가 아니라 아줌마입니다. 나이가 43살인데 아줌마예요."

"어어, 아니 그럼 아줌마는 여자도 아닌가요? 그렇게 보이지 않는데요. 23살로 보입니다. 어, 어어."

"호호."

"요즘은 여자 나이 43세이면 아줌마가 아니고 중년도 아니고 꽃처녀입니다. 꽃."

그녀는 누군지 모르는 마을버스 기사가 자신에게 그런 말을 했다 하더라도 속으론 기분은 꽤 좋은 편이었다. 기분이 좋다는 부분이 또 다른 불씨가 일어나는 요소가 될 수가 있는데 남자든 여자든 이와 같은 불씨를 만들기 위해 동분서주하고 있다.

금세 종점인 사당역에 도착하고 있다. 그녀는 카드를 단말기에 대면서 힐끔 운전석 쪽을 바라봤다. 그러다 거울로 기사와 두 눈이 딱 마주쳤다. 기사는 야릇한 눈웃음과 미소를 던졌다. 그녀는 얼른 밖으로 나간 후 핸드폰을 꺼내어 시간을 보니 오후 12시 45분이었다. 애인을 만나는 시간이 15분 남았다.

예전에 늘 그와 만났던 5번 출구로 걸어가자 이미 애인 이계수는 나와 있었다. 그가 미리 나온 까닭은 그녀가 아까 통화할 때 캐딜락을 남편에게 압수당했다고 말한 것이 몹시 신경 쓰여서였다. 무슨 꼬리가 잡혀서 그럴까 하는 노심초사 차원이다.

"아니, 호수야. 어떻게 된 거야? 어쩌다 차를 남편에게 뺏긴 거야?"

"아아아, 여긴 조금 그렇고 다른 데로, 저기, 저기에 있는 카페로 가자……"

이들은 사당역 5번 출구에서 조금 떨어진 카페로 쏜살같이 들어갔다. 그녀가 길거리를 의식하기 때문이었다.

"우리 남편이 내가 캐딜락 타고 다니는 걸 여간 불쾌하게 생각하는 게 아니야! 사실은 어제 우리 여고 동창회가 있었는데 술 한두 잔 먹고 운전

했거든. 술 냄새가 난다고 음주운전 어쩌고저쩌고하면서 압수하는데 그 사람의 속내는 그게 아닌 것 같아. 날 다른 쪽으로 의심하는 것 같아! 내가 차에다 유난히 진한 선팅도 한 것을 보니 더더욱 그런 것 같아! 에잇."
"에잇, 지저분한 남자 같으니라고……."
아메리카노가 나오자 이들은 한 잔씩 마시기 시작하였다. 아메리카노는 따뜻했지만 호수의 마음은 굉장히 차가웠다. 캐딜락을 뺏겨서만은 아니었고 남편에게서 의심의 눈초리를 받게 되어서였다. 그녀의 이런 마음만큼이나 그도 마찬가지였다. 그래서 혹시나 해서 카페 밖 주변을 이리저리 훑어봤다. 그만큼 신경이 쓰여서 그랬다.
그녀의 남편인 김하오는 의처증 증세가 심해 부인의 캐딜락을 빼앗아 놓고 자신은 그 차로 애인을 만나러 나간 것이었다.

김하오는 예전부터 은근슬쩍 만나던 자신의 근무처 세일대학 경제학과 사무실의 조교와 밀회를 나누고 있었다. 그는 자신의 차는 그냥 두고 오늘 압수한 부인의 차를 이용해 조교를 태우고 뚝섬으로 놀러 간 것이었다. 그에겐 호사다마가 작용했을까! 조교와 그곳에서 한창 데이트를 하던 중 부인의 친구인 방민지가 남편과 함께 걸어가다가 하오를 봤다. 민지는 어제 백송여고 동창회에 참석했던 호수의 친구이다. 그녀는 그를 대면한 적은 없으나 호수의 핸드폰으로 하오의 사진을 본 기억이 있기에 그가 남편이란 것은 알고 있었다. 그러나 아는 체는 하지 않았다.
민지는 번개같이 카톡으로 호수에게 이 사실을 알렸다. 그러는 사이 하오가 조교와 걷다가 캐딜락 안으로 들어가자, 민지는 그들이 그 차 안으로 들어가는 장면을 사진을 찍어 다시 호수에게 전송하여 줬다.
"어어, 이건 뭐야. 우리 남편이 꽤 젊은 여자와 캐딜락 안으로 들어가고 있네! 내 캐딜락을 압수하더니 이런 용도로 사용하고 있잖아! 여기 좀 여기 봐 봐……."

얼른 사진을 애인 이계수에게 보여 주자 계수는 얼굴이 굳어졌다.
"아! 지도 그러면서 우리 호수의 차를 압수했단 말이야! 에잇, 뻔뻔하고 더럽고 파렴치한 자식!"

"그래, 맞아. 진짜 뻔뻔하고 더럽고 파렴치한 새끼인 것 같아!"

차호수는 어제부로 백송여고 동창회 회장이 됨으로써 자존감이 꽤 높아져만 가고 있었는데 남편의 이런 이중성격에 대해 몹시 불쾌감을 나타내기 시작하였다.

물론, 자신도 탈선의 길을 걷는 것은 마찬가지이면서 말이다. 그녀는 자신이 이런 일을 당하자 한참 회장으로서 다른 동창회원들에게 이런 유사한 꼴을 당하지 말라는 의미의 카톡을 날렸다. 그래도 자신의 남편 얘긴 적진 않았다. 아무리 남편에게 불만이 많아도 이럴 땐 심리적으로 감싸고돈다. 결국 떼려야 뗄 수 없는 구조이기 때문이고 자칫 자기 자신의 발등을 찍는 자책골이 될 수도 있어서이다.

> 얘들아 회장이 알린다.
> 혹시 너희들 남편들이 음주운전을 핑계로 차량을 뺏는 일이 벌어지면 그대로 믿지 말고 일단 의심해 봐! 내 주위에 그런 일이 벌어진 경우가 있다.

이런 내용이었다.

이에 동창회원들은 일제히 아연실색해지며 서로 친한 친구들끼리 긴밀히 전화를 주고받으며 회장의 이런 문자가 무엇인지 진위 파악에 분주하였다. 왜냐하면 자신들도 어젯밤 차량을 압수당했기에 그랬다. 이런 일을 훤히 다 알고 있는 듯한 느낌 지울 길이 없다. 그래서 그녀들은 더욱더 불안하기만 하였다. 그래서 황급히 앞다퉈 차호수 회장에게 전화를 넣는다. 그러나 회장은 전화를 받지 않았다. 지금 이 시간에 애인과 데이트를 하고 있어서이다. 모처럼 이계수, 차호수 불륜 커플은 극심하게 무더워지는 7월 초에 만나 오붓한 데이트를 즐기려 하였으나 이들의 심기를 건드리는 일들이 발생하여 분위기를 망쳐 버렸다.

"야, 호수야. 오늘은 우리가 1,000년 만에 찾아온 지독한 무더위를 날려 버리는 차원으로 피서 계획을 세우려 했는데 완전 기분 잡쳤다. 그만 들어가자!"

"그래, 그러자고……."

이들은 그만 마치기로 하고 각자 돌아서 갔다. 계수는 자신의 차로 집으로 갔고, 호수는 마을버스를 타고 집으로 가려고 마음먹는다. 그가 그녀를 차로 바래다주지 않는 이유는 들통날 것 같으니 무척 신경이 예민해져서이다.

"야, 호수야. 바래다주고 싶긴 한데 그러다가 괜히 네 남편 눈에 띄면 너무 머리가 아프다. 그냥 갈게, 다음에 보자."

"그래, 뭐! 난 마을버스를 타고 가면 되지 뭐! 잘 가. 히히히."

계수는 자신의 차, 푸조를 몰고 사당역 인근에 위치한 집으로 들어가 버렸다.

호수는 마을버스를 타기 위하여 정류장에서 기다리는 중, 몇 분 지나지 않아 버스가 들어오고 있었는데 운전석 유리로 비치는 얼굴을 보니 아까 이곳으로 올 때 자신이 타고 온 그 차의 기사였다. 기사는 환한 미소를 보였다. 한번 안면이 있었단 것이다. 그녀는 무표정을 짓는다. 차가 완전히 정차한 후 그녀는 올라탔다.

그녀가 들어가 자리를 잡고 앉자마자 기사는 아까처럼 또 그렇게 말을 걸기 시작하였다.

"아이고, 또 이렇게 보게 되니 무한한 영광입니다. 이렇게 예쁜 아줌마를 또 보게 되니까요. 허허허허."

이번엔 제대로 아줌마라고 말하니 도리어 머쓱한 기분에 사로잡혔다. 차호수란 여자의 심리는 누군지 잘 모르는 남자에게서라도 물론 자신이 먼저 난 여자가 아닌 아줌마라고 밝혔으나 그래도 젊은 여자란 표현이 듣기엔 달콤했단 것이다.

어쨌든, 그녀는 침묵을 지켰다.

"아하, 이젠 아줌마라고 부르니 아예 대꾸도 하지 않는군요. 너무 예쁜 아가씨!"

"……."

"내 비록 지금은 이렇게 마을버스나 운전하고 있지만 왕년엔 법관이 되겠다고 늘 내 옆구리에다 6법전을 끼고 다녔지요. 재수 없게 계속 떨어져서 홧김에 확 관둬 버렸어요. 아아, 근데 요즘은 무슨 로스쿨이다 뭐다 해서 개나 소나 웬만하면 로스쿨에 들어가더군요. 나 참, 그렇게 법관이 되니 그것들이 법을 제대로 알겠어요? 그래도 뭐니 뭐니 해도 법조인을 뽑으려면 공정한 시험제 사법시험으로 해야 제대로 선발하는 게 아니겠어요? 쯧쯧……."

그러자 그녀는 고개를 갸웃갸웃했다. 그런 이유는 자신의 남편도 세일대학 경제학 교수지만 그 대학에 로스쿨이 있기 때문이다. 개나 소나 다 들어간단 표현이 어째 좀 그렇다고 생각했다. 다소 불쾌한 기분에 사로잡혀 발끈하며 말했다.

"아니, 아저씨 무슨 로스쿨이 개나 소나 다 들어갑니까? 우리 강남구에 있는 세일대학도 로스쿨이 있는데 들어가기가 얼마나 어려운데요. 아무나 들어가는 게 아니에요. 하늘에 별 따기지요. 으으."

"네에, 그런가요? 너무 몰라서 죄송합니다. 흠흠흠. 다른 로스쿨은 개나 소나 들어간 일이 있어서요."

그녀가 듣기에 무척 짜증 날 수도 있는 대목이었지만 다른 한편으론 이런저런 대화를 나누게 됨으로써 조금씩 조금씩 스스럼없어지게 되는 시점으로 빠져들고 있었다.

게다가 버스 기사가 왕년에 법관을 목표로 공부를 했었단 말이 묘하게 들리기도 하지만 얼굴 인상을 보아하니 그럴 것 같다는 느낌도 많이 들었다.

마을버스를 어느 정도 운행하던 중, 기사는 "나 참, 이제 내 나이 50대 후반이 되니 뭐 삶에 의욕도 안 나고 내일모레면 환갑이 넘으니… 참나, 인생이란 게 참 덧없는 것 같습니다. 에잇." 하며 푸념조로 말했다.

"그렇겠죠."라고 그녀가 대답한다. 그러다가 눈 깜짝할 사이에 역삼동 종점에 다다랐다.

"잘 가요. 예쁜 여자 손님!"

"아, 네. 너무 잘 타고 왔습니다."

그녀는 내려 막 달려갔다. 그러자 기사는 클랙슨을 아주 세게 누르며 무언의 사인을 보냈다. 그녀는 직감했지만 뒤를 돌아보진 않았다. 하지만 속으론 버스 안에서 연거푸 예쁘다는 말을 들어서인지 가슴이 울렁거리기 시작하였다.

사당동 집으로 들어간 계수는 매우 착잡한 기분에 사로잡혔다. 애인 호수가 캐딜락을 남편에게 뺏겼단 것은 심히 날카롭게 예민한 부분이라 그랬다. 게다가 그녀의 남편은 세일대학의 조교로 보이는 젊은 여자와 데이트까지 하면서 말이다.
 계수의 대응은 무엇일까!

 가장 좋은 것은 말끔히 호수와 헤어지는 것이지만, 원래 남녀 간의 사랑은 그리 쉽게 헤어지기 어려운 구조로 되어 있다. 왜냐하면 정이라는 게 호랑이보다 더 무섭기 때문이다. 즉, 엄청난 아픔이 수반된다. 그래서 불륜을 끊지 못하고 엉거주춤하다가 들키면 더 큰 극심한 아픔으로 빠져드는 것이다. 애당초 끈기를 갖춘 도덕을 습득할 필요가 있지만 본능이란 것은 우리의 육신을 송곳처럼 파고들기에 상당히 어렵다.
 그는 정부지만 야심이 강하기에 이런 게임에서 포기하지 않으려고 이를 바득바득 갈고 갈았다. 그런 차원으로 교묘히 세일대학의 호수의 남편인 하오를 골탕 먹이려고 계략을 꾸미기에 이르렀다.
 즉, 세일대학교 김하오 경제학과 교수는 조교와 연인으로 지냈다는 사실, 난봉꾼이란 걸 알리는 방안을 적극적으로 추진하려 했다. 그리고 학교 공금을 횡령했단 허위 사실을 유포하려고 별렀다. 그렇게 되면 그가 기가 꺾일 대로 꺾여 부인 호수에 대한 집중력이 무척 흐트러질 수도 있으리라 기대해 보았다. 골치 아픈 일이 터지면 또 다른 일엔 신경을 쓸 겨를이 없는 그런 차원을 건드려 보는 것이다.
 하나 더 있다면 그도 그런 주제에 부인에 대한 경계의 벽을 쌓을 자격이 있느냐 하는 교내의 여론을 일으키는 차원이다. 나름대로 이런저런 머릴 굴리는 계수인데 이렇게 대책을 세웠다 하더라도 그녀의 남편 하오가 그런 악재를 개의치 않게 여기며 강력한 대처를 해 나간다면 무위로 그칠 수도 있으니 더욱더 치밀한 전략이 필요할 것 같았다.

물론, 유력한 증거를 들이대면 그를 파면시킬 수 있음은 당연한 일이라 여겼다. 그런데 계수로선 이런 문제들도 있지만 호수가 계수를 만나러 마을버스 대중교통을 이용하면서 또 다른 돌발 변수가 추가되고 말았다. 바로 마이운수 마을버스 기사 허강철이란 존재이다. 강철은 비록 버스 기사를 하고 있고 나이도 올해 58세로 쇠락했지만 그 무엇보다 집념이 강했다. 법관을 목표로 사시를 공부했었으나 고배를 마시고 현재 마을버스를 몰고 있지만 어떤 목표를 세우면 끊임없이 돌진한다는 습성이 있어 강한 독종이었다.

강철은 사주팔자가 너무 드세어 그 나이 먹을 때까지 결혼을 못 하고 있어 스스로 독이 오를 대로 바짝 올라 있기도 했다. 그가 오늘 버스 고객 중, 호수를 보고 완전히 반해 버렸다는 게 돌발변수가 됐다.

한편, 여고 동창회원들은 차호수 회장에게서 이상한 카톡을 받은 터라 몹시 신경이 예민해지기 시작하였다.

자신의 남편이 차량을 빼앗아 간 경위라든가 특히 회장이 "일단 의심해 보라."라는 짧은 글을 띄운 것에 대해 더더욱 그랬다.

한편으론 그런 글에 대해 신경이 쓰이지만 그렇다고 그녀들은 자신의 유희를 즐기는 부분에 있어서 주춤거리는 마음은 전혀 없었다. 또 어느 정도는 그런 짧은 글이 무엇을 뜻하는지 직감이 왔다. 남편들의 방탕한 생활에 대한 것을…….

말로 되는 것도 아니고 나는 나대로 나만의 인생을 살아가리라! 굳게 다짐했다.

다른 한 주가 지나자 기흥 갑 보궐선거전도 더더욱 가열되기 시작하였다. 신허찬 후보의 딸 라미와 이천승 후보의 딸 혜미도 상갈동, 신갈동, 하갈동, 구갈동을 돌아다니면서 열을 올렸다. 국민 트롯 킹우먼 대회의 결승을 미리 보는 것만 같았다. 그녀들이 최소 유력한 8강에 들 정도의 실력자들이기 때문이다.

오로지 자신들의 아버지가 보선에서 당선되기를 바라며 트롯 곡에다가 사이사이 선거운동에 맞게 가사를 붙여 부르고 다니는 것이었다.

8월 15일 광복절에 치러져 한 달밖에 남지 않은 시점이기에 양측의 긴장감이 팽팽했다. 더군다나 그녀들의 남친들이 모두 다 신갈 쪽에 사는 사람들인데 라미의 남친 허태상은 신갈대학교 실용음악과 2학년이고, 혜미의 남친 조동팔은 기흥대학교 뮤지컬학과 2학년으로 재학 중이다.

라미는 기흥대학교를 다니고, 혜미는 신갈대학교를 다니고 있는데 남친들은 정반대라 기이하기도 했다. 게다가 서로서로 잘 아는 사이일 수밖에 없었다.

여친들의 아버지가 양당의 후보이고 이번 보선에서 여친들이 현재 열렬히 선거운동을 하고 있는 터라 남친들도 동요를 일으키기 시작하였다.

심지어 여친들이 함께 선거운동에 동참해 달라고 부탁하자 남친들은 고민에 휩싸였다. 시간이 급하다고 애원하자 그들은 "도와주겠다."라고 밝히고 합류했다. 아무래도 가창력 면에선 뮤지컬 학과를 다니는 혜미의 남친보단 실용음악과를 다니는 라미의 남친이 뛰어나긴 하지만 선거전에서 그런 부분은 그리 크게 영향을 미치진 않을 것 같았다. 선거전은 자극적, 충동적인 측면이 강하고 무슨 오디션 같은 가창력 우위를 선발하는 측면이 아니기 때문이다. 이날부로 남친들이 선거용 용달차에 합류하게 됐다.

정리하자면 신라미가 기흥대학교 뮤지컬학과 2학년이고 남친 허태상이 신갈대학교 실용음악과 2학년이다. 이혜미가 신갈대학교 실용음악과 2학년이고 남친 조동팔이 기흥대학교 뮤지컬학과 2학년이다.

첫날부터 가열되기 시작하여 남자친구들은 용달차가 지나갈 때 서로를 매섭게 쳐다봤다.

확성기에서 울려 퍼지는 노랫소리는 기 싸움 그 자체였고 서로 잡아 먹을 듯이 쳐다봤다.

라미와 태상은 두 손을 꽉 잡고 라미 아버지 여당 시민사랑당 신허찬을 외치며 목이 터져라 반복하였다.

혜미와 동팔도 이에 뒤질세라 서로가 허리를 잡고 혜미 아버지 야당 국민만 생각하는 당 이천승을 외치며 목구멍이 부르트도록 반복하였다.

기흥 갑구 상갈동 신갈동 구갈동 하갈동 4개 동을 이리저리 돌아다녔다.

백송여고 동창회원들은 지금 한창 기흥 갑구 보궐선거운동이 진행되는 것을 보면서 특별한 관심을 갖기보단 그저 웃긴다고 여길 뿐이었다.

왜냐하면 비트코인이라는 문제로 사회가 뒤숭숭해져 새로 보궐선거가 치러지는 것이고 자신들의 남편들도 그런 쪽에 깊숙이 관련되어 있는 것을 인식하고 있어서이다.

그러다가 자신들의 남편들도 문제가 되어 신세가 꼬일 수도 있으리란 우려도 하지만 차라리 그렇게 돼 버렸으면 속 시원하겠다는 마음도 문득문득 든다.

의처증 증세가 너무 심해 자신들을 엄청날 정도로 괴롭히기 때문이다. 또 다른 한편으론 남편들이 워낙 돈이 많아 그 후광으로 어부지리를 얻는 것도 있어서 약간 우려되는 부분도 존재했다.

그녀들의 관심사는 그따위 보선 같은 것보단 유희 쪽에 집중되어 다시 꿈틀거리기 시작했다.

수도권 어느 곳도 다 돌아다니는 콜택시가 강남고속터미널에 세워져 있다. 그녀들은 집에 들어가면 남편들의 엘리트 의식에 찌든 거만한 말투, 고압적 거친 말투, 우월적 말투에 치가 떨려 그녀들만의 그녀들을 기다려 주는 애인들이 기다리는 곳으로 가기 위해 그곳에 세워져 있는 택시를 무심코 잡아탔다. 진보라는 안양으로 향했다.

"기사님, 안양 쾌속아울렛으로 가 주세요."

보라 말고도 다른 친구들도 다 제각각 애인이 있는 곳으로 향하였다. 보라는 그저 심란한 기분에 특별히 애인과 약속도 하지 않은 채, 그냥 가는 것이다. 그런데 순간 그녀에게 어디선가 전화가 걸려 오고 있었는데 번호를 확인하니 최란비 총무였다.

"그래, 란비야. 어떻게 전화를 한 거야?"

란비라는 말이 나오자 택시를 운행하던 기사가 깜짝 놀라며 눈을 휘둥그레 떴다. 기사가 란비의 남편이기 때문이다.

란비의 남편인 엄태석은 고개를 갸웃거렸다. 그랬지만 복잡하게 생각하진 않았다. 까닭은 자신의 부인은 아닐 거라고 생각해서였다. 이렇게 넓고 넓은 세상에 동명들이 얼마나 많겠는가! 이렇게 판단했다. 그러나 너무 기이한 일은 여자 손님의 핸드폰 통화음으로 들리는 여자의 목소리가 자신의 부인의 목소리와 동일하다는 사실이었다. 그래서 집중하여 들어 보기로 하였다. 들리는 소리는 이랬다.

"어, 동창회가 끝난 게 이틀밖에 지나지 않았는데 친구들이 보고 싶어서 전화를 하는 거야! 그리고 난 또 총무니까 총무로서 회원들에게 안부를 묻고 싶기도 하고 말이야!"

　태석은 부인이 확실하다는 판단이 섰다. 하지만 지금 이 상황에선 내색할 수 없었다. 옆에 앉은 여자 손님이 있기에 그랬다. 이윽고 목적지에 도착하여 보라가 계산을 하고 문을 열고 내리려는 순간, "저어, 이거 콜택시 명함입니다. 필요하시면 아무 때나 불러 주세요."라고 엄태석 기사는 말했다. 그녀는 "알겠어요."라고 말하며 내렸다.

　태석은 다시 돌아서 다른 손님을 태우기 위해 떠났다.

　그는 '내 마누라가 학교 동창회 총무를 맡았나!'라고 생각했다. 그런데 그에게는 몹시 안 좋은 습성이 하나 있다. 꼭 여자 손님이 내린 다음에 그녀의 동태를 살피는 괴이한 습성 말이다. 오늘도 예외는 아니었다. 더군다나 여자 손님이 자기 부인과 동창이란 게 확인됐으니 더더욱 그랬다.

　그래서 며칠 전, 그러니까 지난주 월요일도 김미소와 통통할인마트 조철화 부장이 택시에 탔을 때도 그들이 내린 다음 어디로 가는지 유심히 바라보다 동영상을 찍어 버린 것이었다. 오늘도 그런 짓을 할 공산이 너무 크다.

　스마트폰을 꺼내어 동영상을 누른다. 그녀는 막 걸어가더니 어떤 남자를 만나고 있었다. 안양 쾌속아울렛 앞, 그 남자는 그녀에게 가까이 다가와 웃으면서 손을 잡는 것이었다. 그 뒤, 허리를 잡고 작은 골목 쪽으로 걸어간다. 40초가량의 동영상이 찍혔다. 그 후, 택시를 돌린다.

　한편, 오늘 안양 쾌속아울렛에서 애인을 만나 데이트를 즐기는 진보라는 카페에 들어가 애인과 이런저런 세상 돌아가는 이야기를 나누던 도중, 여고 동창 중에 유난히 친하게 지내는 친구들이 무척 걱정되었는지 위로의 카톡 겸 앞으로의 대응 방안을 알렸다. 이미 어제 회장에게 그런 문자를 받았었기 때문이다.

나의 친한 절친들아, 잘 읽어 보아라, 너희들 차량을 압수당하여 얼마나 고초가 심해겠니? 이렇게 사는 것도 짜증 나고 죽겠는데 남편들이 그렇게 극성을 부리니 나 원, 미치겠다. 그러니 내가 삶의 힌트를 주겠다. 너희들 애인들이 있는지 없는지는 난 모르겠다. 서로서로 쉿, 쉿, 쉿 하니 말이다. 만약 있다면 가장 무난한 건, 기동력 있는 콜택시를 이용하길 강력히 권하는 바이다.

콜택시를 이용하길 강력히 권한다는 카톡 내용이 그녀의 절친들에게 전해지자 그녀들은 대꾸는 하지 않았지만 대신 고개를 끄덕였다.

보라는 친구들을 위한다는 일념으로 기동력을 발휘할 루트를 알려 주는 것이었다. 동창회든 몇 명이 모이는 자리든 애인이 있단 얘긴 서로로 피하지만 보라는 직감이 워낙 뛰어나 이렇게 알려 주는 것이었다. 누구나 아는 평범한 길이지만 말이다. 이에 그녀들도 콜택시를 이용하고자 서서히 움직이기 시작하였다.

즉, 콜택시를 불러 애인들을 만나러 가야겠다는 생각을 하게 되었단 것이었다. 성남에 사는 이진아, 안양의 박가린, 의정부의 최호리, 인천의 조숙희, 부천의 김미숙, 수원의 허경란, 이렇게 6인의 친구들에게만 아이디어 차원의 문자를 보냈다.

이 외에 여고 동창회에 참석한 다른 친구들은 무척 많지만 그리 친한 편은 아니기에 생략한 것이었다.

어제 오후 뚝섬에서 호수의 남편 하오가 조교와 데이트하다가 캐딜락으로 들어간 사실을 호수에게 알린 강남구 논현동에 사는 민지는 제외됐다.

왜냐하면 보라의 절친은 아니기 때문이다. 위의 6명의 여인들은 제각각 콜택시를 불렀다. 애인을 만나러 가는 길이라 사뭇 즐겁기만 하였다.

그런데 너무너무 기이한 일은 그녀들의 애인들은 모두 다 용인에 사는 남자들이라는 사실이다. 이렇게 된 사연은 백송여고 동창회가 주로 열리는 장소가 용인 처인구 유림동이라 그곳에 자주 가게 됐고 그러다가 모임에 온 남자들과 눈이 맞은 것이었다. 또, 그녀들의 남편들이 가끔 부부 동반으로 산행도 하고 골프도 치고 술도 먹고 하는 장소에 참석했다가 눈이 맞은 경우도 있었다.

진아의 남편은 변호사, 가린의 남편은 한의사, 호리의 남편은 회계사, 숙희의 남편은 판사, 미숙의 남편은 높고푸른당 국회의원, 경란의 남편은 특별한 직업은 없지만 무지막지한 상속을 물려받은 최상위 부자였다. 공교롭게도 진아의 애인도 변호사, 가린의 애인도 한의사, 호리의 애인도 회계사, 숙희의 애인도 판사, 미숙의 애인도 높고푸른당 국회의원, 경란의 애인도 특별한 직업은 없지만 무지막지한 상속을 물려받은 최상위 부자이다.

이렇듯, 6인 여자들의 애인들이 그녀들의 남편들과 직업이 동일한 까닭은 남편들의 모임에 즉, 부부 동반의 성격을 띠는 모임에 자주 참석하다 보니 자연스레 그렇게 된 것이다. 원래 인간들은 자신이 하는 직업과 동일한 업에 종사하는 사람들과 자주 모임을 갖지 않던가?

그래서 그렇게 눈이 맞아 애인이 되어 사귀는 것이었다. 그런데 또 다른 차원의 극심한 공교로움이 존재하고 있었다. 그녀들이 제각각 콜택시를 불러 목적지 용인으로 가는 중, 기사들은 한결같이 "너무 예쁜 아가씨가 차에 타니 기분이 좋군요!"라고 띄워 줬다. 그러자 그녀들은 침묵을 지키며 그저 웃기만 하였다.

하나 더 동일한 차원의 극심한 공교로움이란 그녀들이 내리려는 순간, "저어, 이거 콜택시 명함입니다. 필요하시면 아무 때나 불러 주세요." 하며 기사가 명함을 건넸다는 것이다.

이에 그녀들은 "알겠습니다."라고 말하며 내렸다. 그러나 공교로움은 여기까지였다. 그들 기사들은 엄태석 기사처럼 여자 손님이 내려서 갈 때 동영상을 찍고 그러진 않았다.

나름대로 선량한 기사들이다. 기사들은 돌아서 다른 손님을 맞이하기 위해 떠났고 내린 그녀들은 다 제각각 애인을 만나기 위하여 걸어갔다. 동백역으로 간 이진아, 기흥역으로 간 박가린, 상갈역으로 간 최호리, 에버랜드역으로 간 조숙희, 신갈오거리로 간 김미숙, 어정사거리로 간 허경란, 그녀들은 이런 오늘 이 시간의 일들이 서로서로 모르는 일인데도 마치 서로 약속이라도 한 듯이 동일한 지역에 조금씩 다른 지점에서 만남을 갖는 희한한 공교로움을 연출하고 있었다.

이진아는 남편 모르게 이진석 변호사를 만나자마자 너무 기뻐 "오우, 너무 보고 싶었어요!" 하며 쏜살같이 달려가 주변에 사람들이 꽤 많은 동백역 광장에서 그를 세차게 끌어안아 버린다.

그러자 그는 "아니, 이렇게 사람들 다 쳐다보는 데서 이게 뭡니까? 정말 실망스럽습니다."라고 말하며 얼굴을 찌푸렸다. 진석은 진아를 밀며 인근 카페로 데리고 갔다.

다른 여자들, 박가린, 최호리, 조숙희, 김미숙, 허경란은 그저 조용히 만나며 카페로 조심스럽게 걸어갔다.

한편, 콜택시가 기동력이 좋다고 친구들에게 정보를 제공한 보라는 안양 쾌속아울렛 주변의 카페에 들어가 시원한 아메리카노를 마신 후, 애인인 차연식을 데리고 인근 모텔로 들어가 빨간색 장미꽃을 검정색 장미꽃으로 검붉게 물들였다.

진보라의 남편 허동구는 부장검사이고, 기이하게도 애인 차연식도 부장검사이다. 차연식은 검찰청 근무를 안 하고 유희를 즐기러 잠시 밖으로 나왔던 것이었다.

"나, 얼른 들어가 봐야 돼. 이러는 걸 누가 보면 난 검찰청에서 잘리는 수가 있어 얼른 간다. 잘 들어가."

연식은 황급히 도망치듯 달아났다. 보라는 우두커니 하늘만 쳐다보며 이젠 그만 집으로 돌아갈까 생각하다가 혼자 카페에 들어가서 아까 이곳으로 올 때 타고 온 콜택시의 명함을 쳐다봤다. 명함엔 "언제 어디서든 불러 주세요. 엄태석입니다."라고 적혀 있었고 하단엔 핸드폰 번호도 있었다.

그녀는 그 명함을 다시 핸드백에 넣었다가 이젠 집으로 가야겠다고 마음먹고 다시 명함을 꺼내어 번호를 눌렀다.

"네, 아까 명함을 받았던 사람입니다. 지금 시간 가능하시면 여기 쾌속아울렛 앞으로 와 주세요."

"네에, 그럼요."

엄태석 기사는 그녀의 전화를 받자마자 다른 곳에서 콜이 왔는데도 그걸 취소하고 그녀에게로 번개같이 달려왔다. 택시가 그곳에 도착하니 시간은 정오였다.

"하하하. 저를 부르셨군요. 그나저나 너무 바쁘게 일하다 보니 점심을 먹지 못해서…… 뭐 그래도 일해야죠. 어디로 가시렵니까? 손님?"

"아! 그런가요. 그렇다면 저도 아직 밥을 안 먹었으니 함께 가서 식사를 하고 가기로 해요."

무지막지하게 접근하는 그녀였다.

"아니, 아아, 아, 아닙니다. 제가 어떻게 손님과 같이 식사를 합니까? 미안하게… 그거참, 좋긴 해요."

"아니에요. 함께 가세요."

엄 기사는 속으론 흐뭇했지만 겉으론 아닌 척했다. 끌려가다시피 그는 식당으로 들어가게 됐다. 속으로 '이 여자가 우리 집사람과 고교 동창이구나! 그러니까 아까 여기 올 때 내 부인과 통화를 했겠지! 말하는 내용을 분석할 때 말이야!'라고 생각했다.

"아니, 어떻게 손님께서 저 같은 기사와 식사를 다 하시려고 생각했어요? 이거 너무 미안해서 원……."

"오자마자 식사를 못 했다고 하시길래……."

"아니, 그건 저 혼자서 그냥 한 말이지요, 뭐! 그런 것 가지고 아아, 아……."

이들은 식사를 마치고 나와 택시를 타고 그녀의 집 서초구 반포동으로 내달렸다. 엄 기사는 무슨 이유에서인지 쓸데없이 이런저런 얘길 자꾸 시도하고 또 했다. 옆자리에서 그 말을 듣고 있는 그녀에게 뭔가 색다른 의미가 전달되고 있었다.

5. 마이운수 마을버스

남편에게서 느끼지 못하는, 그리고 또 아까 만나고 오는 애인에게서도 느끼지 못하는 또 다른 그 무엇인가가 느껴진단 것이었다. 무척 부드럽단 느낌이 강하였다. 그도 그럴 것이 남편은 부장검사인데 늘 말투가 무슨 '심야토론' 하는 양, 아니면 심문 조사하는 양 하는 느낌이라 정이 다 떨어졌다. 게다가 아까 만난 애인도 부장검사라 흡사하다. 직업에서 드러나는 느낌은 지울 수 없지 않겠는가?

그러다가 살랑살랑 나긋나긋한 말투를 들으니 그녀로선 왠지 편안함이 몰려오는 것이었다. 그런 차원에서 본능적으로 막 웃음이 쏟아져 나왔다.

"이히, 히히히."

이렇듯, 그녀가 웃음을 보이며 반응을 보이자 엄 기사는 속으로 쾌재를 부르면서 '내 마누라 친구들은 다 이런가.'라는 생각도 해 봤다.

그렇다고 이들이 지금 택시 안에서 무슨 특별한 남녀 간의 진전된 방점을 찍은 건 아니지만 원래 남녀 간이란 그런 방점을 찍진 않았어도 말이라도 몇 마디 오고 가면 그게 바로 방점에 준하는 성질이 있지 않던가!

이윽고 그녀가 사는 곳, 서초구 반포동 강남터미널 주변에 다다랐다.

"다음에 또 어디 가실 때 불러 주세요!"

"네에, 그러도록 하겠습니다."

엄 기사는 택시를 돌려 다른 곳으로 갔고 그녀는 집으로 들어갔다.

한편, 그녀의 코치를 받은 진아, 가린, 호리, 숙희, 미숙, 경란은 모두 그렇게 콜택시를 이용한 속도전을 펴며 애인들을 만나고 깊은 유희를 즐긴 뒤, 다시 그 콜택시를 불러 제각각 집으로 돌아갔다.

그렇듯, 백송여고 동창회원들은 가릴 것도 없이 유희의 세계로 점점 깊게 빠져드는 것이었다.

마치 애인을 한 번이라도 더 만나고야 말겠다는 집념이라도 지닌 사람들처럼 이리저리 날뛰고 날뛴다. 특히, 동창회장이 된 차호수는 애인 계수를 만나러 가는 도중에 마이운수 마을버스 기사 허강철과 묘한 시선이 왔다 갔다 하는 바람에 앞으로 또 다른 무슨 일이 생길 것인지 모를 일이었다.

그것도 애인 계수를 만나기 위해선 그 마을버스를 타야만 했다. 다른 교통수단을 찾을 수도 있지만 불편하기 때문이었다.

하루 더 지나 호수는 해 질 녘 또다시 계수를 만나러 가기 위해 길을 나서 자신의 집, 역삼동 호키아파트 앞 마을버스를 기다렸다. 계수를 만나러 가는 터라 그에 대한 그리움이 물밀듯이 밀려와야 정상인데 오늘따라 왠지 이상하리만치 이름 모를 마이운수 버스 기사가 머릿속에서 슬금슬금 떠오르기 시작했다. 여자들은 원래 예쁘다는 말만 들으면 그러는 것 같았다. 물론 남자들도 그런 것은 동일할 수가 있다.

그런 생각들이 오고 가는 사이에 마을버스가 들어오는데 신기하게도 바로 엊그제 보았던 그 기사였다.

그녀가 차 안으로 들어가자 그는 "와아, 이렇게 또 부딪치다니 난 정말 행복한 남자입니다. 푸하하하하."라고 말하며 호탕한 웃음을 터트렸다. 이에 그녀도 "아, 네. 뭐 그렇게 생각해도 됩니다. 호호호호."라며 받아 줬다.

그녀는 기사 바로 뒷자리가 비어 있자 호재로 여겨 쏜살같이 그 자리로 달려가 앉아 차 안에 손님들이 있든 말든 아랑곳하지 않고 이런저런 대화를 계속 이어 나갔다.

이윽고 그녀는 애인 계수를 만날 목적지인 사당역에 다다르고 있었는데 종점이자 사랑님을 만나는 장소에서 내리려고 하자 기사는 그녀에게 명함을 한 장 건넸다.

"자아, 이거 받으세요. 전 허강철이란 남자입니다. 그대의 사랑의 가마꾼이 되겠습니다."

"네에, 사랑의 가마꾼이라고요? 이히, 히히히. 그럴 수도 있군요."

그녀는 내려서 여기저기 두리번거리는데 조금 떨어진 곳에서 애인인 계수가 웃으면서 천천히 걸어오고 있었고 허강철 기사는 돌아서 가며 그녀와 계수가 웃으면서 손을 잡고 카페로 들어가는 장면을 보았다. 남편일까 아니면 그 외 무엇일까 여러 생각이 들었다. 그런 상념 속에 액셀을 세게 밟아 타이어 바퀴가 거칠게 돌며 한참을 달려갔다.

그녀는 엊그제 기분이 잡쳐 애틋한 관계를 갖지 못하였고 오늘은 어느 정도 기분이 풀렸기에 육체관계를 맺어야겠다고 마음먹고 그를 살살 잡아당겼다.

"엊그제 못 했으니 얼른 저기로 가자고 저기로 가……."

"그럼, 그래야지. 우하하하."

이들은 인근 모텔로 들어가 번개같이 관계를 맺고 나왔다. 그는 오늘도 자신의 차 푸조를 타고 쏜살같이 도망치듯 달아났다. 그녀는 또다시 역삼동 호키아파트를 가기 위해 마을버스를 기다려야만 했다.

불과 10분이 지나자 버스가 오고 있었는데 공교로움의 극치였다. 또다시 허강철 기사가 운행하는 마을버스였다.

"어! 또 이렇게 예쁜 아줌마를 보게 되다니요? 빨리빨리 얼른얼른 타세요!"

"그래요."

지금 이 순간, 허 기사는 아까 그 남자에 대해 꽤 신경이 쓰여 한번 물어보리라 마음먹었다.

"근데 제가 이건 너무 이상한 말씀인지 아닌지는 모르겠지만 아까 여기 종점에서 돌아서 가는데 밖을 보니 너무 예쁜 그대께서 어떤 남잘 만나고 계시더군요. 어떻게 남편입니까? 아니면 뭡니까?"

"……."

그녀는 아무런 말을 하지 않았다. 뭐라고 말하기가 그랬기에 그런 건데 계속 그녀가 아무런 말을 하지 않자 그는 답답한 나머지 "제가 이런 말을 묻는 건, 뭐 별거 없어요. 솔직히 너무 처음부터 막 그런 표현을 쓰고 그러면 조금 그럴까 봐, 제가 그 말은 엄청 아끼고 아꼈는데 전 아줌마를 보고 반한 남자입니다. 제가 계속 예쁜 아줌마라고 말하고 또 명함 줄 때 벌써 다 알아봤잖아요?"

"……."

"그래서 말이지, 아까 사당역에 내려서 만나던 남자가 남편입니까? 아니면 뭡니까? 전 그 대목이 굉장히 중요합니다. 그걸 알아야 제가 바로 다음 후속 조치가 뒤따를 것입니다. 저는 비록 이렇지만 사리에 밝은 사람이거든요. 하하하하. 막 아무 유부녀에게 달라붙고 그러진 않습니다.

그건 가정파괴범이나 하는 짓입니다."

그가 이렇듯 되묻자 그녀는 속으론 기분이 좋았으나 겉으론 절대로 반응하지 않았다. 이렇게 반응하지 않는단 것은 기분이 무척 좋다는 반증일 수도 있었다. 싫다면 "난 남편이 있는 여자랍니다."라고 말해 버리면 끝인데 그렇게 대답하지 않았기 때문이다.

내숭의 극치였다. 그것도 남편도 있고 애인까지 있으면서 또 다른 제3의 남자의 접근에 대해 딱 부러지게 뭐라고 말하지 않는 삼중성격 말이다.

이윽고, 역삼동 종점에 다다라 도착하자마자 그녀는 쏜살같이 내려 막 달려가다가 어디 카페로 뛰어 들어가 속으로 환호성을 터뜨렸다. 시원한 아메리카노를 한 잔 시켜 먹으면서 속으로 '아, 내가 그렇게 매력이 있단 말인가!' 하며 흡족해 열광의 도가니 속으로 빠졌다.

한편, 허 기사는 그녀가 아무런 말을 하지 않은 것에 대해 수천 가지의 해석을 하며 핸들 돌려 운행을 이어 갔다.

백송여고 동창회장인 차호수가 이런 유희의 행보를 보이고 있을 때, 같은 동창회원들 중, 서민인 두 여자 김미소, 최란비 총무는 비슷한 듯, 전혀 다른 행보를 보이고 있었다. 미소는 남편인 김정배의 경제적 무능에 대해 환멸을 느끼고 결혼을 후회하며 자신이 다니는 통통할인마트의 조철화 부장과 애인이 되어 그의 차, 아우디 A8을 타고 퇴근하며 여기저기 돌아다니며 데이트를 하고 용돈도 적지 않게 받으며 하루하루 지내고 있었다. 조 부장과의 데이트는 부업 차원이라 생각하는 엽기를 발휘하고 있었다.

또 다른 서민인 최란비 총무는 중앙동에서 조그마한 미용실을 운영하며 절대 그런 유희는 있을 수 없는 일이라 생각하며 살아가고 있었다.

그랬다고 그녀가 여성으로서 매력이 부족하여 그런 것도 아니었다. 란비가 운영하는 미용실에 머리를 깎으러 온 남자 손님들 중 그녀에게 한 번이라도 추근거리지 않은 이가 없을 정도였다. 그럴 때마다 그녀는 단칼에 그들을 후려쳐 버린 것이었다.

용인시 도의원의 아내인 라희는 남편 덕분에 돈이 무척 많다. 남편은 원래 용인 모현면 창대리가 고향인데 아는 지인을 통해 양지면 야태리에 사는 그녀를 만나게 되어 만나다가 몇 달 뒤, 결혼을 올려 버린 것이었다.

남편이 청렴맑은당 전당대회에 참석했을 때, 그녀도 동석했었는데 방송에도 자주 나오는 낯익은 국회의원이 남편과 무슨 얘길 하는 중에 그녀와 두 눈이 마주쳤다. 그 사람은 경기도 광주시 국회의원 조행실이다.

행실은 그때 그 순간, 심장이 멎는 듯했다. 그리 대단한 미모의 여인은 아니었으나 자신이 볼 땐, 최고의 이상형이었기 때문이다.

다 각자 보는 눈이 다르기 때문에 눈이 번쩍번쩍하였으나 그냥 돌아서 갔다. 그랬다가 다음에 또 다른 정치 모임에 부부 동반으로 참석했었는데 그때 행실은 그녀에게 쥐도 새도 모르게 접근하여 번호를 알려 주고야 말았다. 그녀는 그 번호를 받고도 전화를 하지 않았지만 묘한 기분이 감돌다가 끝내 그 번호를 눌러 버렸고 결국 만나선 안 될 만남이 이뤄지고 말았던 것이었다.

행실은 남편보다 4살 위라 나이 차는 조금 있지만 남편처럼 못생긴 두꺼비 상은 아니고 조금은 매력적인 부분이 있다고 그녀는 판단했던 것이었다.

백송여고 동창회원들은 너도나도 가릴 것 없이 다들 애인들을 보유하고 있었다. 최란비 총무만 제외하고······.

여고 동창회원들의 이런 일탈은 어쩌면 그녀들만의 문제라고 하기엔 많은 무리가 있어 보였다. 물론, 이런 행실이 정당화될 순 없겠지만 그 이전에 그녀들의 남편들이 먼저 일탈로 나아가 버렸기에 맞받아치는 의미의 동반 탈선의 의미가 강했다.

하루 더 지나 차호수 여고 동창회장은 아침부터 남편과 심한 말다툼을 벌였다. 며칠 전 남편에게 캐딜락을 압수당하였기 때문이다.

"야, 이 인간아 왜 남의 차는 빼앗아 가 안 줘? 얼른 달라고!"

이렇게 그녀가 막말을 쏟아붓는 이유는 며칠 전 금요일 사당역에서 애인을 만날 때, 친구인 민지가 번개같이 보내 준 카톡 사진이 있어서이다. 그 사진엔 남편이 젊은 여조교와 함께 지금 다툼으로 거론되는 그 캐딜락으로 들어가는 장면이 있었다.

더욱더 강한 불만과 증오가 싹트긴 하지만 그 사진에 대해선 절대 말하진 않고 침묵하고 있다. 그 사진을 전송해 준 친구 민지의 입장을 최대한 고려해야 하기 때문이다. 그저 "차를 빨리 돌려줘."라고 아주 크게 고함을 지를 뿐이었다.

"차 내놔! 얼른 나의 차, 캐딜락을 내놓으란 말이야! 캐딜락을 줘!"

계속되는 부인의 망발같이 느껴지는 고함에 남편은 뭔가 이상하단 느낌이 강하게 들었다. 왜 이리 그 차에 대해 집착할까 생각했다. 그렇지 않아도 남편 김하오는 아내의 차를 압수할 땐 음주운전을 한 응징이라 밝혔으나 실은 부인의 바람을 깊이 의심하기도 했었다. 물론, 목격된 것은 아니라 뭐라 말하진 못했지만 그런 상황인데 오늘 지금 이 시간에 차를 돌려 달라고 생떼를 쓰는 모습은 더욱더 그런 차원의 의심을 뒷받침하게 만드는 대목이었다.

"아니, 이봐, 뭔 차를 내놓으라고 소릴 쳐? 그 차가 당신이 산 차야? 내가 내 돈으로 산 차지! 그것도 내 거란 말이야. 그러니 돌려줄 수 없어. 어디 가려면 대중교통을 이용하라고…… 에잇."

하오는 아내의 도발에 더 강한 고함을 치며 문을 꽝 열고 나가 버려 세일대학교로 출근하려고 그 차에 탄 뒤, 나이 25세 조교인 반혜빈에게 전화를 건다.

"야, 혜빈아. 어떻게 일찍 과 사무실에 도착했니?"

"네에, 방금 전에 왔어요."

"나 참, 오늘 아침은 너무 재수 없는 일이 생겼다. 우리 아내가 나보고 그 캐딜락이 자기 것이니 돌려 달라고 생떼를 쓰는 거야. 별 미친년 다 본다. 미친년이 그 차로 음주운전하고 다니고 또 이상한 짓도 하고 다닐 것 같아서 내가 압수한 건데 오늘은 달라고 고래고래 소릴 지르며 펄쩍펄쩍 뛰는 거야. 정말 더럽다. 더러워, 내 돈으로 내가 산 고급 외제 차인데 말이야! 말이 길어지면 운전하는 데 지장 있으니까 내가 가서 얘기할게……"

"네에. 오세요."

캐딜락을 몬 그는 금세 근무지인 세일대학교 경제학과 사무실에 들어섰다. 들어서자, 조교 반혜빈은 웃으며 "어서 오세요. 사랑하는 교수님."이라고 말했다.

"야, 일단 커피나 한 잔 타라."

"네에."

그녀는 커피포트에 물을 붓고 끓인 후, 밀크커피를 두 잔 타서 들고 왔다.

"아이, 너무 그렇게 화내지 마세요. 사랑하는 우리 교수님!"

그는 분노를 곱씹으며 밀크커피를 벌컥벌컥 마시며 "내가 말이야. 그년에게 말했다고, 이 차는 내가 산 차이니 못 주니까 그냥 대중교통 타고 다니라고 말이야! 에잇. 그거 말이야, 되게 의심스러워, 아직 내가 눈으로 본 건 아니지만 의심스러운 느낌이 들어. 화장을 했다가 지웠다… 또 옷에 너무 지나치게 향수를 뿌리는가 하면서 말이야……, 그거 사내가 생긴 것 같아."

"아하! 그랬어요? 그냥 대중교통 타고 다니라고 그랬단 말이죠. 아아, 글쎄, 음… 그런다고 교수님이 정말 우려하는 것, 사모님이 바람을 안 피울까요? 대중교통이 완전 원천 봉쇄가 될까요? 미봉책이고 그저 그러네요. 크크크크. 교수님도 지금 현재 날 만나면서 사모님에게 그런 걸 신경 쓰는 걸 보면 남자들이란 정말 엄청나게 이기적인 동물들이긴 맞긴 맞아요! 호호호호."

"야, 너 자꾸 나처럼 절대적인 존재인 교수님에게 그런 막말을 하면 나한테 혼난다. 너 나한테 맞고 싶니? 에잇."

"네에, 지금부터 그런 말을 하지 않겠습니다."

그녀가 서서 부동자세로 가만히 있자, 그는 천천히 일어나 그녀를 꽉 끌어안고 자신의 입술을 그녀의 입술에 갖다 대고 꾹 꾹꾹 눌렀다.

차호수의 남편 세일대학교 경제학과 교수인 김하오는 이런 위선적인 이중성격의 소유자였다. 원래 자신의 차, 마세라티 콰트로포르테는 집에 그냥 두고 시건장치를 해 두고 부인의 차 캐딜락을 빼앗아 근무지로 타고 다니며 반혜빈 조교와 밀월까지 즐기는 것이었다.

그의 부인 호수는 남편에게 압수당한 캐딜락을 생각하며 이런저런 분노와 상념 속에 안정을 찾지 못하고 냉장고 안의 독한 위스키를 꺼내어 반병쯤 확 마셔 버렸다. 독한 위스키가 체내에 들어가자 가장 먼저 떠오르는 존재는 애인인 세초대학 행정학과 교수 이계수가 아니었다.

이상할 정도로 도리어 마이운수 마을버스 기사인 허강철이 더 많이 떠오르는 것이었다. 그래서 핸드백에 깊숙이 넣어 둔 그가 준 명함을 살며시 꺼내어 바라보자 그 명함엔 "마이운수 마을버스 기사 허강철"이라고 적혀 있고 "당신의 영원한 동반자 수레바퀴입니다."라고도 적혀 있다.

  집 번호와 핸드폰 번호도 있다. 그녀는 다른 데보단 핸드폰 번호 쪽을 집중하며 고개를 갸웃거리다가 본능이었을까 아님, 그냥 우발적이었을까 그의 번호를 확 눌러 버리자 그가 받는다. "여보세요." 그러자 그녀는 아무 말을 하지 않고 있다가 얼른 뚝 끊어 버렸다.

  왠지 모를 그 무엇이 걸려 그녀로선 아무런 말을 할 수 없었다. 이리저리 멀뚱멀뚱 여기저기를 쳐다보다가 혹시나 마을버스를 타면 그를 자연스레 만날 수도 있으리란 묘한 기대심리가 작용하여 집 앞, 버스정류장으로 한 발 한 발 내디뎠다.

  가슴이 조금씩 조금씩 뛰기 시작하였다. 역삼동 출발 사당역 종점 마을버스가 들어서고 있다. 운전석을 바라봤다. 그가 아니었다. 무척 실망감이 앞섰다. 그냥 탈까 말까 하다가 그냥 무심결에 올라탔다.

  그를 기다렸었는데 버스에 올라탄 후론 애인인 이계수가 보고 싶어졌다. 오락가락 정신없는 그녀이다.

  계수에게 문자를 보내니 답장이 왔다. "지금 학교 강의 준비 중이라 다음에 만나야겠다."라는 글이었다. 그녀는 이것도 저것도 만날 수 없게 된 상황에서 그냥 종착지 사당역에 내려 여기저기 돌아다니다가 카페에 들어가 아메리카노나 한잔하고 돌아가리라 생각하고 차 안에서 물끄러미 창밖을 바라봤다.

금세 그곳에 도착하였고 그녀는 내려 줄곧 계수와 데이트하던 그 카페로 들어가 아메리카노를 시켜서 홀짝홀짝 마시다가 점심때가 지나서 나왔다.

역삼동 집으로 돌아가려고 마을버스 정류장에 서성거렸다. 이번엔 강철이 운행하는 차일까 아닐까 조마조마한 심정으로 기다렸는데 이번에도 그가 아니었다.

무척 허탈한 표정을 지으며 그냥 지나쳐 버렸다. 다음에 올 마을버스가 그의 차일 것이라고 기대해 봤다. 20분이 지나 마이운수라고 써진 차가 들어오자 눈을 크게 부릅떴지만 또 아니었다. 순간 무척 허탈한 기분이 그녀의 가슴속을 후려쳤다. 또 그냥 지나쳐 버렸다. 두 번이나 그렇게 지나쳐 버린 후, 세 번째를 기다려 봤다. 그렇게 20분이 지나간 뒤, 마이운수가 들어오고 있었는데 또 아니었다.

그녀의 입에서 한숨이 푹 나오면서 이번엔 그냥 올라탔다. 그녀의 마음은 그 무슨 이유인지 모르게 애인 이계수에게서 점점 마음이 떠나면서 마을버스 기사인 허강철에게로 기울기 시작한 것이었다. 그런 다소 이상한 조짐이나 심리가 그녀의 눈에서 드러나기도 하였다.

방금 전에 사당역 정류장에서 이 차에 올라탄 후, 지금 이 순간, 운전석에 앉아 있는 기사가 허강철로 보이는 듯한 착시현상이 일어나는 것이었다. 엄청난 이상 현상이라 할 수 있겠다. 아까 그녀의 집에서 나오기 전, 강철에게 무심결에 전화하듯 그렇게 번호를 다시 눌러 버리면 되긴 한데 또다시 그렇게 하진 못하고 갈팡질팡하는 아픈 영혼의 그림자! 번호를 또 누르면 자기 자신일 것이라는 단서가 되기에 '그가 자신에게로 번호를 눌러 버릴 게 아니겠는가!' 하고 두려워하는 마음이 앞섰다.

그래서 엄두가 나질 않아 차마 그렇게 누르진 못하는 것이다. 한참 지나 역삼동 정류장에 다다라 내려서 집으로 들어갔다. 차를 남편에게 압수당했지만 이렇게 대중교통을 이용해서라도 자신의 인생의 원초적 행복을 찾겠다는 그녀가 이 시점에서 애인 이계수에게서 허강철로 기운 결정적인 원인이라면, 이계수는 직업이 대학교수다 보니 말하는 투가 그녀의 남편인 김하오와 매우 비슷하기 때문이었다.

남편도 세일대학 경제학 교수인데 꼭 누가 누굴 가르치는 듯한 그런 말투 말이다. 찍어 누르는 느낌을 좀체 지울 길이 없었다.

이를테면, "자, 그만 됐어요. 됐습니다.", "어어", "아아", 즉, 심야토론할 때 사회자가 패널들을 제재하는 그런 느낌을 받으며 살아왔다. 게다가 가끔 고성을 지르거나 사소한 것을 참견하는 잔소리도 서슴없이 내뱉는 남편 김하오에게 완전 질려 버렸는데 직업이 그래서 그런지 애인인 이계수도 세초대학 행정학 교수이다 보니 그런 현상이 나타났던 것이었다.

이런 자체가 싫었던 차에 급격히 남편도 아닌 애인도 아닌 제3의 인물인 마이운수 기사 허강철에게 급격히 기울기 시작한 것이다. 만약 이런 사실을 강철이 안다면 좋아서 펄쩍펄쩍 뛰며 환호성을 지를 것이다.

그러나 아직 이런 사실을 알 리는 만무하다. 백송여고 동창회장인 차호수가 이렇게 오락가락할 때 다른 회원들도 그렇게 갈팡질팡하는 시간들을 보내고 있었다.

부장검사 남편 허동구를 교묘히 피해 다니며 부장검사 애인 차연식을 만나고 다니는 진보라도 그렇고 또 그녀가 절친으로 지내는 진아, 가린, 호리, 숙희, 미숙, 경란도 그렇고 다들 갈팡질팡하는 것은 마찬가지이다.

아울러, 유일한 서민 동창회원이 최란비, 김미소인데 그중, 미소만이 날뛴다. 미소는 며칠 전 자신의 직장인 통통할인마트에서 부장의 아우디 A8에 반해 몸을 제공하는 어처구니없는 행동을 일삼기 시작하여 계속 만나는 중이었다.

주말을 앞둔 날, 미소는 할인마트에 조 부장의 차 아우디를 타고 데이트를 즐기다가 유난히 진하게 선팅된 차 안에서 관계를 맺은 뒤, 옷을 추슬러 입고 자리에 앉았다. 그는 운전을 시작했다. 답답한 처인구에서 바람을 쐴 겸 기흥구 기흥호수공원 쪽으로 내뺐다. 다음 달 15일 치러질 기흥 갑구 보선으로 양당 후보와 선거운동원들이 이처럼 살인적인 폭염에도 불구하고 열띤 선거운동을 하고 다니는 모습이 보였다.

하갈동 쪽에 여당 시민사랑당 신허찬 후보가 유세 차량을 몰고 나타났다. 차량 안엔 딸 신라미와 남친 허태상도 있었다.

요란한 확성기 소리에 놀라 철화와 미소가 차량 안에서 데이트를 하다가 조금 주춤거렸다.

주차 공간이 보여 그는 차를 세우고 그녀와 내려 신갈저수지 방향으로 천천히 걸었다. "왜 저러는 거예요? 철화 오빠?"

"음, 무슨 비트코인인가 무엇인가 때문에 문제가 되어 그때 그 의원이 물러나고 새로 하는 거잖아!"

여자들 몇몇이 우르르 지나가다가 선거용 로고송이 울려 퍼지는 차량이 보이자 호기심을 갖고 갑자기 멈춰 서서 선거운동 관계자들을 집중하며 쳐다봤다.

돌아서 어느 정도 걸어간 철화, 미소도 여러 명의 여자들이 호기심을 보이자 덩달아 호기심을 일으켜 차량을 보게 됐다.

그러자 신허찬 후보는 차량에서 내려와 여자들에게 천천히 걸어가더니 대여섯 명이나 되는 여자들을 한 명씩 꽉 세게 끌어안으며 "아하! 우리 기흥 갑 시민 여러분 저 시민사랑당 신허찬에게 한 표를 주십시오."라고 호소하며 그녀들 중 가장 마음에 드는 여자를 더 세게 꽉 끌어안더니 공중으로 번쩍 들어 올려 시계 방향으로 빙빙빙 돌고 돌았다. 마치 어린아이를 부모가 번쩍 들어 올린 후 빙빙 도는 그런 동작을 연출하였다.

들어 올려진 여자는 "어어어!" 하며 괴성을 질렀다. 이 여자의 나이는 신 후보보다 몇 살 더 먹어 보였다.

한참 그러더니 내려놓았다. 그는 자신의 선거운동의 한 동작으로 매우 호기로운 기분을 이어 갔다.

더더욱 열띤 선거운동이 이어지면서 그의 아내와 딸 라미까지 차량에서 내려 지나가는 산책객들을 반기며 손을 내밀며 한 표를 간절히 호소하며 걸었다.

방금 전 신 후보에게서 무차별 안겨 공중에 붕붕 떴던 여자에게는 남편이 있는데, 조정 경기장 주변에서 낚시를 하다가 전화로 연락을 주고받고 이 방향으로 오는 중이었다.

그녀의 친구들이 그냥 잠자코 가만히 있었으면 아무런 문제가 안 될 수도 있었지만 친구들은 "저기 저쪽에 시민사랑당 신 후보가 애경이를 끌어안고 빙빙빙 돌았어요."라고 알렸다.

그러자 남편은 깜짝 놀라며 얼굴빛이 다소 창백해졌다. "뭐요? 내 아내를 끌어안고 빙빙빙 돌아? 이 자식 신 후보라는 놈 어딨어?"라고 그는 격분하기 시작하였다. 아내의 한 친구가 "아이, 뭘 그런 걸 가지고 그래요? 저 후보는 그냥 선거운동 차원이었잖아요?"라며 격분을 진정시키려고 제재하였다.

그는 이 말에 몹시 짜증을 일으키며 주먹을 불끈 쥐고 선거용 차량이 보이고 로고송이 울려 퍼지는 곳으로 맹렬히 달려갔다. 이 행동에 불안을 느낀 아내와 친구들은 그 뒤를 쫓아가며 "그러지 마요. 참아요." 하며 막으려고 하였으나 그의 불같은 성향을 막을 길이 없었다.

그는 어느새 그곳에 다다라 문제를 일으킨 신 후보에게 항의는 생략해 버리고 곧장 신 후보의 아내로 보이는 여자에게 달려들어 꽉 끌어안더니 번쩍 들어 빙빙빙 돌려 버렸다. 이를 본 신 후보는 충격에 휩싸였다. 7월 21일 금요일 저녁 6시경 기흥호수공원 하갈동 쪽 선거유세에 돌입한 시민사랑당 신 후보는 결국 탈선하고 만다.

신 후보는 거칠게 달려와 그에게 "당신 지금 뭐 하는 짓이야? 왜 남의 아내를 끌어안고 난리야? 당신 성추행으로 신고한다."라며 핏대를 올렸다.

이 말에 그는 더더욱 발끈하며 "야, 후보 새끼야! 네가 아까 내 아내를 끌어안고 번쩍 들어 빙빙 돌린 건 그럼 뭐야? 네가 그런 건 되고 내가 그런 건 안 되나?" 더 강한 핏대를 올렸다.

"난 선거운동 차원이지, 유권자에게 한 표 호소하는 차원이었단 말이야! 하지만 당신은 아무런 동기가 없이 그냥 그런 거잖아?"

"야, 이 자식아! 넌 선거운동 차원이라고 했지만 그 운동을 빙자한 파렴치한 짓이야! 무슨 선거운동할 때 남의 아내 꽉 끌어안고 번쩍 들어 올려 빙빙 돌려도 된다는 규정이 어딨어?"

"어! 이게 말끝마다 이 자식 저 자식 막 욕하지? 너 모욕죄로 당하고 싶냐?"

급기야 멱살잡이까지 벌어지고 말았다. 이를 본 주변인들은 다 달려들어 말리기 급급했다. 한참 대거리를 벌이다 결국 어렵사리 흩어질 수가 있었다. 신 후보와 부딪친 시민은 돌아가며 이 사실을 그대로 알리겠다고 엄포를 놨다. 이미 그의 아내가 아까 그런 일을 당할 때 친구들이 핸드폰으로 꺼내어 다 찍어 버린 상태였다. 어느 정도 거리가 멀어지자 그 장면을 모든 사회관계망에 올렸다.

그 후 우후죽순으로 의견들이 올라오기 시작했는데 시민사랑당 신 후보를 옹호하는 글도 있었다. 즉 선거운동 차원으로 여자를 끌어안고 빙빙 돌릴 수도 있다는 것이었다.

반면 선거운동을 빙자한 추악한 짓이라는 의견도 뒤따랐다. 왜냐하면 남자 유권자에겐 그렇게 하지 않고 유독 여자 유권자만 골라서 하는 건 표면은 선거운동이지만 속내는 욕정을 채우기 위한 추행이란 것이었다.

다음 달 8월 15일 치러질 기흥 갑 보궐선거에서 이 대목이 어떤 영향을 미칠지 허찬은 꽤나 신경이 쓰이기 시작하였다. 현재 양측의 지지율이 팽팽한 상황이라 자칫 이 문제가 불거져 조금 떨어지면 직격타가 올 수도 있기 때문이다.

철화, 미소는 이 장면을 다 지켜본 뒤 피식피식 웃어 가며 무더위에도 아랑곳하지 않고 두 손을 꽉 잡고 공세동 쪽 산책로로 유유히 걸어갔다.

한참을 걷자 신갈저수지가 훤히 내려다보이는 낭만적인 모텔이 하나 나왔다. 이들은 이곳에 들어가 야릇한 시간을 나눴다.

시원한 에어컨 바람을 쐬며 오붓한 시간을 이어 가다가 돌아갈 시간이 된 듯하여 밖으로 나와 그의 차 아우디 A8을 타고 역북동 환희빌라로 향했다.

어느새 시간은 밤 10시 반이나 됐는데 그 시간에 그녀의 남편 김정배는 아직 귀가하지 않은 상태였다.

역북동 환희빌라 11동 202호에서 약 50미터쯤 떨어진 곳에 아우디 A8이 세워져 있었다. 그런데 그녀에겐 무척 심각한 문제일 수 있는 일이 벌어지고 있었다. 그녀의 아들과 딸이 같은 시간대에 학원 수업을 마치고 그 골목으로 걸어오고 있는 것이었다. 그녀 입장에서는 최악이었다.

　차에서 내리며 "내일 또 만나 조 부장님." 하며 말한다.

　"그래, 미소 씨! 내일 봐!"

　그 순간, 아들과 딸이 어머니를 봤고 목소리도 다 들었다. 그녀가 고개를 돌리는 순간, 아이들을 보게 된다. 그녀는 깜짝 놀라며 눈을 휘둥그레 뜬다.

　"어어, 어, 얘들이……."

　보통 때 같으면 아이들은 이 길로 오지 않고 학원 승합차를 타고 집 앞까지 와서 내릴 텐데 오늘은 재수가 없는 날인지 이 길로 오는 것이었다. 그러자 이를 눈치챈, 조 부장은 재빨리 핸들 돌려 다른 곳으로 도망쳤다. 그녀 입장으론 그나마 다행이었다. 그 정도 일만 아이들에게 보였으니 말이다. 이런 이유로 불법임에도 과다하게 진한 선팅이 전국에 80%를 웃도는 것 같다.

　"아니, 얘들아. 너희들 오늘은 학원 차 타고 오지 않았어?"

　"음, 오늘은 저기 피자 가게에 잠시 들러 피자를 먹고 오는 거야!"

　"그래. 어서 들어가자."

　이 순간, 그녀는 혹시 아이들이 그 차가 누구 차냐고 물어보지 않을까 몹시 신경이 곤두섰다. 그랬지만 다행히 아이들은 그걸 묻진 않았다. 차에서 내릴 때 조금 더 진한 애정 표현을 했더라면, 하마터면 큰일 날 뻔했다. 가슴을 쓸어내렸다. 그런데 방금 전, 그 차에서 내릴 때 조 부장이 애정 표현으로 미소의 손에 키스를 하는 장면을 그녀의 남편인 김정배가 퇴근하다가 전봇대 가로등 밑에서 보고 말았다.

　그는 스파크 중고를 타고 다니는데 이 차를 타고 전봇대 가로등 밑쯤

오자, 부인이 아우디 A8이란 차에서 내리면서 그러는 장면을 보게 된 것이다. 순간, 이런저런 생각들이 그의 가슴을 짓누르기 시작했다. 그는 부인과 아이들이 집으로 다 들어가는 광경을 끝까지 지켜본 뒤, 차를 서서히 몰고 집 앞에 세우고 쓰디쓴 담배를 꺼내 피우다가 반쯤 피운 후, 끄고 다시 화장지로 말아서 넣고 들어갔다. 화장지에 말아서 넣는 것은 부인이 하라는 대로 하는 것이다.

  정배는 깊은 한숨을 푹 쉰다. 조금 더 시간을 지체하며 서성이다가 현관문으로 들어갔다.

  "어어, 당신 지금 들어오는 거야? 나하고 우리 애들도 방금 전에 들어왔는데……."

  "그래. 뭐, 그렇지 뭐!"

  그는 낙담하는 조로 이렇게 한마디 툭 던지고 샤워하러 들어갔다.

6. 유권자를 끌어안고 빙빙 도는 신후보

그도 최근 들어 그녀에게서 다소 특이한 반응이 나온다는 것을 직감했다.

그러나 이렇다 하게 뭐라고 하진 않았다. 또 자식들의 정서교육 차원에서도 좋지 않을 것 같아 그랬다. 아직 아이들은 직감하진 못하는 상황이었다. 김정배 입장에서는 올 무더위만큼이나 정신도 몹시 열불이 날 상황으로 치달았다. 그래서 정신을 바짝 차리려고 아주 차가운 물로 이리저리 샤워를 하였다.

미소가 이런 시간을 보낼 때, 최란비는 그저 우직하게 중앙동에서 미용실 일을 하고 있었다. 그녀가 일하는 곳이 미용실이다 보니 남자 손님들도 많이 들어오는데 그녀를 한 번이라도 본 남자 손님들은 관심의 표현을 뭐라고 말하든 꼭 한마디씩은 했다. 그랬지만 그녀는 꿈쩍도 하지 않았다.

최란비라는 여자를 와이프로 만난 엄태석 택시 기사는 너무 큰 행운을 받은 것 같다. 남자든 여자든 아무리 잘나고 아무리 잘 배웠어도 궁극엔 정욕의 과욕으로 균열이 생기고 파탄이 나는 것 아닌가?

그런데 그런 여복을 받아 정작 행운을 누리는 엄태석은 부인과 같진 않았다. 그는 개인택시 기사를 하면서 꼭 여자 손님과 동행하는 남자를 뒤에서 동영상을 찍어 버리는 악습을 지니고 있다.

원래 부부라는 게 둘 다 선한 경우도 있지만 아닌 경우도 많다. 그는 그런 악습만 지닌 게 아니라 정욕 또한 남달리 강하여 호시탐탐 욕망을 이룰 기회를 엿봤다. 특히, 만취한 여성 승객을 노리는 행동이 많았다. 예전에 수차례 그랬는데 아직까진 적발되지 않고 있는 중이다.

며칠 지나 기흥 갑 보궐선거 여론조사가 진행됐는데 21일 시민사랑당 신 후보가 하갈동에서 한 여성 유권자를 꽉 끌어안고 들어 올려 빙빙 돈 사실이 알려지면서 여론의 뭇매를 맞고 지지도가 급격히 추락했다는 보도가 뒤따랐다. 신허찬과 관계자들은 탄식하며 상당한 괴로움에 빠져들기 시작하였다. 앞으로 다시 전세를 뒤집을 시간이 부족하기 때문이다.

미소의 친구 진보라는 남편에게 압수당한 재규어를 아쉬워하며 괴로웠지만 하는 수 없다는 생각도 하며 애인인 차연식 부장검사를 만나러 가기 위해 전화를 건다. 신호가 가자 그가 받았다.

"아, 지금 시간 돼? 빨리 만나야지?"

"아니, 난 지금 검찰청 근무 중인데 어떻게 만나냐? 너무 바쁘다 바빠. 넌 너무 밝히는 것 같아!"

"이런, 에잇. 지금껏 계속 만나더니 이제 와서 뭐 나보고 너무 밝히는 것 같다고……."

그녀가 다소 화를 내는 듯하자 그는 조금 위로를 해야겠다고 생각하고 갑자기 목소리를 부드럽게 한다.

"아니. 뭐, 그런 말 가지고 그래! 뭐, 그렇다는 거지 뭐!"

"에잇, 오빠 부장검사라고 꼭 그렇게 말을 막 하지? 직업상 말투는 벗어날 수 없구나!"

"아니. 뭐야?"

이들은 잠시 미세한 신경전을 벌인 후, 전화를 끊었다. 지금 이 순간, 차연식 부장검사가 보라에게 다소 거칠게 말한 건 싫어서라기보단 오늘 월요일이라 할 일이 밀려 있는데 잠시 시간을 틈타 그녀를 만나러 가기가 곤란했기 때문이다.

사실 이런 말투가 안 좋다고 느낀 것은 이 순간만이 아닌 평소에도 마찬가지였다. 작년 여름부터 그를 만나게 되었는데 그때도 그런 짜증 나는 말투를 쓴다는 걸 느꼈다. 그래도 그냥 만났는데 지금은 왠지 그런 부분들이 몹시 역겹다는 것을 뼈저리게 실감하는 것이었다. 그때도 부부 동반 모임에 갔다가 우연히 만난 것이었다. 그녀의 남편 허동구도 부장검사이니까……

그녀의 지금 이 순간, 기분은 한마디로 더럽다. 예전 같으면 연일을 제쳐 두고 애인인 차연식이 자신을 만나기 위해 직장에 이런저런 핑계를 대고라도 나올 텐데, 지금은 그렇지 않으니 말이다. 남편은 외제 고급차 재규어도 빼앗고 말도 무척 고압적으로 하는데 애인마저도 그와 다름없었다.

결국 우회할 수밖에 없다는 심경으로 치달았다. 그래서 그녀는 다소 울적한 기분에 사로잡혀 핸드백을 열고 손에 집히는 그 무엇인가를 집는다. 명함이었다. 무척 많은 명함을 소지한 그녀지만 그냥 아무것이나 집어 올렸다. 엄태석이란 택시 기사의 번호가 적혀 있었다.

왠지 오늘따라 유난히 그 명함에 찍힌 그의 번호가 더욱더 편안하게 보이기만 하였다. 그 번호로 버튼을 눌러 버렸다. 엄 기사는 그 번호가 며칠 전 자신의 폰에 찍혀 있었기에 바로 알아보고 정말 올 게 왔다는 마음에 가슴이 벅차올랐다.

"아, 예. 여보세요. 나의 영원한 VIP 손님 지금 어디십니까? 어디로 가면 됩니까?"

"아니, 절 어떻게 아셨죠? 히히히, 여기 집 앞, 강남터미널 앞이지요. 오셔!"

"갑니다."

엄 기사는 번개같이 그곳을 향해 달려갔다. 이윽고 그곳에 도착했고 그녀는 그 택시에 올라탔다.

"어디로 가실 건가요?"

"아무 데나 가십시오."

아무 데나 가라는 그녀의 말에 엄태석은 깜짝 놀라며 "아니, 어떻게 아무 데나 갑니까?"라고 되물었다. 그러자 그녀는 또다시 "아무 데나 가시라니까요!"라고 말하였다.

이에 그는 "네에, 그럼 아무 데나 가겠습니다." 하며 그냥 액셀을 밟았다.

택시 안의 시계를 바라보자 정오가 조금 넘었다. 태석은 나름대로 그녀와 대화를 더 나눌 수 있는 한강 고수부지 쪽으로 내달렸다. 그곳이 그로선 한가로이 대화할 수 있는 장소라고 생각했기 때문이다. 금세 그곳에 다다랐다.

"아니, 손님 근데 왜 아무 데나 가라고 하셨나요?"

"······."

그녀는 잠시 침묵을 지켰다. 그러자 그도 더 이상 묻지 않고 가만히 앉아 있었다.

　개인택시 안에서 이리저리 부는 에어컨 바람은 1,000년 만에 찾아온 극심한 폭염을 잠재우기에 충분했다. 그러다가 그녀는 최근에 벌어진 자신의 신상이 피곤했는지 살며시 눈을 감고 잠들어 버렸다. 엄 기사 바로 옆자리에서 잠든 것이었다.

　그는 물끄러미 잠든 그녀를 바라보면서 속으로 생각했다. '아아, 이렇게 예쁘게 생긴 여자의 저 입술에 내 입술을 부딪치면 얼마나 좋을까!'라고 생각했다.

　그는 그녀가 자신의 부인인 란비의 고교 동창회원이란 것을 알면서도 이 순간 속으로 그런 흑심을 품었다. 그랬지만 그런 흑심을 그대로 표출하진 않았다. 나름대로 점잖은 개인택시 기사라는 것을 보이고 싶은 마음에서 그랬다. 대신 간접적으로 마음을 표출하기 위하여 무척 분위기 있는 발라드 음악을 살며시 틀어 놓았다. 그러다가 그녀는 그 음악 소리에 잠시 잠든 잠에서 깨어나고 말았다. 차 안의 백미러로 두 사람은 두 눈이 마주쳤다.

　서로는 서로에게 무엇인가 말을 하고픈 표정을 던졌다. 그랬지만 말을 하진 않았다. 누군가가 먼저 말을 해 버리면 그 후론 스스럼없이 대화가 이어질 수밖에 없는 그런 분위기인 것 같았다. 그런 분위기를 먼저 조성하려 애쓴 이는 바로 그녀였다.

　"흠흠, 이 음악 소리가 꽤 좋군요!"

　"아, 네. 그렇습니까?"

　그 순간, 보라에게 란비로부터 전화가 걸려 왔다.

　"아! 그래. 란비야, 그래 어쩐 일이야? 미용실 일은 잘되고?"

　그녀의 핸드폰으로 그의 부인의 목소리가 들렸다. 그는 다소 머쓱한 기분에 사로잡혔지만 아랑곳하지 않으려고 부단히 애를 썼다. 워낙 자기 자신의 이기심과 유희 쪽에 집중되어 있기 때문이다. 그러는 사이에 그녀는 통화는 마치고 폰을 접었다.
"아이, 우리 친구 전화가 와서요. 호호호."
"친구분들이 꽤 많으신가 봐요?"
"아, 네. 그래요. 우리 고교 백송여고 동창회원 중에 란비라는 친구입니다. 용인 중앙동에서 미용실을 하고 있죠."
"아, 예. 그렇군요."
그는 이 여자 손님과 자신의 부인이 친구이고 방금 전 통화도 둘이서 한 것이고 지난번 차 안에서 통화를 한 대상도 자신의 아내란 것을 이미 지난번 택시 운행할 때부터 알고 있었다. 그런 연장선에서 지금 이 시간에 또 우연의 일치가 되는 순간을 맞은 것이었다.
실로 뻔뻔함의 극치를 달리는 태석은 표정 하나 바꾸지 않고 태연해지려고 표정 관리에 집중했다. 그러다가 끝내 오후 1시가 조금 지나자 자신이 그토록 하고픈 말을 내뱉었다.
"저어, 고객님, 고객님은 제가 봤을 때 그저 고객님으로 모시기엔 너무너무 아깝다는 걸 많이 느낍니다. 저와 어느 정도 알고 지내 볼까요?"
"아아아, 예에."
그녀는 사실 자신도 그런 느낌을 얼마 전부터 느꼈음에도 불구하고 아닌 척하려고 부단히 애를 쓰는 중이었다. 그런데 문제는 그가 방금 전 무척 점잖은 것처럼 신사처럼 "어느 정도 알고 지내 볼까요?"라고 말하더니 잠시 밖을 바라보다가 느닷없이 자신의 입술을 그녀의 입술에 대고 꾹꾹 눌러 버리는 도둑 키스를 감행한 것이었다. 조금 놀라기는 했지만 그 상황을 즐기는 그녀였다. 어느 정도 예상했기 때문이었다.

"우리 이렇게 된 마당에 이젠 애인으로 지낼까요?"

"뭐, 못 할 것도 없을 것 같습니다."

급기야, 엄태석과 진보라는 이 시간부로 새로운 인연으로 출발하려 하고 있었다. 이즈음, 6인의 택시 기사들은 6인의 여인들과 알게 됨으로써 자주 콜을 받게 되고 있었다. 개인택시 기사 엄태석과 6인 택시 기사들 간에 직업만 같을 뿐이지 서로 아는 사이는 아니었다.

진보라가 6인의 여인, 즉 여고 동창회원들에게 얼마 전 "남편들에게 너희들 차량을 압수당하여 얼마나 고초가 심하겠니?"라고 카톡을 날렸었다. 그러면서 콜택시를 권한다는 말까지 곁들인 것이다.

이에 그녀들은 보라의 삶의 힌트를 명심하고 그날부터 실행에 옮기게 됐다. 실행에 옮긴다는 건 별것 아니다. 고급 외제 차, 제네시스 같은 고급차들을 남편들에게 뺏겼으니 부족하지만 나름 기동력이 있는 콜택시를 타고 이리저리 자신들의 애인들을 만나러 다닌다는 걸 의미한다.

정리하면 이랬다. 성남에 사는 이진아의 콜택시 기사는 김복철, 안양에 사는 박가린의 기사는 홍영식, 의정부에 사는 최호리의 기사는 조종은, 인천에 사는 조숙희의 기사는 박민창, 부천에 사는 김미숙의 기사는 이선구, 수원에 사는 허경란의 기사는 최배석이다.

너무 공교롭게도 엄태석 기사와 진보라가 오늘부로 불이 붙기 시작하였는데 바로 같은 날 위의 6인 여인들도 한 주가 시작된 월요일의 지루함을 달래려고 위의 콜택시 기사들에게 콜을 넣었다.

그러자 기사들은 번개같이 달려왔다. 오늘도 너무너무 공교롭게도 각각 다른 지역에서 영업을 하는 기사들인데도 여자 손님들이 들어오자 한결같이 "또 만나게 되어 너무너무 기쁘네요."와 엇비슷한 멘트를 날렸다. 지난번에도 비슷한 말을 한 적이 있었지만 그 이상은 넘진 않았다.

그녀들은 보라처럼 택시 기사들과 애인으로 급진전되는 것은 아니었다.
 하지만 앞으로 벌어질 일을 모르겠다. 모두 그런 식으로 처음엔 그저 그러다가 시간이 지나면 자연스레 진행되어 가는 일들이 매우 많기 때문이다.

 오늘 그녀들은 자신들의 애인들을 만나러 가는 길이었다. 오늘도 지난번처럼 그렇게 진아는 동백으로 진석을 만나러 갔고, 가린은 기흥으로 철희를 만나러 갔고, 호리는 상갈로 재철을 만나러 갔고, 숙희는 에버랜드로 천일을 만나러 갔고, 미숙은 신갈오거리로 민수를 만나러 갔고, 경란은 어정사거리로 태인을 만나러 갔다.
 그녀들도 보라가 느꼈던 그런 유사한 감정으로 치닫기 시작하고 말았다. 그런 유사한 감정이란 애인이 남편과 직업이 동일하다 보니 그런 직업에서 나타나는 직업병이랄까! 말투, 억양, 얼굴의 느낌이나 표정 이런 게 무척 고압적이면서 권위적인 느낌을 받고 있다는 점이었다. 변호사, 한의사, 회계사, 판사, 국회의원, 졸부 중의 최상위 부자라서 그랬다. 그렇다면 그녀들도 제2의 보라 같은 행동을 할지 모를 일이다. 지켜볼 일이었다.
 마치 서로 약속이라도 한 듯, 그녀들은 애인들에게서 그런 고통을 받게 됐다. 남편들에게서 느꼈던 지루함, 어깨에 힘주는 행동, 말할 때 잘난 체하는 표정, 은근히 깔보는 느낌, 사실 이런 것 때문에 스트레스를 받아 그 고통을 잊으려고 애인을 만나는 것인데 애인들마저도 똑같은 현상이 나타난다면 이 고통을 어찌해야 한단 것일까? 결론은 혹을 떼려다 더 큰 혹을 붙이는 격이 되었다는 것으로 감정이 치닫고 있었다.
 그녀들이 느끼기에 콜택시 기사는 나긋나긋하고 편안하고 말투가 스트레스를 풀어 주는 느낌을 주기에 조금도 부족함이 없었다. 이게 굉장히 큰 묘한 파장을 일으켰다. 이 또한 그녀들의 단순함일 수도 있었다. 편안한 말투는 어디까지나 말투가 그렇게 부드럽고 편안하게 느껴질 뿐이지 실제 본성까지 그런 것은 아니기 때문이었다.

어쨌든 친구 보라와 비슷한 길을 걷게 될 것 같아 보였다. 해 질 녘, 그녀들은 제각각 집으로 돌아가려고 생각하던 중, 올 때 타고 온 콜택시를 부르려고 마음먹었다.

"아까 그곳으로 와 주세요. 기사님! 거기 아시죠?"

"네, 압니다. 그곳으로 가겠습니다."

택시 기사들은 제각각 그곳으로 달려갔다. 동백으로 간 김복철 기사, 기흥으로 간 홍영식 기사, 상갈로 간 조종은 기사, 에버랜드로 간 박민창 기사, 신갈오거리로 간 이선구 기사, 어정사거리로 간 최배석 기사였다.

"이렇게 예쁜 아줌마가 또 이렇게 불러 주셔서 너무너무 감사합니다. 하하하하."

"아니, 지난번엔 예쁜 아가씨라고 하더니 이번엔 왜 아줌마라고 합니까? 며칠 사이에 아가씨에서 아줌마로 되어 버렸네요! 참! 세월도 빠르지, 크크큭큭."

오늘 그녀들과 택시 기사들이 이렇다 하게 애인으로 변할 수 있는 특별한 방점을 찍은 건 아니다. 하지만 이런 식으로 그녀들이 제각각 자신들이 사는 곳에서 계속 콜택시를 부른다면 그렇게 진전될 가능성은 농후한 것으로 보였다. 이게 바로 인생 이야기이고 인간의 단순함이기도 했다.

점점 극심한 무더위는 절정으로 치닫고 있었다.

엄태석 기사는 진보라와 애인이 된 후, 올 폭염을 맞이하여 이를 시원하게 풀어 줄 피서 계획까지 하며 황홀경에 빠져 있었다. 자신의 차가 개인택시이니 손님을 태우고 운행한다고 여길 테니 그 누구 아는 사람들이 보더라도 별다른 의심을 받지 않고 손쉽게 여행을 떠날 수 있으리라 판단하는 것이었다.
　그러던 시간이 잠시 지난 뒤, 그에게로 어디선가 문자가 날아왔다. 그 문자는 개인택시 조합에서 온 것인데 내용은 이랬다.

　　수도권 개인택시 조합원님들께. 안녕하세요. 회원님. 유난히 무더운 여름입니다. 이런 1,000년 만에 찾아온 폭염에 건강관리 잘 하시고요. 본격적인 휴가철을 조금 앞두고 저희가 준비한 행사에 한 분도 빠짐없이 참석해 주시길 바랍니다.
　　날짜는 7월 29일 토요일 오후 3시 신도림역 바로 옆에 위치한 힐랑뷔페 5층입니다.

　이런 내용이었다.
　이 문자를 받은 엄태석은 무척 귀찮은 측면도 있지만 참석해야겠다는 생각이 들었다. 어차피 최근 애인이 된 보라하고는 7월 말쯤에 쥐도 새도 모르게 여행 계획을 세우고 있으니 말이다.

　이윽고 수도권 개인택시 조합 모임 날이 되었는데 용인시 기흥 갑구에선 1,000년 만에 찾아온 폭염을 아랑곳하지 않았다. 오히려 8월 15일 치러질 보궐선거전이 그 무시무시한 무더위를 다 날려 버릴 기세였다. 선거는 당선된 자만의 영광이기 때문이다. 낙선된 자는 제아무리 무슨 말을 하더라도 비웃음의 대상으로 전락할 수밖에 없는 노릇이라 그랬다. 승리를 위한 이전투구는 달아오르고 있었다.

특히 지난번에 여당 시민사랑당 신 후보의 여성 유권자를 끌어안고 빙빙 돈 사건으로 지지율이 급락했는데 앞으로 남은 보름 정도 기간에 어떻게 만회할 수 있을지가 관건이었다.

택시조합원 모임에 모인 숫자는 너무 무더워서 그런지는 모르겠지만 그리 많은 회원들이 참석하진 않았다. 약 30명 정도밖에 되지 않았다. 그가 줄줄 흐르는 땀을 뷔페 안의 에어컨 바람을 쐬면서 식히고 있을 때, 현관문을 열고 들어오는 사람들이 있었다. 같은 조합원들이다. 한두 번 안면은 있지만 자세히 기억이 나진 않았다. 그만큼 삶에 지쳤기 때문이다.

"아이고, 안녕하십니까? 초면은 아닌 것 같은데 조합원님들을 뵈니 너무 반갑습니다. 하하하하."

"네에, 그렇습니다. 너무 반가워요."

이들은 자리에 앉아 서로서로 웃으며 화기애애한 분위기였고, 태석은 오늘 모인 다른 회원들과 이런저런 대화를 나누었다.

그와 6인 기사들과도 자연스레 교유하게 된 것이다. 6인 기사들이란 즉, 얼마 전, 보라의 친구들과 업무상 자연스레 알게 된 김복철, 홍영식, 조종은, 박민창, 이선구, 최배석을 말한다.

사실, 6인 기사들도 서로서로 자세히 아는 사이는 아니었지만 지금 이 모임을 통해 자세히 알게 되는 것이었다. 이들은 서로서로 인사를 하며 낯익게 되는 순간을 맞이했다. 나이는 엄태석보단 조금씩 아래였다.

"서로 통성명을 하니 우리 엄태석 형이 나이가 가장 많은데 그럼 오늘부터 저희가 형이라고 해야겠네요. 하하하하."

"그래, 그러네요."

이들은 아주 스스럼없는 사이가 됐다. 이로써 엄태석과 6인 기사들은 이젠 서로 알고 지내는 사이가 된 것이었다.

이 모임이 끝나고 며칠 지나 태석은 애인 보라와 정말 여름 여행을 자신의 택시로 쥐도 새도 모르게 떠났다.

"당일치기가 좋겠지요. 아니, 근데 전 아직도 아줌마 이름도 모릅니다. 이름이 뭐예요?"

"네, 진한 보라라고 하여 진보라입니다. 남편은 서울의 검찰청에서 부장검사입니다. 애인은 안양의 검찰청에서 부장검사이고요."

"예에, 아, 아아, 아니 남편도 부장검사, 애인도 부장검사……?"

그는 애인이 된 보라와 양평으로 드라이브 겸 여름 피서를 갔다가 그녀가 툭 던진 그 한마디에 아연실색하여 버렸다. 남편도 부장검사고 애인도 부장검사란 말이 그로선 무척이나 큰 중압감으로 느껴졌기 때문이다.

그러면서 속으로 생각한다.

'아니, 내 마누라 친구 남편 중에 검사도 있구나!'

그러면서 또 다른 한편으론 무척 두렵고 신경이 쓰이기 시작한 것이다. 괜히 그러다가 '뭐'보다 '뭐'가 더 크다고 조그마한 유희를 즐겨 보겠다고 덤볐다가 된통 크게 당할 것 같은 무척 불길한 예감이 엄습해 오고 있었다.

그가 이런 느낌을 받고 있다는 게 표정으로 드러나자, 그녀는 이런 정확한 심리는 알 순 없지만 뭔가 석연찮은 느낌이 느껴졌는지 "아니, 왜 무슨 고민하는 표정을 짓나요? 걱정거리가 많아요?"라고 묻는다.

"……"

그는 얼굴이 굳어져 아무런 말을 하지 못했다. 그러자 그녀는 이상한 기분이 들었는지 "아니, 내가 우리 남편과 애인이 부장검사라고 해서 꽤나 신경 쓰이고 무섭나요? 그냥 확 법으로 집어넣을까 봐! 아니, 그건 그렇고 오빤 나이가 어떻게 돼? 나보단 조금 더 먹은 것 같은데! 난 43살입니다."라고 물었다.

그는 잠시 소강상태를 유지하다가 결국엔 입을 열었다.

"아니, 검사라고 해서 그런 게 아니라 그냥 왠지 그래서 그렇습니다. 내 나인 49살입니다. 그쪽과 난 6살 차, 사귀기엔 딱 좋군요. 하하하하."

"그럼 다행이군요. 아니, 근데 지난번엔 차 안에서 내 입술을 사정없이 막 훔쳐 가더니 오늘은 왜 이리 엄숙합니까? 너무 점잖게 굴진 말아요. 히, 히히히."

엄태석은 담배를 하나 꺼내어 입에 물고 불을 켰다. "휴우, 휴우." 담배 연기가 차 안에 자욱해진다. 여름이라 창문을 닫고 에어컨을 켰는데 연기가 꽉 드리워지니 칙칙한 공기로 변해 버린다. 그러자 그녀도 담배를 한 대 꺼내어 입에 문다.

"아, 아, 여잔데 담배를 피웁니까? 하기야 요즘 여자들 담배 많이 피우니까!"

두 사람은 택시 안에서 담배 연기를 계속 내뿜는다. 그는 그녀가 자신의 부인의 여고 동창이란 걸 떠올렸으나 조금도 복잡하게 생각하진 않는다. 하지만 이 사실을 발설하진 않는다.

"연기가 너무 심하군요. 숨이 막힐 것 같아! 창문을 좀 열어 주세요. 오빠."

"네, 그러겠습니다."

창문을 열자 연기는 밖으로 막 빠져나가는데 마치 모닥불에서 나는 그런 연기 같았다. 그녀는 "이젠 내 무엇을 훔쳐 갈 겁니까?"라고 말한다.

그는 그저 야릇한 미소만 짓더니 지난번처럼 또 그렇게 느닷없이 그녀의 입술을 빼앗으며 "여기서 그냥 하자!"라고 말하면서 거친 숨을 쉬며 그녀의 옷을 이리저리 벗기기 시작하였다. 그녀는 피하지 않고 그냥 웃고만 있다. "호호호호."

두 사람은 넘어선 안 될 경계선을 넘어간 뒤, 잠시 쉬고 있는데 그녀에게로 어디선가 전화가 걸려 왔다. 얼른 확인해 보니 남편 허동구 검사였다. 받지 않는다. 그랬더니 카톡 문자가 날아온다. "모처럼 당신과 저녁 외식을 하고 싶어."라는 내용이다.

그녀는 그냥 한심하다는 듯, 막 웃어 버렸다.

"하하하하. 재규어를 뺏어 간 놈이 뭐가 잘났다고……!"

"아니, 보라 씨. 누가 재규어를 빼앗아 갔어요? 그건 꽤 고급 외제 차인데!"

"아니에요. 우리 남편이 내 재규어를 압수했습니다."

"네에?"

눈이 휘둥그레지며 놀라는 그였다. 그녀는 결국 남편에게 아무런 답장을 하지 않았다. 남편 허동구는 부인이 답장을 안 하자, 이상하다는 생각은 하지만 별 신경 쓰지 않고 애인인 검찰 여직원을 데리고 그 재규어를 타고 레스토랑으로 향하였다. 남편의 행동이 떠올라 보라가 인상을 쓰며 불쾌한 감정이 복받쳐 오르는 사이에 이번엔 또 어디선가 전화가 걸려 오고 있다. 확인하니 애인 차연식 부장검사였다. 안 받는다. 그랬더니 문자가 온다. 내용은 "보고 싶다."였다.

"보라 씨, 이번엔 또 누굽니까? 또 남편입니까?"

"아니에요. 애인입니다. 애인 부장검사입니다."

태석은 신경이 무척 날카로워지면서 심란해졌지만 내색하지 않으려고 부단히 애를 쓴다. 감미로운 데이트 분위기가 날아갈 수가 있어서이다.

점점 시간은 해 질 녘으로 기운다. 그는 핸들을 돌려 그녀가 사는 집 쪽으로 향한다. 그렇게 두 사람은 오늘 택시 안에서 처음으로 육체관계를 이뤘다.

태석은 용인 중앙동 집에 들어가 쉬는데 정신이 멍멍해졌다. 오늘 양평에서 있었던 그 로맨스 때문이다. 너무너무 달콤하다고 느껴서이다. 냉장고 안에 부인 란비가 가지런히 썰어 놓은 수박을 꺼내어 먹으며 계속되는 그 로맨스의 기분으로 빠져든다.

에어컨 바람은 오늘따라 묘한 시원함과 향기가 나는 듯하였다. 잠시 시간이 흐르자 카톡 소리가 나 확인해 보니 며칠 전, 신도림에서 개인택시 조합원 모임에서 알게 된 동생들이었다. 비슷한 시간대에 동시에 울린다. 김복철, 홍영식, 조종은, 박민창, 이선구, 최배석이었다.

"형님 언제 한번 시간 내어 만납시다."라는 내용이다. 이에 "그럽시다."라고 답장을 보냈다.

밤 9시가 넘자 부인 란비가 들어오며 "어휴, 당신 이렇게 날씨도 더운데 택시 일하느라 너무 고생이 많다. 당신은 생활력이 너무 강해! 호호호호."라며 웃었다.

"아이, 난 원래 그렇지 뭐! 난 원래 생활력도 강하고 또 오로지 당신밖에 모르는 애처가이기도 하지! 하하하하, 하!"

이런 사랑스럽고 따뜻한 말에 란비는 미용실 일에 몹시 스트레스를 받았으나 매우 기뻐 남편 태석의 입술을 향해 느닷없이 입맞춤한다.

그는 별로 반갑진 않지만 그냥 순순히 받아 주면서 속으론 아까 오후에 양평에서 있었던 보라와의 그 로맨스를 떠올리고 있다. 그러다가 지쳐 두 사람은 소파에서 잠이 든다.

한편, 보라는 집에 들어가자 아무도 없었다. 시간은 점점 늦은 밤 시간으로 흐르는데 그녀의 남편은 들어오질 않고 있다. 그녀도 대충은 직감하고 있다. 그러나 참고 있다. 아직 남편의 그 상대가 누군지는 알 순 없다. 그럴 것이란 강한 느낌만이 있다. 대략 검찰청 여직원이란 느낌은 강하게 든다. 왜냐면 보통 애인들은 같은 직장 동료가 되는 경우가 무수히 많아서이다. 또 그 전에 그런 의심스러운 카톡을 본 일이 있었다.

자정이 다 되자, 남편 허동구가 들어오고 있다. 그는 들어와 아무 말 없이 샤워하고 눕는다. 부인과 별로 말하고 싶지 않다는 뜻이다. 그가 잠든 사이 그녀는 감쪽같이 엄태석에게 카톡 문자를 보낸다.

날이 밝자, 엄태석은 어제 6인 동생들에게 전화를 건다.

"아, 네. 여보세요. 어젯밤 9시에 아우님들이 한번 만나자고 문자가 와서 말이야, 어떻게 시간 되면 오늘이라도 만날까요?"

"네, 형님 계신 데 용인 중앙동에서 만납시다. 저녁때 중앙공원에서 7시에 만나요. 제가 다른 사람들에게 그렇게 말하겠습니다. 하하하하."

"그럽시다."

이윽고, 그 시간이 되자 이들은 그곳으로 모여든다. 다 제각각 성남, 안양, 의정부, 인천, 부천, 수원에서 오는 것이다. 용인 중앙동 중앙공원은 한여름에 특별히 피서를 가지 않아도 될 정도로 시원한 인공폭포가 있어 이들은 매우 즐거워했다.

"먼 곳에서 오느라 고생 많았습니다. 아우님들."

"아이, 별말씀을 다 하십니다. 하하하하."

"와아, 여기는 저 인공폭포가 너무너무 대단하군요! 오호, 오호."

이들 모두는 그 인공폭포에 넋을 잃었다. 이들은 그 인근의 숯불갈비 가게로 향하였다. 회식을 하면서 서로의 사이를 끈끈하게 하기 위함이고 서로의 애환을 함께하는 차원이었다. 화랑갈비로 들어간 이들은 갈비와 소주를 시켜 먹기 시작하였다. 어느 정도 취기가 오르자 맏형인 태석이 이런 말을 하게 된다.

"내 나이가 말이야. 마흔아홉이라 조금 있으면 쉰인데 말이야, 어떻게 여복이 터져 부장검사 아내와 사귀게 됐어! 푸하하하하."

무척 실없는 발언이라 할 수 있겠다. 그 말을 들은 6인 아우들은 깜짝 놀라는 표정을 지으며 다소 부러운 표정도 동시에 자아낸다.

"아이고, 그래요. 우리 형님 정도면 충분히 그러고도 남을 정도의 남자로서 매력을 지니고 있지요! 참, 부럽네요. 하하하하."

이들은 한참 동안 소주를 퍼부었다.

"우리도 그러고 싶은 마음도 있지만 그게 좀 그래요! 그러다가 잘못 걸리면 당할 수도 있으니까요. 우리는 그냥 안마시술소나 한번 가는 수준이지요. 뭐! 크크, 크."

"아아, 그게 그런가요."

7.
불량한 택시 기사 남편

저녁 7시부터 9시까지 그곳에서 소주와 갈비를 퍼부은 이들은 마치고 나와 인근 노래방으로 들어가 있는 노래, 없는 노래, 노래란 노래는 아무거나 부르고 막 불렀다. 그 후, 나와서 해산했다.

"난, 말이에요. 여러분 같은 택시 기사 동생들을 만나게 되어 너무너무 행복한 선배가 됩니다. 하하하하."

"그렇습니다. 선배님, 그럼 조심해서 안녕히 들어가세요. 술 취하셨으니 운전대는 절대 잡지 마시고요. 큭큭큭."

"잘 가요."

이들은 모두 다 택시 기사인데 그 택시 차량을 대리기사를 불러 타고 각자 집으로 들어갔다. 태석은 집이 그곳에서 가까운 중앙동이라 들어가는 데 편했다. 집에 도착해 씻고 잠시 쉬는데 어디선가 문자가 날아온다. 바라보니 얼마 전, 애인이 된 진보라였다. 내용은 "내일 만나고 싶으니 강남터미널 앞으로 와 달라."라는 것이었다. 이에 그는 "알았다."라고 답장을 보낸다.

다음 날, 그는 그녀에게 전화하여 출발한다고 하고 그곳으로 달려간다. 오후 1시 반이었다. 그곳에 도착한 그는 그녀를 만나 오붓한 데이트를 즐겼다. 그날 두 사람, 보라와 태석이 그러고 있을 때, 택시 기사 6인의 아우들이 이리저리 업무를 보는 사이, 며칠 전, 보게 된 그녀들에게서 콜이 온다. 그 지점으로 향해 그녀들을 싣고 목적지로 간다.

6인 아우들은 오늘도 별다른 말은 없고 그저 그냥 매우 형식적인 대화나 하며 웃고 그러다가 끝났다. 맏형인 태석만큼 끼가 없기 때문이다. 원래 남녀 간의 만남은 외모로 결판나는 게 아니라 끼로 결판나는 것이라서 그렇다.

태석과 보라는 오늘도 엊그제처럼 택시 안에서 에어컨을 강하게 틀어 놓고 몸과 몸을 섞어 버렸다.

"분위기 있는 모텔로 들어가 대실이라도 끊고 하는 게 낫지 않나!"

"아니, 그건 좋지 않아, 괜히 그러다가 걸리면 골치 아프다. 이 택시가 선팅이 아주 진하게 되어 있으니 딱 좋아! 이곳이 가장 좋은 안전지대다. 하하하."

"그렇긴 한데…!"

1,000년 만에 찾아온 극심한 폭염이라 차 안에 에어컨을 아주 세게 틀어 놓았어도 두 사람의 애정의 땀은 소나기가 오는 듯하였다. 다 끝나고 잠시 땀을 식히며 앉아 있는데 그에게로 어디선가 전화가 온다. 바라보니 어제 만난 아우들 중, 한 명이다. 안 받는다. 그는 그 전화를 받을 수가 없다. 조금 더 있다가 그는 그녀를 내려 주고 난 뒤, 아우에게 전화를 건다.

"웬일이야? 우리 아우님?"

"하하하, 형님과 또 술 생각나서 그러지 뭐!"

"그래, 이따가 어제 그 공원으로 또 오셔. 오늘도 한잔하게."

성남이 집인 김복철 기사가 이날 저녁에 어제 그 공원, 중앙공원으로 왔다. 그는 별다른 일이 아니라 요즘 자신이 심란한 일들이 속출하기에 그냥 갑갑하여 알코올에 의지하는 것이었다. 두 남자는 뭔가를 얘기하던 중, "저도 형님처럼 그렇게 여자를 만나고 다니고 싶습니다. 너무 행복해 보여요." 하고 말한다. 술에 취해 부리는 객기로 보기엔 얼굴 표정은 너무 진지하기만 하였다.

"아이, 그런 건 말로 하는 게 아니라 행동으로 움직여야 하는 거라고……."

"어떻게 그렇게 움직입니까? 우리는 형님처럼 그렇게 미남도 아닌데!"

"아이, 내가 뭘 미남이야? 그저 평범하지 뭐, 그게 아니라 막 덤비는 거라고……. 실제 길거리를 봐 봐. 미남들이 애인을 만드나? 두꺼비같이 못생긴 남자들이 여자를 만드는 거야."

이렇게 두 사람은 대화가 오고 가다가 잠시 멈추고 계속 소주를 들이켰다. 그러다가 태석은 복철에게 말한다.

"아니, 우리 동생들은 다들 미남들인데 좀 숫기가 없구만……! 그렇다면 내가 나서서 우리 동생들을 위해 여잘 소개해 주면 되겠는데…! 푸하하하하하."

"네에, 그렇게라도 해 주세요. 멋진 우리 형님."

"알겠습니다."

이들은 술을 다 마신 뒤, 흩어졌다. 태석은 돌아가자마자 애인인 보라에게 전화를 건다. 그 이유는 아는 여자들 좀 여섯 명만 데리고 나오라는 부탁을 하기 위해서다.

그렇게 말하자, 그녀는 "알겠어요."라고 말하고 전화를 끊는다. 끊자마자 그녀가 절친들인 진아, 가린, 호리, 숙희, 미숙, 경란에게 전화를 걸어 "남자 좀 만나라."라고 말하자, 그녀들은 "너무 반가운 소식이다." 하고 끊는다.

보라는 급기야 태석과 내일 토요일에 만나기로 하고 그녀들을 데리고 나가겠다고 통보하였다.

결국 그날이 왔다. 보라는 아침 일찍부터 태석에게 다시 전화한다.

"어디로 가면 돼?"

"음, 그래. 신갈오거리로 저녁 6시까지 오라고."

"오케이."

그녀는 친구들 6인을 데리고 그 만남 장소로 나간다. 태석도 동생들을 데리고 그 장소로 나간다. 약속 시간이 되어 총 14명이 서로 만나게 되는 순간을 맞이한다.

그 시간, 그 순간이 되자, 태석, 보라만 제외하고 그 나머지 12명은 깜짝 놀라며 아연실색하며 두 눈이 휘둥그레지며 어쩔 줄을 몰라 한다.

"어, 어어, 이, 이, 이럴 수가…!"

"아아아, 어, 어, 우리 택시의 손님들인데…!"

"어휴~ 어휴~"

그들이 이렇게 서로 무척 놀라워하자, 태석과 보라가 "아니, 왜들 그러는 거야?"라고 물으며 얼굴이 굳어진다.

"아니, 어떻게 우리 손님들이…!"

"그러게요."

"아이, 서로 아는 사이입니까?"

"네에, 그렇습니다. 나 참."

태석, 보라는 그들의 공교로운 만남에 대해 당황스럽기도 했지만 원래 인생이라는 게 살다 보면 다 그럴 수도 있다는 것을 실감하기에 이른다.

　태석이 맏형답게 이런 상황을 진정시키며 "어디에 가서 뭐라도 먹자고."라 말한다. 이에 모두들 "좋아요.", "그래요."라고 말한다.

　일행은 신갈오거리에 있는 주막집으로 향하였다. 그곳에 들어가 이들은 막걸리를 퍼부었다. 진아, 가린, 호리, 숙희, 미숙, 경란이 보라와 이런저런 얘길 나누다가 서로 일치되는 걸 느꼈다. 즉, 남편들도 무척 권위적인 말투, 깔보는 말투에 행동도 거만한 느낌이었다. 게다가 그녀들의 애인들도 그와 똑같다는 것을 서로 확인하는 장이었다. 그녀들도 결국은 제2의 진보라가 되는 순간을 맞이하는 것이었다.

　그녀들 모두는 남편과 애인의 직업이 동일했다. 서로서로 남편과 애인을 흉보는 것에 조금도 아낌없이 성토하며 자리를 꽉 채웠다.

　이런 대화를 듣던 택시 기사들 7인은 "다 맞는 말"이라며 고개를 끄덕거렸다.

　이들 모두는 주막집에서 막걸리를 폭음하고 일어나기가 힘들 정도로 엄청 비틀거렸다. 가까스로 일어난 이들은 각자 집으로 돌아서 가려는데 보라가 "야, 다들 그냥 가면 어떻게 해? 서로 짝은 짓고 가야지!"라고 말한다.

　그러자, 그녀들은 "그래. 좋다."라고 말하며 활짝 웃는다. 그렇지만 이미 속으론 누가 누구의 짝인지 다 알고 있다. 인근 카페로 모두 들어갔다. 그곳에서 이런저런 더 많은 대화들이 오고 가더니 이미 연인이 된, 태석과 보라를 제외한 12명은 서로서로 눈짓을 보낸다. 이미 그 기사에 그 손님이 아닌가!

　늘 콜을 부르고 또 태우고 다니던 낯익은 상대를 알고 있었으니 말이다.

"이미 우린 다 알고 있었죠? 하하하하."

"그래요. 호호호호."

"그런 내용은 생략해도 다 압니다."

"이미 다 고정된 틀입니다."

12명은 이 세상이 무척 넓기도 하지만 또 무척 좁기도 하다는 것을 오늘 이 시간, 이 순간에 실감하는 것이었다.

보라는 자신이 이 친구들에게 예전에 했던 그 조언이 바로 이렇게 진행된 것이란 것을 느낀다. 그때 그 조언이란 이것이다.

"얘들아. 너희 남편들에게 차량을 압수당했으니 어쩌면 좋으냐? 이렇게 된 마당에 너희들이 애인이 있는지 없는지는 모르지만 기동력을 발휘하기 위하여 콜택시를 권하겠다."

그 당시 삶의 힌트라는 명목으로 이런 글을 친구들에게 보냈다. 그렇기에 지금 이 시간, '여기에 모인 친구들이 그 문자를 받고 그렇게 이행하다가 지금 이렇게 옆에 있는 콜택시 기사들과 애인이 됐구나!'라고 생각한다.

실은 그녀들이 그들과 애인까지 된 것은 아니고 그저 낯익은 기사와 손님일 뿐인데도…….

원래 인간은 정확히는 몰라도 대충 짐작하면서 삶을 살아간다. 그래서 오해와 억측이 난무한다. 때론 적중하기도 하지만 말이다.

어쨌든, 12명이 서로 낯익고 또 소개팅 형태로 이 장소에 참석했기에 더욱더 스스럼이 없을 수 있다는 이야기이다.

14인은 모두 다 차가운 아메리카노를 마시며 싱글싱글 웃기만 하였다. 그러다 시간이 지나 해산한다. 이로써 태석, 보라에 이어 다른 쌍들도 이제부턴 택시 기사와 손님이 아닌 명실상부한 애인으로 발전하는 방점을 찍는 순간을 맞이하는 것이었다.

"조심해서 잘 들어가요. 제 차에 태워다 드리고 싶어도 그럼 음주운전이 되는 것이라 그럴 순 없겠네요."

"대리를 불러야겠어!"

이들 모두 본인이 모는 택시를 타고 왔는데 대리를 불러 타고 떠난다. 그 차로 먼저 여자들의 집에까지 바래다주고 그 후, 자신들의 집으로 들어가는 수순을 택하는 것이다.

누가 보면 택시에 타고 어디 돌아다니는 줄 알 정도이다. 대리기사도 택시를 타고 업무를 보니 다소 특이하단 생각도 한다. 다음 날부터 더욱더 스스럼없이 자주 전화도 하고 만나기도 하면서 자연스러운 교제로 이어졌다.

6인 여인들도 자신들의 남편들, 애인들보단 이 택시 기사들이 더욱더 정감이 있고 편하다는 걸 실감하며 평온한 데이트를 즐기는 것이다.

극심하게 폭염이 이어졌던 7월은 별 탈 없이 지나가고 어느새 8월이 돌아왔다. 란비의 남편 태석은 예전에 나타나지 않던 행동을 일삼는다. 예를 든다면 화장품을 구입하더라도 조금 더 비싸고 향기가 진한 것으로 그리고 속옷을 구입하더라도 비싸고 꽃무늬가 화려한 것으로 하는 것이다. 이에 란비는 고개를 갸웃거린다. 예전에는 안 하던 행동이라 그렇다.

원래 여자들이 바람이 나면 그런 현상들이 있는 것은 그녀도 안다. 남자들도 마찬가지일 것이라는 직감은 있지만, 설마 우리 남편이 그럴까 하는 의구심이 든 것이다. 그녀는 악착같은 살림형이다. 오로지 남편 태석만을 생각하며 자식을 위해 희생하는 전형적인 우직한 현모양처이다. 그렇지만 최근 들어 유난히 남편이 보이는 행동에서 석연찮은 대목이 한두 가지가 아니었다. 예전 같으면 그가 개인택시 일이 끝난 후 부인이 일하는 미용실로 와서 그녀를 태우고 집으로 들어가는 정도의 정성을 보였으나 최근엔 전혀 그런 게 없다.

이런 여러 가지 정황이 그녀를 더욱 강하게 자극했는데 오늘은 작심하고 그의 뒤를 밟아 보리라 다짐한다.

그녀는 오늘 일을 제쳐 두고 자신은 차가 없으므로 모닝을 동네 친구에게 빌려 타고 그의 택시를 뒤쫓아가 보리라 결심한다. 그래서 일찌감치 미용실엔 "오늘은 개인 사정으로 휴무입니다."라는 글을 붙여 놓았다.

오전 10시에 그의 개인택시를 뒤따라간다. 그런데 문제는 차가 차를 뒤쫓는다는 것이 무척 힘든 일이라는 것이다. 어느 정도는 모르겠지만!

어쨌든 그녀는 이를 악물고 따라갔다. 남편의 차는 오리역으로 향했다. 오리역에 다다르자, 어떤 한 여인이 차에 오르려고 하였다. 란비는 순간, 아연실색하며 어리둥절하기만 했다. 그 차에 오르려는 여인은 친구 보라였다. 보라는 백송여고 동창회원이 아닌가! 그저 그냥 손님일 것 같진 않다. 물론 그럴 수도 있지만 이상했다. 왜냐면 보라는 그 차에 오르면서 매우 다정하게 뭔가를 말하는 모습이 보였기 때문이다.

란비는 최근 들어 자신이 느꼈던 부분이 적중하는 순간을 맞이하는 것이었다. 그런데 끔찍하게도 자신의 여고 동창과 그런다는 게 기이하기도 하고 엄청 괘씸하기도 했다. 이해가 안 되는 대목은 '저들이 어떻게 저렇게 만나게 됐을까!' 하는 것이었다. 의구심이 하늘을 찔렀다.

더군다나 란비는 얼마 전, 보라와 전화 통화도 했었고, 또 평소 어느 정도 친하게 지내는 사이라서 더더욱 불쾌했다. 이런 여러 가지 생각보단 일단 저 차를 악착같이 죽기 살기로 뒤따라가리란 마음만이 앞선다. 그래서 더 힘껏 액셀을 밟는다.

그러나 차를 놓치고 말았다. 깊은 한숨만이 나올 뿐이었다. 아! 어떻게 내 남편이 내 여고 절친과 저렇게 됐을까!

그렇지만 란비는 아직은 그렇게 큰 의심은 하지 않으려고 애를 쓴다. '저 둘은 어떻게 하다가 그냥 우연히 만난 택시 기사와 손님 차원의 그런 것일 거야!' 이렇게 생각하려고 몸부림을 친다.

그 뒤, 미용실로 돌아왔다. 그녀는 깊은 망상 속에 잠긴다. 정말 그럴 수도 있으리란 강한 추측 같은 것을 하게 된다. 하지만 잠시 집중이 되질 않아 영업을 중단한 채, 썰렁한 냉커피를 한 잔 들이킨다. 그러다가 이번엔 남편 태석에게 전화를 걸어 본다. 한참 시간이 지났으니 받을 수도 있으리란 생각에서다.

'뚜르르르르르' 신호가 가자 그가 받는다.

"아! 자기야, 난 지금 운행 중이라 바쁜데!"

"음, 그런가! 그럼 그냥 끊어."

그런데 순간 통화음으로 들리는 아주 작은 여자의 목소리가 들린다. 왠지 느낌이 보라의 목소리 같았다. 란비는 문득 좋은 방법이 떠올랐다.

곧바로 보라에게 전화해 보는 방법이다. 보라가 받는다.

이 방법이 주효할 수 있는 건, 지금 이 순간, 남편 태석이 옆자리에 앉은 보라에게 부인의 전화가 올 거라는 예측을 하는 것은 불가하기 때문이다.

"음, 보라야, 요즘 날씨도 엄청 더운데 잘 지내는지 궁금해서 전화했다. 히히히."

"어, 뭐 그렇지 뭐, 덥긴 하지만 그래도 지낼 만하다. 호호호."

"근데 지금 어딘데?"

"음, 택시를 타고 어딜 가고 있지!"

이 순간, 남편 태석의 목소리가 통화음으로 타고 들어가 부인 란비의 귀에 들어갔다. 뭐라고 보라에게 짓궂은 농담을 던지는 그런 내용이었다. 란비는 "응, 보라야 다음에 통화하자." 하고 끊는다.

태석이 보라에게 "지금 어디에서 전화가 온 건데?"라고 묻는다. 그녀는 "응, 내 친구 란비라고 있어. 폭염에 잘 지내냐고 전화 온 거야!"라 말한다.

그러자 그는 깜짝 놀라며 아연실색하며 온몸이 완전 굳어 버린다. '어, 이 사람이 어떻게 방금 전 내게 전화하고 곧바로 연달아 보라에게 전화를 할 수 있지. 너무 해괴하고 이상하다. 같은 시간에 어떻게 이럴 수가 있단 말인가! 요상하다.' 하고 생각한다.

게다가 '난 보라가 우리 집사람과 친구란 건 알지만 집사람은 우리 둘 사이를 모를 텐데, 어떻게 그것도 지금 이 순간, 택시를 타고 드라이브 데이트 중인데 곧바로 보라에게 전화를 하지. 이상하다. 공중에서 다 내려다보는 이상한 기분이 든다.' 여기까지 속으로 생각한다.

그래도 그는 침착해지려고 애를 썼다. '뭐, 이상한 우연의 일치도 존재하겠지!'라고 그냥 가볍게 여겨 버린다.

이젠 란비가 이를 알았으니 강력한 대응이 나오리라 생각된다. 왜냐면 그녀는 오로지 살림형이자 현모양처이기도 하지만 자신의 남편도 그리 해야 된다고 생각하는 마음이 있기 때문이다. 너무 불쾌한 기분에 오늘 미용실 영업은 휴무로 하고 돌아간다.

하계수련회 택시 기사 모임에 란비가 간다. 그녀는 속으론 이를 바득바득 갈지만 겉으론 태연한 척하려고 부단히 애를 쓴다.

"자기야, 오늘 하계수련회 택시 기사 모임은 부부 동반이잖아? 그러니까 더 좋다. 호호호."

"그거야, 뭐 그렇지 뭐! 아니 넌 사실 안 와도 되는데 뭐 굳이 오려고 그래?"

"아이, 그게 뭔 소리야 그래도 가야지. 가야 된다고……."

8월 5일 토요일 오후 2시에 야탑동의 쿠팡팡회관에서 거행된 그 모임엔 많은 기사들이 참석하였다. 서로서로 힘든 삶이지만 그래도 웃으면서 인사를 나누었다. 그러나 란비는 지금 이 순간, 머릿속이 혼란스럽고 몹시 불쾌한 상태이다.

오늘 모임엔 얼마 전 신도림역 주변에서 있었던 수도권 개인택시 조합 모임에서 알게 된, 태석의 아우들인 복철, 영식, 종은, 민창, 선구, 배석이 참석했다. 게다가 그들의 부인들도 참석했다. 그녀들도 서로서로 힘든 삶에 대해 화기애애하게 대화하며 스트레스를 조금씩이라도 풀려고 노력하였다.

"어머머, 너무너무 반가워요. 아줌마들. 이렇게 만나니 너무 기분이 좋아요."

"그래요. 저도 즐겁습니다."

그러는 사이, 란비는 그녀들을 살짝 다른 곳으로 데리고 간다. 휴게실에 들어서자 문을 걸어 잠근다.

"혹시, 여러분들 남편들은 무사하십니까? 네에?"

"……."

그녀들은 잠시 당황하며 침묵을 지킨다. 그러다가 말문을 연다.

"근데 무슨 일로 그러시죠?"

란비는 순간, 서러운 눈물을 줄줄 흘린다.

"제가요. 지금 여러분들에게 이런 말하면 너무 푼수 같은 여자란 소리 들을 것 같지만 저도 오죽 답답하면 이런 말을 다 하겠습니까? 윽윽, 흑흑."

"아니, 아주머니 그만 진정하시고 말씀을 해 보세요. 네에."

란비는 지금 이 순간, 매우 어이없는 말을 풀어놓아 버린다.

"제 남편은 미쳤는지 제 여고 동창회원과 바람이 나서 택시에 태우고 다니며 온갖 해괴망측한 짓을 다 합니다. 전 오로지 남편만 생각했고 가정을 위해 살아왔건만 이게 무슨 날벼락 같은 일입니까? 그것도 그 여고 동창회 친구는 저하고 매우 친한 편인데요. 흑흑흑. 여러분들이 대책을 세워 주십시오. 제가 초면에 이런 무례한 얘길 꺼내 너무 죄송합니다."

이 말을 듣자, 그녀들은 얼굴이 굳어진다. 왜냐면 자신들의 남편들에게서 최근 다소 심상찮은 느낌을 엿보았기 때문이다. 유난히 거울을 많이 바라본다든가 머리를 많이 손질한다든가 하는 것 말이다.

휴게실 문을 걸어 잠근 채, 그녀들이 그러고 있을 때, 남편들은 부인들이 왜 그리 안 돌아오나 하는 궁금증으로 인해 찾다가 결국 휴게실을 보고 들어오려 문을 민다. 그러나 문은 열리진 않는다.

"아니, 이봐. 뭐해? 문 잠가 놓고 말이야! 어서 문 좀 열어 봐! 나 참."

그녀들 중, 한 명이 그 문을 연다.

"아니, 뭐 한 거야? 맛있는 음식이 많은데 어서 가서 먹어, 하하하하."

"흠, 흠, 흠. 그래, 그러지 뭐!"

그녀들은 일제히 그곳을 빠져나가 음식이 진열된 곳으로 간다. 그러자 남편들은 휴게실 구석에 비치된 흡연실에서 담배를 한 대씩 피운다. 그 뒤, 얼마 전 알게 된 애인들에 대해 소곤거린다. 그만큼 재미가 좋다는 것이었다. 그러나 이들의 희희낙락은 부인들에겐 깊은 아픔과 상처로 남을 뿐이었다. 그런 반응이 곧바로 부인에게서 나타난 것이다. 모인 아줌마들은 란비를 다독이며 위로에 위로를 이어 갔다. "아주머니 이따가 이 모임 끝나고 우리끼리 별도로 만나요. 우리끼리 힘든 사람들끼리 위로주나 한 잔씩 합시다. 네에."

"그래요. 흑흑흑."

두 시간이 지나자 그 모임은 끝나고 각자 해산하기에 이르렀는데 부인들은 "우리는 아이스 아메리카노 한잔하고 가겠다."라고 말하고 다른 데로 걸어간다.

인근 카페로 들어간 그녀들은 더 많은 얘길 소곤거렸다. 6인 택시 기사 부인들도 최근 남편들의 행태에 대해 적잖은 의심을 하고 있던 터라 마치 작은 불씨에 휘발유를 뿌리는 격이었다.

"네에, 사실 우리도 우리 남편이 요즘엔 안 하던 짓을 하더라고요. 지나치게 거울을 많이 바라보거나 머리를 너무 많이 신경을 쓰고 안 하던 향수를 옷에 뿌리고 일하러 나간다든가 속옷도 빨간색 꽃 그림으로 사서 들고 오고요. 또 그 속옷에다 야릇한 향의 향수도 뿌려요. 참 웃겨요. 우리 남편들도 그러는 것 같아요. 우리 공동으로 협력하여 조사해 보기로 합시다."

"그러기로 하자고요."

"우리 7인이 남편탈선방지 공동조사단을 꾸려 나갑시다. 자, 파이팅, 파이팅."

"자아, 그런 의미에서 시원한 아메리카노 건배, 건배, 건배."

이로써 개인택시 하계수련회 모임의 부인들 7인은 남편의 삐뚤어진 만행에 대해 바로잡고 계속 그럴 시 결사 항전하겠다는 뜻을 분명히 했다.

"이젠 우리는 정의의 7인조 신랑 바로 세우기 아줌마 연합이 되는 거예요."

이런 연합을 결성한 후, 그녀들은 흩어졌다.

부인들이 살벌한 대책을 세우는 현실은 직시를 못 하고 개인택시 기사 호형호제는 또 다른 곳으로 2차 술을 먹으러 갔다.

하루가 더 지나 월요일이 되자, 그녀들은 또다시 만난다. 일단 문제가 불거진 건, 란비의 신랑 문제이니만큼, 이쪽을 집중하기로 하였다. 복철의 부인 차인 소렌토를 타고 행동개시에 나선다.

핵심은 정확한 적발을 위하여 동영상을 찍고 그걸 증거물로 하여 란비는 과감하게 이혼을 해 버린다는 복안이었다.

소렌토는 숨어 있다가 태석의 개인택시를 따라간다. 개인택시는 오늘은 죽전 쪽으로 달려간다. 소렌토도 뒤질세라 막 쫓아간다. 그랬더니 신랑이 운전하는 택시는 죽전역 건너편에 차를 세운다. 오늘도 예상한 그대로 친구인 보라가 옆자리로 올라타고 있었다.

란비는 동승한 아줌마들에게 "저기, 저기예요. 저기 올라타는 여자가 제 친구예요. 으윽, 흑흑."라 말한다.

"아! 저 여자, 저 여자로군요. 에잇."

"그럼 어떻게 해야죠?"

"일단 따라가는 것밖에 없어요. 우리 신랑과 제 친구가 어디 모텔로 들어가는 걸 봐야 증거물을 잡을 수 있으니까요. 어서 뒤따라가세요. 어서요."

7인승 소렌토에 앉은 7인 그녀들은 마치 특수부대 요원들 같았다. 미행 전담 특수요원 말이다. 앞차는 불과 얼마 떨어지지 않은 곳으로 가더니 차를 세우고 있었는데 그 지점에 란비 입장에서는 무척 충격적인 장면이 보였다. 자신의 백송여고 동창회원들 6명이 나타난 것이다.

"어! 쟤들은 우리 동창들인데…….”

소렌토에 탄 그녀들은 밖에 있는 사람들을 예의 주시하고 있었다. 그런데 이번엔 이게 어찌 된 일인가 엄태석 기사와 호형호제로 지내는 6인 기사들이 택시를 몰고 이곳에 나타나는 것이었다. 그 후, 6인 여인들과 무척 화기애애한 표정을 지으며 다 짝을 이뤄 차 안으로 올라타는 것이었다. 그런 다음 7대의 택시들이 줄을 서서 다른 곳으로 빠져나가고 있다. 그걸 보자 소렌토 안에 있던 그녀들은 얼굴이 새하얗게 질려 버린 얼굴로 변해 버린다.

"어어어, 이건, 이건 뭐지! 저건 우리 남편이잖아!"

"아니, 우리 남편도 있습니다."

"아! 저희 남편도요.”

"제 신랑도요.”

"저도요.”

"어!"

"이게 도대체 어떻게 된 일이지! 이상하다.”

소렌토를 탄 남편탈선방지 공동조사단은 서로서로 어리벙벙하고 괴상한 기분에 빠져들기 시작한다. 마치, 섬뜩한 악몽을 꾸고 있는 듯하였다. 란비의 문제를 공동 해결하기 위하여 6인이 지금 이 시간 협조하는 것인데 그 6인의 신랑들도 지금 이 순간, 이 지점에서 공동으로 포착이 됐다.

란비는 그녀들보다 몇백 배로 당황스러웠다. 어떻게 자신의 백송여고 동창들이 한결같이 저렇게 팀워크를 이뤄 저런단 말인가! 아연실색하고야 말았다.

일단 보라가 끼어 있으니 보라의 선에서 저렇게 됐으리라 판단하기에 이른다. 또 그녀들은 자신들의 신랑이 끼어 있으니 신랑들의 선에서 무슨 고리가 형성됐으리라 판단하기에 이른다.

소렌토를 탄 그녀들은 더 이상 따라갈 기력이 완전 상실되어 버렸다.

"자, 내려서 어디 가서 쉬자고요. 혹을 떼려다가 더 큰 혹을 붙이는 꼴이 되어 버렸군요. 괜히 제 개인의 문제를 해결하려다가 여러분들까지 상처를 입게 되어 제가 그 뭐라고 위로의 말씀을 드려야 할지 모르겠네요. 저는 이젠 제 남편과 이혼을 해 버릴 겁니다. 그런 개자식과 더 이상 살 순 없어요. 자식이고 뭐고 다 필요 없어요. 흑흑."

"아니, 아닙니다. 저흰 괜찮습니다. 그나저나 란비 씨가 스트레스를 너무 많이 받아서 어쩌지요! 저기 저 카페로 들어가 따뜻한 아메리카노라도 한잔하면서 아픈 마음을 녹이자고요. 네에."

"그래요."

7인조 남편탈선방지 공동조사단 부인들은 차를 주차하고 근처 카페로 들어가 그 커피를 마시면서 찢긴 가슴을 꿰매고 꿰맨다.

"이를 어쩌지요?"

"네, 다 끝난 거지요 뭐! 끝난 겁니다. 흑흑흑."

그녀들은 서로서로 위로의 위로를 거듭하였다. 6인 여인들도 자신들의 남편들이 그런 짓을 하는 것을 포착했기 때문이다. 그러다가 시간이 지나 소렌토를 타고 돌아갔다.

"여러분 제가 백송여고 동창회 총무를 맡고 있는데 조만간 동창회를 한번 열자고 공지를 띄워 놓고 그 우리 친구 년들을 완전 작살내 버리고 여고 동창회에서 완전 탈퇴해 버릴 겁니다. 윽, 흑흑. 이 시발년들 어디 한번 두고 보자!"

"그래요. 이렇게 마음씨 착한 란비 씨가 얼마나 분하고 열받았으면 그리 거친 말을 쏟아 내겠어요. 저희도 란비 씨를 도와 그 여고 동창회를 초전박살 내어 버리겠습니다. 윽, 흑흑흑. 더러운 동창회원들 같으니라고…….”

6인 그녀들도 자신들의 남편들과 눈이 맞은 그 여고 동창회원들을 박살 내는 데 한목소리를 내고 있는 것이었다.

란비는 돌아가자마자 곧바로 백송여고 동창회를 열자고 공지를 띄운다.

> ※ 여러분 지난달 6일 무더위가 한창 시작되는 즈음에 우리가 동창회를 열었는데 어느새 한 달이나 지났군요. 그래요. 여러분 1,000년 만에 찾아온 극심한 폭염에 몸 건강히 잘 있지? 내일 당장이라도 우리 다시 한번 백송여고동창회를 열자.
> 장소는 그때 그 장소야. 너무너무 보고 싶다. 시간은 저녁 6시야.

이런 내용이었다.

이에 동창회원들은 한 달 만에 또 열리는 동창회에 나름 반갑단 기분에 사로잡힌다. 최란비 총무의 광폭 융단폭격을 전혀 모르니까 그렇다.

저녁이 되자 남편 태석이 들어온다.

"아이고, 너무 일을 열심히 해서 너무 고단하다. 휴우~ 휴우~"

"그렇지. 자기는 엄청 고단할 거야! 이런저런 일을 하고 그렇게 이것저것 힘을 쓰니 어디 고단하지 않겠어! 어휴, 쯧쯧쯧."

부인이 평소 같지 않게 약간 조롱하는 것처럼 이렇게 나오자 남편은 다소 당황한 표정을 짓는다. 침대에 누워 있는 그녀에게 그가 달라붙으려 하자 란비는 발로 확 밀어 버린다. 팍팍.

"아니, 아니. 내가 오늘 미용실에 손님들이 너무 많이 들어와서 일하느라 너무 피곤해. 저리, 저리, 저리 비켜. 비키라고……."

　남편 태석은 더욱더 이상하다는 상념 속으로 깊게 빨려 들기 시작하는 것이었다.

　지금 이 시간, 오늘 밤은 그녀에겐 너무너무 긴 세월만 같았다.

　날이 밝자, 그녀는 오늘 저녁에 있을 동창회 전투를 위해 전열을 가다듬는다. 오늘 백송여고 동창회는 그야말로 엄청난 전투가 될 게 뻔하다. 게다가 그녀를 측면에서 도울 6인 남편탈선방지 공동조사단이자 신랑 바로 세우기 부녀연합의 든든한 힘도 한몫할 것으로 믿어 의심치 않는다.

8. 그 나물에 그 밥

남편 태석은 이런 살벌한 징후를 알 길이 만무하다. 물론 오늘이 지나 시간이 어느 정도 지나면 애인 보라를 통해서 알 게 될 것은 기정사실일 것이다.

늘 아침밥을 차려 주던 부인이 차려 주지 않자 태석은 고개를 갸웃거리며 일하러 나간다. 그가 현관문을 열고 나가는 모습을 뒤에서 지켜보는 그녀는 속으로 생각한다. '내 이젠 저 인간과 끝날 날도 얼마 남지 않았구나!'

그녀는 일단 미용실에 가서 시간을 때우기로 한다. 저녁때까지 마냥 기다리기가 좀 그래서 그렇다. 저 인간과 헤어질 때 헤어지더라도 일단 미용실 손님 한 명이라도 더 받아서 한 푼이라도 더 벌어야 하니까 말이다.

그러나 업무에 제대로 집중이 되질 않아 2명의 손님만 받고 더 이상 받지 않았다. 괜히 컨디션도 안 좋은데 일하다가 실수하면 업무상 과실이 될 수도 있기 때문이다.

그 외 시간은 그저 음악을 듣는 것으로 했다. 그러다 보니 6인 우군들에게서 전화가 걸려 왔다. 그녀는 그녀들에게 "이곳 미용실로 오라."라고 말한다.

그녀들은 금세 미용실로 달려왔다.

"자, 더우실 텐데 냉커피 한 잔씩 하세요."

결국 모두 모였다. 냉커피를 홀짝홀짝 다 마신 이들은 일어나 격전장 백송여고 동창회가 열리는 유림동 황제회관으로 어제의 그 소렌토를 몰고 세차게 달려갔다.

오후 5시쯤에 도착했다. 모임 시간은 한 시간 남았다. 한 명 한 명 나타나기 시작하였다. 5시 반이 지나자 거의 다 몰려오기에 이른다. 이때, 6인 우군들이 어제 남편들의 택시에 올라타고 데이트를 즐기러 떠나던 여인들이 나타나자 고함을 치며 기습하려 하자 란비가 황급히 제재하고 나선다. 왜냐면 지금 이 순간보단 다 모였을 때 공습을 날리는 게 더욱더 효과적이라고 판단해서였다.

"자자, 이따가 다 모였을 때 밀어붙여 버립시다. 지금은 너무 일러요."

"네에, 그래요. 윽, 윽."

동창회가 시작되는 정각 6시가 됐다. 총 66명의 회원들이 집결하였다. 회장 이호수는 말한다. "여러분, 우리 백송여고 동창회원 여러분. 너무 반갑다. 한 달 만에 이렇게 또 만나게 되니 말이다. 어제 우리 최란비 총무가 긴급 모임을 연다고 해서 열리게 된 것이다. 1,000년 만에 찾아온 폭염이라고 하니 우리 총무가 너희들을 무척이나 걱정해서 그런 것 같다. 우리 다 함께 최란비 총무에게 우레와 같은 함성과 박수 한 번 쳐라……."

"와아아, 아아아, 빠샤아아, 아아아, 파, 파파, 아아아, 아아아."

여기저기에서 울려 퍼지는 박수와 함성 소리들…….

모든 회원들이 모여 이렇게 화기애애하게 모임을 시작하며 뷔페 음식을 먹으며 한참 분위기가 달아오르고 있을 때, 느닷없이 총무인 란비가 전면에 나서기 시작한다.

"야, 너 진보라! 너 우리 신랑 엄태석과 뭐 하는 사이야? 우리 남편 엄태석이 네 수석대변인이야? 변호인이야? 중개인이야? 뭐야? 왜 맨날 우리 신랑과 끼고 다니는 거냐? 말해 봐!"

그러자, 진보라는 얼굴이 완전 굳어지며 깜짝 놀라며 검붉어진다. 그러는 사이, 이를 관망하던 남편탈선방지 공동조사단 부인들도 뒤에 숨어 있다가 "야, 이런 더러운 년들아!"라고 소리치며 거칠게 가세하기 시작하였다. 공동조사단은 어제 남편들의 택시에 올라타고 갔던 그 여자들을 기억하기에 진아, 가린, 호리, 숙희, 미숙, 경란을 향하여 맹렬히 돌진한다.

이에 여자들은 음식을 먹다가 너무 놀라 음식이 입에서 밖으로 튀어나오기도 하였다. 숟가락, 젓가락을 놓치기도 하였다.

더 놀란 것은 여자들 자신들이 만나는 택시 기사들이 그런 관계 구조를 이루는 사실을 전혀 몰랐기 때문이다. 특히, 보라 같은 경우는 절친 란비에게서 공습을 받자 더더욱 충격적인 기분인 것이다.

란비는 보라의 멱살을 잡고 늘어지며 얼굴에 가래침을 뱉어 버린다.

"캭, 캭, 캭! 퉤, 퉤, 퉤! 이런 더러운 개 같은 년아, 어떻게 우리 사이에 그럴 수가 있냐?"

"아니, 야, 야, 야, 너 지금 무슨 소릴 하는 거야? 난 그런 줄 전혀 몰랐다. 나는 네 신랑이 엄태석이란 걸 몰랐단 말이야! 모른단 말이야! 아, 아, 아! 아악악악."

옆에선 공동조사단들은 여자 회원들을 아주 세게 귀싸대기를 후려친다. 그러는 사이에 조사단 중, 한 여자는 여자 회원들이 음식을 먹고 있던 탁자를 있는 힘껏 확 뒤집어엎어 버린다.

쾅, 쾅, 쾅, 쾅! 삽시간에 뷔페 탁자는 뒤집어지며 가득했던 음식들은 바닥에 나뒹굴었다. 김칫국물이며 다른 기름이나 새우젓, 깍두기고 뭐고 음식물들이 바닥에 사방으로 퍼져 버렸다. 이에 그 파편으로 여자 회원들의 명품 고급 옷에도 음식물이나 김칫국물이 튀어 줄줄, 줄줄 흐르고 있다.

그러자 다른 많은 동창회원들은 일제히 벌떡 일어나 문제가 된 그 탁자로 달려가 성난 공동조사단 여자들을 말리며 가로막는다. 탁자 위에 놓였던 병이며 잔들도 바닥에 떨어져 깨져 파편들이 이리저리 퍼져 버렸고 완전 아수라장으로 변해 버린 것이었다.

이곳 황제회관 종업원들이 총출동하여 격분하며 펄쩍펄쩍 뛰는 공동조사단들을 만류하기에 급급했다.

"아니, 이러지 마세요. 아니, 손님들이 왜 그러시는 거예요? 그만하세요. 어, 어, 어어! 악, 악악!"

"이거 경찰에 신고해야겠는데…… 이게 도대체 뭐야!"

동창회원들은 란비와 잘 모르는 6인 여인들을 말리며 제재하기에 혼신을 힘을 다한다.

"얘, 란비야! 그만, 그만하라고 너 왜 그래? 이제 그만 진정하고 앉아 봐!"

회원들의 만류에도 아랑곳하지 않고 그녀는 보라에게 더 거친 말을 이어 간다.

"야, 보라 너 엄태석하고 살아라! 한번 열심히 살아 봐. 난, 네 남편 허동구 검사에게 이 사실을 알릴 테니까 네 남편이 어떻게 나오나 한번 지켜보고 싶다. 그래도 검사인데 그런 꼴을 가만히 지켜보고 있진 않을 테니까 말이야! 하하하하.”

 "야야, 그, 그, 그건 안 돼! 우리 남편에게 이런 걸 말하면 안 된단 말이야! 으, 윽윽.”

 "음, 됐어! 그렇게 처리할게! 그리고 야, 이호수 회장 너 지난달 동창회 할 때 내가 극빈층이라고 네가 여기 돈 많은 잘나가는 친구들 꼬드겨 내가 더 이상 회장을 못 하게 밀어낸 거지? 난 그때 다 알고 있었다. 그냥 분위기상 넘어간 거지! 내가 모를 줄 알아? 여기 백송여고 동창회는 돈 많은 년들만 모인 끼리끼리 모인 자리다. 난 그걸 느꼈지만 그래도 너희들과 학창 시절 그 끈끈한 우정이 있어 그냥 웃으며 넘어갔던 거였다. 근데 이 시발년들아, 이 개 같은 년들이 해도 해도 너무 도를 넘어 우리 남편과 놀아나기까지 해! 아무튼, 보라 넌 네 남편한테 죽을 줄 알아! 호수 너도 몸조심하고 에잇, 시발년들…… 난 이 시간부로 너희들과는 끝이다.”

 란비는 분노를 참지 못하고 유리잔을 들고 보라의 얼굴에 확 집어 던져 버린다. 보라는 엉겁결에 옆으로 얼른 피한다. 다행이었다. 날아간 유리잔은 바닥에 떨어져 쨍그랑하고 깨진다. 란비는 회관 밖으로 나가 버린다.

 그러자 공동조사단 6인도 자신들의 남편들과 눈이 맞아 택시 드라이브를 즐긴 여자들을 향해 "당신들도 각오하고 있어, 우리가 다 알아서 당신들 남편들에게 알려 조치를 취하게 할 테니까!”라고 말하며 발로 의자를 쾅쾅 세게 차고 나가 버린다.

 그녀들이 다 빠져나간 황제회관엔 마치 전쟁을 치른 듯한 황량함이 몰려왔다.

 여기서 문제가 불거진 진보라, 이진아, 박가린, 최호리, 조숙희, 김미숙, 허경란은 주저앉아 얼떨떨한 표정과 마치 호랑이한테 쫓긴 듯 놀란 가슴 쓸어내리며 굳은 채로 가만히 있다. 그러자 다른 동창회원들도 같이 얼떨떨한 심정으로 서로를 바라보았다.

한편, 물러난 공동 6인은 유림동 조용한 호프로 들어간다. 란비에게 그 여자들 남편들 상황을 알려 달라고 말한다.

"그년들 물 좀 먹이게 란비 씨, 그 여자들 남편들은 도대체 뭐 하는 사람들입니까?"

"네, 변호사도 있고 한의사도 있고 회계사, 판사, 높고푸른당 국회의원, 졸부 이렇고 제 신랑과 난리 난 여자 그 남편은 검사입니다."

그러자 공동조사단 6인은 깜짝 놀랐다.

"예에, 그래요. 그런데 그러고 다녀요? 뭐, 그런 남자들 부인이라고 그러지 말라는 법은 없지만… 그래도 참나 좀 그러네요. 이상한 건, 란비 씨 아저씨도 택시 기사이신데 저희 남편들도 그렇고… 그런데 어떻게 하다가 저희 남편들이 저런 란비 씨 여고 동창들과 그렇게 됐는지 도무지 이해가 되질 않습니다. 너무 희한한 일이에요. 에잇."

"뭐, 사실 그런 건 지금으로선 그리 중요한 건 아니고 저들을 혼내 주고 갈라서 버리는 게 상책인 것 같습니다. 어차피 이렇게 알게 된 마당에 더 망설일 게 뭐가 있겠어요? 저년들 남편들을 찾아내어 폭로해 버릴 겁니다."

그녀들은 서로서로 울분을 토로했다.

한편, 여고 동창회가 열렸던 황제회관은 완전히 아수라장, 난장판이었고 무척 당혹한 심정과 불안감이 엄습했다. 이런 사실이 곧바로 문제가 된 회원들의 남편들에게 알려질 것은 초읽기에 들어간 셈이기에 그렇다.

차호수 회장도 방금 전 사태는 자신과는 직접 관련이 없다 하더라도, 자신도 최근에 남편에게서 그리고 애인에게서 마음이 멀어지며 마이운수 버스 기사 허강철에게로 마음이 기우는 감정을 느껴서인지 무척이나 예민해지고 신경이 날카로워지기 시작했다. 왠지 자신에게도 이런 불상사가 불어닥칠 것만 같은 사나운 심경이었다.

이번 불미스러운 일로 연루된 그녀들뿐만이 아니라 다른 회원들도 무척 신경이 예민해지기에 이른다. 이 불상사가 남 얘기만은 아닌 것 같은 섬뜩함이 몰려왔기 때문이다.

란비를 비롯한 공동조사단 6인은 집으로 들어가 남편이 들어오기만을 기다린다. 남편들은 이런 심각한 상황은 조금도 예상할 수 없었다.

밤 10시가 되자, 그녀들의 택시 기사 남편들은 한 명씩 한 명씩 집으로 들어오고 있었다.

들어가는 순간부터 각각 지역에선 대형 난리가 나기 시작하였다. 부인들은 현관문에서부터 기다리고 있다가 바로 신랑들의 얼굴을 향해 강력한 라이트 귀싸대기를 후려친다.

"야, 이 새끼야, 너 택시 기사 하러 다니면서 아줌마 손님들이나 건들고 다녔지? 에잇."

기습적인 귀싸대기를 맞고 주춤거린다. 더군다나 신랑들은 술까지 먹어서 입에서 술 냄새가 진동하였다.

"어, 이게 술까지 먹고 그럼 음주 운전을 한 거야?"

"이게 뭐 하는 짓이야, 새빠지게 일하고 들어오는 하늘 같은 남편을 막 때려, 이런 시발년 봐라! 너 이리와 넌 죽었어! 으, 으으으!"

남편들은 다 각각의 지역에서 입에서 술 냄새를 풍기며 비틀거리며 저항하였다.

"내가 무슨 아줌마 손님들을 건드려? 건드리기는… 흠, 흠, 흠."

남편은 부인의 머리카락을 잡으려고 안간힘을 다한다. 그러자 부인은 더 이상 안 되겠다 싶어 주방으로 달려가 프라이팬을 들고 달려와 막 휘두른다.

"나도 맞벌이한다고 죽을 뻔했다. 난 너 같은 자식들처럼 그런 욕망도 없는 줄 알아? 나도 그런 것 있다고, 하지만 우리 자식들 생각하며 참고 사는 거다. 한 푼이라도 더 돈 벌 생각만 하고 산 거다. 근데 넌 뭐야? 아줌마 손님들 만나고 시시덕거리고 다니고 말이야! 어휴, 이런 개자식아!"

그녀의 무자비한 프라이팬 휘두르기에 그는 바닥에 퍽 쓰러진다. 이것으로도 분이 풀어지지 않은 부인은 사커킥으로 계속 걷어찬다.

"이젠 너 같은 놈하곤 끝난 거다."

그 뒤, 부인은 확 나가 버린다. 부인들은 밖으로 나가 사우나에 가서 잠을 이뤘다.

날이 밝자, 란비는 미소에게 전화를 건다. 뚜르르, 신호가 가고 미소가 받는다.

"얘, 미소야, 어제 그런 미친년들 봤지? 그년들이 그런 애들이다. 우리 백송여고 동창회가 그런 수준밖에 안 된다는 게 정말 분하고 열 받아 못살겠다. 그리고 그 동창회원들 모두 다 돈 좀 있는 애들이잖아! 넌 나와 둘이서 동창회원들 중 유일한 극빈층이잖아! 그런 것들. 하는 짓거리 보면 사람을 우습게 알고 깔보잖아. 그래서 저번에 그 애들이 날 회장직에서 밀어낸 거였잖아! 게다가 보라는 내 남편까지 건드리고 다녔는데 그게 인간들이라고 생각이 되니? 짐승만도 못한 것들 짐승들은 최소한 그렇게까진 않는다고! 미소야, 너도 더 이상 그런 동창회에 몸담지 말고 탈퇴하고 나와라, 그렇게 추하고 지저분한 집단에 있으면 자칫 더러운 물이 들까 걱정된다. 얘?"

"그래, 알겠다. 란비야, 나도 극빈층이라 네 심정 잘 알고 지금 기분이 얼마나 더럽겠니? 알겠다. 나도 곧 탈퇴하고 나가 버릴게."

미소는 이렇게 말하고 끊는다. 그렇지만 자신도 최근 통통할인마트에서 조철화 부장과 밀월을 즐기는 입장이라 이번 사건과 아무런 관련이 없음에도 괜히 신경이 쓰인다.

자신도 괜히 반복되는 인생 속에서 돌고 돌다 보면 물리는 수도 있으리란 공포가 드리워지는 것이었다. 그러나 아직 드러난 게 아니기 때문에 애써 아랑곳하지 않으려고 노력한다.

란비는 미소와 통화를 마친 뒤, 6인의 부녀 공동조사단에게 전화를 건다. 그 까닭은 그녀들에게 백송여고 동창회장인 차호수의 번호를 알려 주어 호수를 거칠게 압박해 문제가 된, 진아, 가린, 호리, 숙희, 미숙, 경란의 남편들의 번호를 알아낸 후 이번 문제를 폭로하는 것을 골자로 한다.

물론, 본인 건에 대해선, 자신이 직접 보라에게 전화하여 남편 검사의 전화를 알려 달라고 맹폭을 날렸다. 그러자 보라는 어쩔 수 없이 응할 수밖에 없었다.

6인의 부녀 공동조사단들은 호수의 번호를 건네받자 곧바로 그녀에게 산발적으로 전화를 걸어 "회장으로서 이번 문제의 사태 수습 차원에서 그년들의 남편들의 번호를 알려 달라."라고 압박 공세를 강화하였다.

그러자, 차 회장은 노이로제에 걸릴 지경이었다. 아무리 자신이 이번 건에 연루가 안 됐다 하더라도 너무 거칠게 나오는 부녀 공동조사단의 회유와 압박을 이겨 내질 못하고 급기야 백송여고 동창회 명부를 보고 알려 주고야 만다.

공동조사단은 번호를 받자, 곧바로 전화를 걸어 강력히 항의하기에 이른다. 느닷없이 날벼락을 얻어맞은 엘리트 남편들은 청천벽력이었다. 그러자, 남편들은 어쩐지 부인들이 음주운전하고 다닐 때부터 알아봤다고 비웃기 시작한다. 그러나 자신들의 현재 사회적 위치가 염려되어 곧장 이혼하진 않는다.

이날은 신랑 바로 세우기 부녀 공동조사단의 남편들이 개인택시 일을 마치고 들어오자마자 부인들에게 무릎 꿇고 "한 번만 봐 달라."라며 애원하기도 하였다. 그러자 부인들은 "내 더럽지만 이번 한 번만 봐줄 테니, 그 대신 귀싸대기를 이 자리에서 백 대만 얻어맞으라."라고 한다. 그러자, 7인 택시 기사 남편들은 "못 할 것도 없다."라고 말하고 무릎 꿇은 채 그렇게 왼쪽 오른쪽을 번갈아 가며 백 대를 강타당한다. 그들은 굴욕적이고 참혹한 꼴을 당하는 순간을 맞이한다.

다른 한편, 탈선 일탈을 저지른 여자들인 진아, 가린, 호리, 숙희, 미숙, 경란의 엘리트 남편들은 이날 집으로 들어와 그녀들을 향해 귀싸대기 백 대를 후려친다.

그렇듯, 후속 사건이 각각 다른 곳에서 벌어지는 것이었다. 남편 본인들도 다들 애인들을 만나고 다니면서 말이다.

"내가 말이야, 지난번에 당신이 술 먹고 들어오고 하는 것 보고 벌써부터 알아봤다. 내가 당신이 타고 다니는 차를 압수할 때 다 알았지만 그냥 눈감고 있었다. 어쨌든 그 차를 압수하길 그나마 다행이네! 차 압수 안 했으면 더 엄청 날뛰고 다녔을 텐데 말이야! 어휴, 이런 남편의 사회적 위치에 먹칠하고 다닌 년아! 에잇."

그녀들은 참혹한 굴욕을 당하는 순간을 맞이하고 말았다. 남편들도 그러는 건 짐작은 하지만 결정적인 증거를 확보하진 못했으니 말이다. 그냥 당하는 수밖에 없었다.

이번 건으로 간접적인 학습 효과를 맛본 박라희, 방민지, 차호수는 몸을 움츠리며 당분간 칩거 생활로 들어간다. 자칫 자신들도 알려질까 봐 두려웠다. 그건 김미소도 마찬가지였다.

그 무엇보다 이번 사건으로 직접적인 관련자들은 정신적으로 무척 움츠러드는 상황으로 치닫는다. 게다가 그런 부부들끼리는 불결하다며 각방을 쓰는 사태로 변한다.

최란비 탈퇴 후 며칠 뒤, 서민 주축으로 새로운 백송여고 동창회가 창설된다. 기존에 있던 그 동창회에선 유일하게 김미소만이 탈퇴하여 최란비에게 합류하게 된다.

란비는 이번 치욕을 잊고자 8월 13일 일요일, 조촐하지만 새로운 백송여고 동창회를 창설하기에 이른다. 회장직은 자신이 맡고, 총무는 미소에게 맡겼다.

급조된 극빈층 중심 동창회다 보니까 그리 많은 인원이 참여하진 못했다. 더 연락을 취하면 더 늘어날 수도 있겠지만 아직은 미흡한 상태다. 총 22명으로 시작한다.

극빈층답게 화려한 뷔페보단 조촐한 숯불갈비에서 소주와 갈비로 대체한다. 장소는 중앙동 신라숯불갈비였다.

새로운 여고 동창회 회장이 된 최란비가 말한다.

"애들아, 이렇게 새로운 백송여고 서민형 동창회가 생기니 너무너무 기분이 좋다. 얼마 전, 그 차호수가 이끌던 그 백송여고 귀족형 동창회원들이 내 남편을 포함한 일부 몰지각한 개인택시 기사 일당들과 극악무도한 플레이를 일삼는 바람에 가정 파탄을 불러왔다. 그년들은 그뿐만이 아니라 예전에 고급 외제 차나 제네시스를 타고 다니며 날 보통 깔봤던 게 아니었다. 결국 그 차량들은 그전 신랑들에게 덜미가 잡혀 압수당했지만… 어쨌든 그래서 난 그런 불의를 보고 가만히 있을 수 없었다. 그래서 깨고 나와 오늘 이렇게 참신하고 조촐한 우리 새로운 백송여고 서민형 동창회를 개설하는 것이다. 자, 동조한다면 박수와 함성 한번 질러…….”

와아아아아아, 챠차아아아아아, 여기저기에서 박수와 함성을 지르는 소리가 울려 퍼진다.

이날은 란비로선 최근에 벌어진 아픔과 상처가 어느 정도는 치유되는 그런 장이었다. 그런데 한 가지 문제라면 문제일 수도 있는 부분이 있었다. 총무로 미소를 뽑았다는 것이다. 미소도 최근, 그렇고 그런 쪽으로 기울고 있기 때문이다. 란비도 그런 사실을 남편으로부터 전해 들어 알고 있다. 그러니 지난달 6일 동창회 할 때, 미소가 ‘자신은 매우 현모양처’라는 말을 했을 때 속으로 비웃기도 한 적이 있다. 그럼에도 오늘 새로운 서민형 동창회 개설에 그녀를 그저 극빈층이란 이유로 총무 자리에 앉힌 것을 보면 또 다른 여러 가지 형태의 불협화음이 있으리란 우려까진 닿지 않은 모양이었다.

어쨌든, 오늘부로 기존에 존재하던 차호수가 이끌던 귀족형 백송여고 동창회와, 지금 이 시간에 조촐하게 탄생한 최란비가 이끄는 서민형 백송여고 동창회 두 파로 나뉘질 것으로 보였다.

하여간, 이번 사건을 통해 간접적인 학습으로 두려움 효과를 맛본 차호수, 방민지, 박라희지만 그녀들은 아직 친구들처럼 그렇게 걸려 혼쭐나진 않았기에 그리 심각하게 와닿진 않는다. 이를테면 대형 사고로 큰 피해를 직접 본 사람과, 그저 그런 피해를 지켜본 지인의 심정이 다른 것처럼 비슷한 심리가 작용하는 것이었다.

그래서 간접적 학습 효과란 그리 큰 효과는 없는 것이다.

삶은 뭐든지 직접적 학습 효과가 있어야만 뼈저리게 실감하는 것이다. 직접적 학습 효과를 느끼고도 재차 그런다면 그건 흔히 말하는 구제 불능이라고도 볼 수 있겠다.

그래서인지 그녀들은 조심스레 또다시 꿈틀거리기 시작한다. 차호수는 마이운수 마을버스 기사인 허강철에게로 기울어 만나고 싶어 한다.

김미소는 서민이라는 이유로 최란비 쪽으로 이동하긴 했지만 오로지 우직하게 삶을 사는 란비와는 다르게 나름 요란하다. 안 그러다가 지난달 초 미소는 남편의 경제적 무능을 한탄하며 자신이 다니는 통통할인마트 조 부장의 차, 고급 외제 차 아우디 A8을 보고 반했다. 그녀가 그 차를 보고 반색한 것은 그 정도 차를 유지할 정도면 돈이 꽤 많다는 것이고 그렇다면 그에게 잘 보이면 용돈을 뜯을 수 있단 생각을 했기 때문이다. 즉, 애인이 되어 주면 적잖은 돈을 얻을 수 있다는 판단을 한 것이다.

그래서 급격히 진행되어 버렸는데 꼬리가 길어져 지난달 중순엔 그녀의 집 주변까지 그가 아우디로 바래다주러 왔다가 그녀가 내릴 때 다소 야릇한 표현을 아이들이 보게 됐고 남편 정배도 보게 됐었다.

정배는 그렇지만 이를 악물고 참았다. 가정의 안녕과 평화를 위한 희생이었다. 그러나 날이 갈수록 그녀는 도가 넘을 정도의 일탈과 타락으로 완전히 삐뚤어져 버리고 만 것이었다. 그녀가 조 부장에게 돈을 조금 받긴 하지만 그리 많이 주는 것도 아니고 그의 욕망을 추구하는 선에서 그치는 것이었다.

결국 남편 정배만 온갖 스트레스를 다 받을 뿐이었다. 게다가 적반하장 격으로 집에 들어올 때마다 예나 지금이나 줄곧 바가지를 긁는 것이었다.

"에어컨 많이 틀지 말라고 했더니 왜 또 에어컨을 튼 거야? 돈도 많이 못 벌어 오는 무능한 남자가 전기료를 아낄 줄 알아야지 말이야, 이게 뭐야! 얼른 끄지 못해! 에잇, 시발!"

"당신 말이야. 올해는 천 년 만에 찾아온 무지막지한 폭염이라고! 에어컨 좀 틀고 살자! 내가 하루 종일 택시 운행하고 돌아오면 완전 탈진된다고……."

"어서 꺼, 그럼 선풍기만 켜 놔! 에잇, 시발."

그러는 사이에, 아들딸이 들어오자 그녀는 침묵을 지키며 에어컨을 끄질 않는다. 자식에겐 끔찍이 시원하게 해 주고 싶은 마음이다.

"얘들아, 엄마가 간식 좀 줄까? 과일이나 먹자고……."

그녀는 냉장고로 달려가 과일을 꺼내어 들고 온다. 한참 시간이 지나자 그녀는 아이들에게 눈물을 흘리며 말한다.

"얘들아, 이걸 어쩌면 좋으냐? 아빠도 무능하고 엄마도 무능해서 너희들 학원비를 더 이상 대 주는 게 너무 힘들다. 그냥 학원엘 다니지 않으면 안 되겠니? 흑흑흑."

"그래요. 안 나가도 돼요. 교과서만 봐도 난 최고 대학에 갈 수 있어요."

이들 가족은 몹시 빈곤하고 우울한 무더운 여름밤을 보냈다. 그녀는 이런 생활고는 그렇다 치고 늘 직장에 가서 조 부장과 유희를 즐기는 일엔 조금도 망설임은 없다.

조 부장이 워낙 돈이 많은 사람이라 그 언젠가는 자신에게 거액의 돈을 줄 것이라는 어떤 확신을 갖고 있는 것이었다. 그 돈을 받아 자식들 뒷바라지를 하려고 머릴 굴린다. 그러나 그의 마음속엔 그런 것은 없다.

남자가 돈이 많다고 애인에게 막 주는 경우가 어디에 있는지 모르겠다. 그런 경우가 있을 수도 있겠지만…….

그녀는 그렇듯, 무모한 짓을 일삼고 있다. 그의 차, 아우디를 타고 드라이브를 다니다가 모텔로 들어가든가 아니면 그냥 진하게 선팅된 차 안에서 몸을 섞는 게 다반사가 됐다.

어느 하루 그녀는 할인마트 퇴근 후, 조 부장에게 "오늘은 호프에 가서 맥주나 실컷 먹고 싶다."라고 말한다. 그러자 그는 웃으며 "얼마든지 좋아!"라고 말한다.

호프에 도착한 뒤, 그녀는 막 울먹이며 "우리 아이들 교육비가 없는데 정말 큰일인데 어떻게 해결 좀 해 주면 안 되나…" 하고 괴로운 표정을 짓는다. 그러자 그는 아랑곳하지 않고 계속 맥주를 들이붓는다. 그러다가 쇼를 한다. 해결해 줄 것처럼 말이다.

"그래. 미소, 네가 얼마나 힘들면 나에게 그런 말을 다 하겠냐고…… 내가 해결해 줄게. 걱정 마! 자, 자, 맥주나 확확 시원하게 마시자고……."

"어! 정말 그래 줄 거야? 와아, 정말이야?"

지금 이 순간, 두 사람에게 심각한 사태가 벌어지고 있다. 이 호프집 바로 옆, 옆 구석 자리에 그의 부인이 동네 부녀회원들과 맥주를 마시고 있었다. 그리고 방금 전 한 얘길 다 들은 것이다. 칸막이로 가려져 있어 보이지 않을 뿐이었다.

조 부장의 부인은 그냥 가만히 있을 성질이 아니었다. 부인은 벌떡 일어나 그들이 있는 곳으로 다가온다. 그런 뒤, 느닷없이 고함을 친다.

"뭐, 이런 여자에게 교육비를 해결해 줘? 이게 진짜 정신이 돌았나!

야, 이 미친놈아, 당신 이러고 다닌단 느낌은 들었지만 여기서 보게 되니 너무 반갑네! 이런 더러운 새끼들……."

부인이 그러자 그는 맥주를 마시는 도중, 너무 놀라 "우에핵!" 하고 토하고 만다. 부인은 격분한 채로 남편의 귀싸대기를 후려친 후 미소를 향해 번개 같은 귀싸대기를 한 대 후려친다. 그녀는 귀싸대기를 강타당하자, 고개를 퍽 숙인다. 조 부장도 몹시 당황스러워 어쩔 줄을 몰라 한다.

이것으로도 분이 풀어지지 않은 부인은 그들이 마시던 생맥주 잔에 남은 맥주를 그들 얼굴을 향해 이리저리 막 뿌려 버린다. 그런 후, 안주인 치킨이며 땅콩, 과일도 들고 얼굴에 막 집어 던져 버린다. 그들의 얼굴엔 맥주와 안주 찌꺼기들이 뒤범벅되어 버렸다. 얼굴에서 아래로 줄줄, 줄줄 흘러내린다.

"으, 으, 으으."

"내가 당신 것 아우디를 압수해 버리겠어! 어서 차 키 내놔, 내놓으란 말이야!"

"어, 어어."

급기야 그는 부인에게 즉석에서 차 키를 압수당하고 만다.

"어서 나가지 못해? 에잇!"

"그래, 알았어! 그래그래."

부인은 남편의 머리채를 꽉 움켜쥐고 호프 밖으로 끌고 나간다. 그러면서 미소를 쳐다보며 "너 죽었어, 내가 이놈과 이혼하고 너도 법적으로 조치를 취할 거야! 기다려!"라고 으름장을 놓는다. 그렇게 끌려 나간 그는 집에까지 질질 끌려갔다. 차는 그냥 놓고 간다. 부인은 음주운전이 되기 때문에 운전할 수가 없었다. 그도 마찬가지일 수밖에 없다. 부인이 일단 키를 압수했으니 다음에 와서 가져가면 될 일이다.

이날 밤, 그는 부인에게 밤새도록 귀싸대기 백 대를 얻어맞았다. 한편 미소도 심각한 괴로움에 빠져들었다. 조 부장의 부인이 법적조치를 취할 거라고 으름장을 놓고 갔으니 말이다. 행여나 가족들에게까지 이 사실이 알려지면 자신은 부모로서 자식들을 볼 면목이 없고 가정파탄, 분열이 생길 수가 있어서 더 큰 괴로움에 빠지는 것이었다. 그녀는 호프에서 나와 역북동 집으로 걸어가며 어디론가 저수지 같은 데라도 가서 빠져 죽고 싶은 심정이었다.

"으으, 으으윽. 꼬리가 길어져 잡히다니……."

그녀는 집에 들어가 도저히 잠을 이룰 수가 없었다. 거의 뜬눈으로 밤을 지새울 정도였다.

날이 밝자 대망의 기흥 갑구 보궐선거가 치러지는 날이었다. 양측의 살 떨리는 순간이 도래하였다. 서로 바짝 긴장된 상태였는데 가슴이 막히는 것만 같았다.

이날은 미소로선 최악의 날이기도 하였다. 무거운 발걸음으로 직장 할인마트로 가자, 이미 조 부장의 부인이 아침 일찍 와 있었다.

부인은 1층 상품이 진열된 넓은 공간에서 "우리 남편 조철화 부장과 쑥덕거린 네년은 여기 마트 직원들과 여기 들어오는 고객들에게 풍기문란을 저질러 죽을죄를 지었다고 어서 무릎 꿇고 싹싹 빌어라!"라고 고함을 친다. 부인은 남편에게도 "당신도 얼른 무릎 꿇고 같이 마트 직원들과 고객들에게 용서를 구하라."라고 하며 고함을 친다.

그래도 그들이 가만히 있자, 격노한 부인은 남편의 얼굴을 향해 오른손으로 강력한 귀싸대기를 후려친다. 그 후, 미소에게도 한 대 후려친다. 그래도 안 움직이자, 이번엔 더욱더 혈압과 격분이 터질 것만 같은 부인이 양쪽 두 사람의 머리채를 움켜쥐고 서로 머리를 쾅 하며 세게 부딪치게 휘두른다. 둘은 서로 머리가 부딪치자 "으악! 악악!"이라고 비명을 지르며 엄청난 고통을 느낀다.

미소는 자신의 남편 정배의 경제적 무능을 한탄하며 통통할인마트 상사인 조 부장이 돈이 많아 자신에게 적잖은 도움이 될 거라는 미련함에 빠져 유희에 빠진 생활을 하다가 그의 부인에게 들켜 된통 호된 아픔을 겪게 된다. 조 부장도 직장 한가운데에서 다른 직원들과 고객들에게 엄청난 치욕과 굴욕을 당하고 만다.

"여러분, 통통할인마트 가족 여러분! 이게 우리 남편 조철화 부장입니다. 저는 이 인간의 부인입니다. 저는 이 인간을 무척 사랑했었습니다. 이제는 아닙니다. 처음 만난 날 난 이 남자에게 홀려 모든 것을 다 줬습니다. 그러니 이 인간은 내게 막 사랑한다고 소릴 지르더군요. 이 남잔 우리 집이 갑부 집이란 걸 알고 돈만 보고 결혼한 것입니다. 어쨌든 아우디도 사 주고 다 했는데 그 차로 이러고 다녔더라고요. 이 사람에게 빌딩과 땅도 엄청 줬죠. 그 차 키는 이젠 내 손 안에 들어왔습니다. 차 키뿐만이 아니라 내가 이 남자에게 준 모든 것을 압수하고 갈라서 버릴 것입니다. 통통할인마트 가족 여러분 제가 이렇게 신성한 직장에 쳐들어와 행패를 부려 매우 부끄럽게 생각합니다. 죄송합니다. 이만 이놈을 데리고, 그리고 이년을 데리고 그만 물러가렵니다. 안녕히 계세요."

9. 이성을 잃어버린 부부들

부인은 마트 바닥에 뒹굴고 있던 노끈을 집어 들고 두 사람의 목을 하나로 묶어 버린다. 그 후, 끌고 밖으로 나간다. 이에 이곳 많은 직원들은 그래도 통통할인마트에서 천하를 호령하던 조철화 부장이 김미소 여직원과 함께 부인에게 노끈으로 하나로 묶여 소처럼 끌려 나가는 광경을 보고 심한 허무함을 느끼고 못내 안타까워한다. 달려가 말리고 싶어도 부인의 얼굴은 괜히 말리다간 가만두지 않을 것 같은 공포 그 자체였다.

부인은 밖으로 나가자마자 남동생에게 전화를 건다. "어서 빨리 오라."라는 것이었다. 그러자 동생은 금세 도착하였다. 자초지종을 말한다. 그 뒤, 남동생은 그를 붙잡고 역삼동 집으로 갔다.

"처남 왜 그래? 그러지 마! 아아, 악악!"

부인은 미소를 데리고 "담판을 짓고 끝내자."라며 그녀의 집, 역북동으로 향한다. 순식간에 벌어진 아수라장 그 자체였다. 역북동 환희빌라 11동 202호 그녀의 집에 다다랐다.

이 시간은 오전 시간이라 아무도 없다. 부인은 그저 막무가내로 끌고 온 것이다.

"어서 네년 남편에게 전화를 걸어, 빨리 오라고 해! 담판을 짓게, 난 우리 남편과 이혼을 불사할 사람이야, 네년도 네 남편이 이걸 알아야지! 안 그래?"

그녀는 하는 수 없이 부인이 하라는 대로 할 수밖에 없었다. 남편 김정배에게 전화로 이 사실을 그대로 알린다. 남편은 조금 놀랐지만 이미 어느 정도는 알고 있었다. 회사택시를 영업 중인 정배는 황급히 집으로 달려온다.

그가 오자, 조 부장의 부인은 더욱더 핏대를 올리며 공격을 퍼붓는다. 이 부인이 더욱더 막무가내로 나오는 대목은 미소를 향해 또 귀싸대기를 때리려고 손을 드는 것이었다. 그러자 정배는 소릴 지르며 그러지 못하게 만류한다.

"아니, 아줌마 지금 뭐 하는 겁니까? 그러지 말아요."

그는 아줌마의 분노를 잘 진정시켜 그냥 돌아가게 하였다. 그러나 그 아줌마가 가면서 "법적조치를 취하겠다." 하고 간 부분이 그로선 괴롭고 슬픈 일이었다.

상황이 이 정도인데도 미소는 남편 정배에게 미안한 표정과 감정을 지니지 않고 있었다. 조만간 정배, 미소 부부는 그 아줌마의 살벌한 민사소송의 화살을 맞아 뼈아픈 순간에 당면하게 될 것이었다.

그 후, 정배가 그 아줌마에게 찾아가 제발 그런 민사소송만은 하지 말아 달라고 애걸복걸하여 그 법적조치는 그냥 무마되어 넘어갈 수 있었지만 미소는 이번 일로 다니던 통통할인마트엔 다니지 못하게 됐다. 한편, 조 부장도 마찬가지로 똑같이 됐다.

저녁때가 되자 기흥 갑구 보궐선거 투표 예측 출구조사가 나왔는데 야당인 국민만 생각하는 당 이천승 후보가 무려 17%가량이나 앞서는 결과로 나왔다. 물론 좀 더 시간이 지나가 봐야 더 자세한 윤곽이 드러 나겠지만 이 시각 상황은 그랬다.

여당 시민사랑당 신허찬은 지난달 21일에 쓸데없이 여성 유권자를 끌어안고 번쩍 들고 빙빙 도는 객기를 부리는 바람에 지지율이 추락하여 복구하질 못하고 수렁에 빠지고 말았다.

신허찬의 충격은 엄청났고 그는 이젠 망연자실한 상태가 되었다. 그저 딸 신라미가 10월 초에 참가하는 국민 트롯 킹우먼 대회에서라도 대상을 차지하여 대리만족 차원으로라도 아버지의 한을 풀어 주길 바랄 뿐이었다.

그런데 너무 공교롭기도 하고 악연 중의 악연인 이번 보궐선거에서 당선된 야당 국민만 생각하는 당 이천승 후보의 딸 이혜미도 그 트롯 오디션에 참가한다는 정보가 흘러 허찬으로선 여간 신경 쓰이는 게 아니었다.

앞으론 아버지들의 정치 게임이 아닌 딸들의 노래 게임이 벌어져 또다시 대리전이 될 것이기 때문이다.

이번에 치러진 보궐선거에서 딸들의 남자친구들이 가세하여 열띤 선거운동을 하고 다녔는데 이들은 남자라 킹우먼 대회는 참가할 수가 없고 12월 초에 잡힌 국민 트롯 킹맨 대회에 나오기 위해 준비에 들어갈 것으로 보였다.

남자친구들은 가족은 아니지만 딸들의 남자친구들이라 간접적인 대리전 양상을 띨 공산도 있어 보였다. 특히 오늘 낙선된 허찬의 불쾌감이 더더욱 가중됐다. 그의 불만은 자신의 딸이나 딸의 남자친구가 대신 풀어 주길 바라는 쪽으로 급선회하고 있었다.

다른 한편, 차호수, 방민지, 박라희는 지난 동창회 때 직접적인 쓰린 경험을 한 게 아닌 간접적인 학습 효과 탓인지 한동안은 소강상태를 유지하더니 8월 말에 접어들자 또다시 슬슬 꿈틀거리기 시작하였다.

그러나 직접적인 학습 효과의 깊은 상처를 받은 진보라 외 6인 친구들은 아직은 칩거 모드이다. 그렇지만 그녀들의 남편들 7인은 보란 듯이 애인들과 활개 치고 다니는 것이었다. 진보라 남편 허동구 부장검사, 이진아 남편 임복석 변호사, 박가린 남편 김희수 한의사, 최호리 남편 황표창 회계사, 조숙희 남편 한부익 판사, 김미숙 남편 이신행 국회의원, 허경란 남편 황성연 특급 졸부 이렇게 7인이다.

그들은 예전에 부인의 고급 외제 차, 제네시스를 압수하고 최근엔 그녀들의 일탈이 드러나자 호되게 공격을 가하였다. 자신들의 사회적 위치를 고려하여 차마 갈라서진 못하고 대신 "앞으로 또 그러면 이혼을 당하고 죽을 줄 알아라!" 하며 심한 협박을 가하고 귀싸대기를 무려 좌우로 백 대나 후려쳤었다.

그랬던 남편들은 자신들은 여비서, 직장 동료, 부하 직원들과 아주 오래전부터 일탈과 타락한 생활을 밥 먹듯이 해 오는 것이었다.

아직 1,000년 만에 찾아온 무더위가 기승을 부리는 시기라 그들은 위와 같은 애인과 2박 3일쯤 그런 차원의 피서를 다녀오려고 마음을 먹기에 이른다.

그것도 자신들의 차량은 어디에다 숨겨 두고 부인들에게서 압수한 그 차량을 이용하려는 것이다.

8월 말로 접어드는 시점에서 우연의 일치인지 모르겠지만 그들은 비슷한 기간 동안 그렇게 한다. 이에 부인들도 어느 정도 짐작은 하고 있었으나 단서가 없기에 그저 속절없이 시간만 흘려보낼 수밖에 없었다.

그러나 속으론 이를 바득바득 간다.

그들은 다 그렇게 제각각 자신들의 애인들과 여름 피서를 떠났다. 한편, 부인들은 개인택시 기사 애인들을 만나고 싶은 마음은 굴뚝같지만 트라우마 두려움이 앞서 차마 그렇게 하진 못하고 전전긍긍하고 있을 뿐이었다.

반면, 개인택시 기사들도 그녀들을 만나고 싶은 마음은 하늘을 찔렀으나 공포 두려움이 지배하기에 그렇진 못하고 괴로움에 빠진 상태이다. 그러자 그녀들이 먼저 그들에게 쥐도 새도 모르게 문자를 보내는 것으로 다시 꿈틀거리기 시작한다. 다시 만나고 싶단 문자를 받은 그들이었지만 망설일 뿐 어떻게 움직이진 못한다.

그러자 그녀들은 "나 어디에 가야 되니까 택시 좀 와 줘."라고 문자를 보냈으나 그들은 "내가 가기엔 너무너무 두렵고 신경이 쓰인다."라고 답장한다.

그만큼 지난 사태가 그들의 신경을 강하게 찍어 누르는 것임엔 틀림없다.

차호수, 방민지, 박라희에 대한 이야기로 넘어간다.

차호수는 한동안 뜸했다. 그러나 슬슬 움직이기 시작하였는데 결국엔 자신의 집 주변을 운행하는 마이운수 버스 기사인 허강철에게로 기우는 것으로 결정이 난다.

다시 한 주가 시작되는 월요일이 되자, 그녀는 화려한 색상의 속이 다 비치는 명품 옷을 입고 대중교통을 이용하여 어디론가 가려고 길을 나선다. 단연 그녀의 머릿속을 지배하는 건 곧 정류장으로 도착할 마이운수 마을버스 기사 허강철이다.

오전 10시가 조금 넘자 버스가 들어오고 있다. 그녀는 재빨리 시선을 운전석을 바라본다. 그녀의 염원이 들어맞아서일까, 그였다. 그도 그녀를 바라보며 환한 미소를 보낸다. 뭔가 일이 벌어질 것 같은 예감이 감돈다.

"아니, 어떻게 한동안 보이지 않더라고요? 아가씨? 무슨 일 있었어요?"

"……."

그녀는 잠시 아무 말 없이 운전석 바로 뒷자리가 비어 있자 그곳으로 얼른 가서 앉는다. 그러다가 한숨을 깊게 푹 내쉰다. 자신도 그에게 뭐라고 말을 하고픈 생각은 있지만 왠지 그건 좀 그렇다. 그러다가 아주 형식적인 한마디 "올여름은 너무 더웠죠?"라고 말한다.

여자로선 그나마 위의 표현이 관심 표명이라 보겠다. 그러면서 그녀는 지난번에 그가 자신에게 한 "전 아줌마를 보고 반한 남자입니다."라는 표현이라든가 또 그가 자신이 사당역에서 애인 계수를 만났던 그 장면에 대해 "남편이냐. 아님 뭐냐."라고 호기롭게 묻던 그 기억을 하며 은근히 짜릿하고 유쾌, 상쾌, 통쾌함마저 느낀다. 그래도 그녀는 끝까지 뭐 이렇다 하게 관심의 뜻은 절대로 내비치진 않는다.

"근데 오늘도 사당역에 가시는 겁니까?"

"네."

"그럼. 오늘도 그때 그 남잘 만나러 가는 겁니까?"

"아뇨."

이번엔 그녀는 아니라고 말하였다. 아니라는 말엔 함축된 뜻이 숨어 있었다. 강철도 더 이상 말하진 않는다. 그러자 호수도 말하진 않는다. 침묵만이 흐를 뿐이다.

종착점인 사당역에 도착하였다. 다시 마을버스는 돌아서 역삼동 호키아파트로 가야만 한다. 허강철은 그 이름 그대로 강철답게 호기롭게 버스를 세워 두고 그녀가 내리는 모습을 보며 뒤따라 내린다.

그녀는 다소 당황스럽고 어리벙벙하기도 했다. 강철의 강철 심장이 정면승부를 펼치는 전율 타임이 시작된다. 그럴 수 있는 용기와 패기는 나름 그녀가 자신에게 호응을 했기 때문이고 그리고 또 남잘 만나러 가느냐는 질문에 그녀가 아니라는 대답을 했기에 가능한 측면도 있다.

호기로움은 하늘을 찔렀다. 그는 그녀의 손을 잡는다. "어머머, 왜 손을 잡아요. 이러지 말아요. 저리 비켜요."

"안 됩니다. 그때 그 남자의 정체를 밝히지 않는다면 전 끝까지 이 손을 놓을 수 없습니다. 으윽, 흑."

강철은 정말 강철 같은 정신력으로 몇 번 버스에 승차는 했지만 이름도 모르는 그녀를 향해 손까지 잡는 초강력 강철 정신력을 발휘한다. 그런데 문제는 지금 이 시간, 마을버스를 운행해야 함에도 불구하고 이러고 있는 것이었다. 그렇다면 이 차를 기다리는 승객들은 어쩌란 말인가?

그는 그런 것은 아랑곳하지 않는 모양이다. 자신의 애정 역사가 그만큼 더 중요하다는 의미이다. 그녀는 손을 뿌리치려고 하긴 하지만 그리 완강히 그러진 않고 적당히 그러는 것이었다. 그만큼 허 기사에게 마음을 두고 있어서다.

그녀는 그러다가 그냥 가만히 걸어간다. 그러면서 그냥 순순히 끌려간다.

"아니, 근데 아저씨 차 운행은 하셔야지요? 시간이 안 되잖아요?"

"아닙니다. 전 그런 것 신경 쓰지 않습니다. 그까짓 이런 마을버스가 뭐 그리 대단합니까? 당신과 내가 대화를 나누는 게 몇만 배 중요합니다. 자, 저기로 갑시다. 카페가 보이네요."

이곳 사당역에서 역삼동 호키아파트로 가야 할 마을버스 이용객들은 차가 아무런 이유도 없이 가만히 멈춰 서 있자, 어이없다는 반응과 망연자실한 표정을 짓고 있다.

이 대목을 그는 조금도 생각하진 않는다. 그리고 카페로 들어가 앉은 두 사람……. 이들은 시원한 아메리카노를 시켜서 마시며 대화를 시작한다.

"아니, 왜 말을 안 합니까? 그때 이 근처에서 만난 남자가 그쪽과 어떻게 됩니까? 만약 남편이라면 난 그냥 깨끗이 물러나겠소. 난 원래 배우자 있는 여잔 거들떠보진 않습니다. 그건 죄악입니다. 하지만 아니라면 접근할 수 있지요. 이게 나의 인생철학이오. 흠, 흠, 흠."

그녀는 무척이나 괴롭고 망설여진다. 사실대로 말하자니 이 남자가 그냥 가 버릴 것 같고 허구로 꾸며 없다고 하자니 그것도 좀 그렇고 난감하기 짝이 없다. 그러다가 그녀는 정말 해선 안 될 행동을 하고야 말았다. 사실대로 말하지 않고 허구로 꾸며 버린 것이었다.

"네, 전 배우자 같은 것 없어요. 혼자 사는 여자랍니다. 그리고 그때 이 근처에서 만난 남잔 그냥 아는 사람입니다. 바로 이거였어요. 됐나요?"

"푸하, 하하하하, 사실대로 말해 줘서 고맙습니다. 됐어요. 이젠 더 볼 것도 없이 그대는 나의 애인이 되는 것입니다. 와하하, 하하하하."

"아니, 근데 왜 그렇게 호쾌하게 웃으세요? 웃음소리가 좀 그러네요! 에잇."

"좋아서 그러는 것입니다. 제가 저번에 차 안에서 했던 그 말대로 이젠 당신의 진정한 가마꾼이 될 수 있고 그대의 영원한 수레바퀴가 될 수 있을 것입니다. 크, 큭큭, 큭큭, 근데 이름을 모릅니다. 그대의 이름은 무엇입니까? 어서 말씀하세요."

"네, 차호수라고 합니다."

"아! 차호수 씨."

"네."

하여간, 그녀는 이젠 이름까지 알려 주고 말았다. 심각한 일이 아닐 수 없다. 이렇게 대화를 나누는 사이에 강철에게 어디선가 전화가 걸려 오고 있다. 번호를 보니 마이운수 마을버스 회사였다.

"네, 접니다."

"아니, 허 기사님, 승객들이 항의 전화가 빗발치고 있어요. 지금 어떻게 된 거예요? 지금 어딥니까? 뭐 하세요?"

"네, 그럴 일이 있어요. 바로 가서 운행하겠습니다."

강철은 얼른 전화를 끊고 "전 이제 그만 가 봐야겠습니다. 제게 전화하세요. 먼저 갑니다." 하고 얼른 나간다.

그녀는 야릇한 미소를 짓고 있었다. 그녀는 이에 화답이라도 하듯, 그의 번호에 "감사합니다."라는 글을 남긴다. 그 문자를 확인한 그는 너무 기뻐 운행을 하며 발을 이리저리 동동 굴렀다.

그날 그는 운행을 마친 뒤, 집에 들어가 핸드폰을 이리저리 검색하던 중, 그녀가 아까 보낸 그 문자의 번호가 얼마 전에도 한 차례 찍혀 있었던 것을 확인한 후, 더욱더 기분이 붕붕 나는 듯 더 펄쩍펄쩍 뛰었다.

그러면서 혼잣말로 "에이, 이런 내숭덩어리 같은 여자! 지가 벌써 한 번 전화를 했었네!"라고 중얼거린다.

그녀로서도 자신이 그런 문자를 보내면 자연스레 예전에 한 차례 전화를 했었단 것을 그가 인식할 것을 안다. 그러므로 더더욱 자연스럽게 관심을 드러내는 발로라 보겠다. 그렇듯, 허강철, 차호수 두 사람은 넘어선 안 될 선으로 치닫고 있었다.

방민지, 박라희도 정신없이 흔들리고 있다.

민지는 호수와 무척 친한 사이다. 예전에 호수의 남편 하오가 뚝섬에서 조교와 캐딜락으로 들어가는 장면을 재빨리 사진을 찍어 전송해 줄 정도로 가까운 사이다. 그렇지만 민지 그 자신도 그리 평탄한 삶을 사는 여자는 아니다. 그녀의 남편은 현광대 의대 교수이다. 그 교수 모임에 그녀가 초대를 받아 한번 간 적이 있는데 공교롭게도 다른 의대 교수와 눈이 맞아 은밀히 교제를 하고 있다. 아직 남편 조학원은 이 사실을 모른다.

박라희는 7월 초 백송여고 동창회에 용인시 도의원이자 남편인 이방철과 함께 참석했었던 여자이다. 그때 그랬던 속내는 남편의 직업을 자랑하고픈 마음이었는데 다른 회원들은 이에 대해 속으로 비웃어 버렸었다.

다른 회원들의 남편들이 그보다 직업으로 보면 월등했었기 때문이다.

아무튼 그런 그녀였는데 그녀 또한 그 전부터 남들 모르게 경기도 광주 청렴맑은당 국회의원 조행실과 사귀고 있다. 아직 남편 이방철은 이 사실을 알 리가 없다.

민지는 남편 조학원 모르게 만나는 동 대학 의대 교수인 최인안을 만나 8월 마지막 날, 가평으로 당일치기 여행을 떠나고 있다. 라희도 남편 이방철 모르게 사귀는 조행실과 같은 날, 가평으로 당일치기 여행을 떠나고 있다.

이들은 서로 전혀 모르는 일인데 희한할 정도로 공교로움이 겹치는 순간을 맞이하는 것이었다.

청렴맑은당 국회의원인 조행실은 자신을 알아보는 이들이 무척이나 많을 것으로 판단하여 선글라스를 썼다. 그가 직접 운전한 검정색 제네시스는 점심때가 조금 넘어서 그곳에 도착하였다.

"일단 배고프니 저길 가서 밥이나 먹자고요. 라희 씨?"

"그래요."

이들은 주변 레스토랑으로 들어간다. 그 주변은 고급 레스토랑들이 몰려 있는 곳이기도 하다. 조금 지나자 의대 교수 최인안이 몰고 온 회색 제네시스도 주변에 주차하고 맞은편 다른 레스토랑으로 들어간다.

그들은 다 제각각 음식과 술을 조금씩 먹었다. 오랜만에 멋진 곳으로 은밀한 데이트를 즐기러 온 것이라 짜릿함을 만끽하기도 하였다.

라희는 술이 조금 들어가니 담배 생각이 났다.

"근데 저 담배 좀 피워야겠는데요!"

"그런가요? 저도 그럼 가서 한 대 피워야겠습니다. 하하하."

이들은 담배를 피우기 위해 밖으로 나간다. 행실은 라희에게 담배를 하나 꺼내어 준다. 노란 종이로 싸인 외국 담배였다. 그리고 자신도 한 대 입에 문다. 휴우~ 휴우~ 연기가 하늘로 치솟는다.

"우리끼리 이렇게 몰래 여행 와서 마주 보고 담배를 피우니 너무 기분이 좋다. 푸하하하하하."

"그래, 호호호호."

이들이 한참 연기를 내뿜고 있는 사이에 반대편 레스토랑에서 방민지와 최인안이 나오고 있다. 조금 걷다가 민지는 어느 정도 떨어진 지점에서 라희가 어떤 남자와 담배를 피우는 장면을 보게 된다. 그래서 민지는 재빨리 몸을 숙이고 뒤로 돌아 다른 곳으로 황급히 걸어간다. 이에 인안도 그녀의 뒤를 따라간다.

"아니, 왜 그래, 민지 씨?"

"아아아, 빨리, 빨리 이리 와."

그녀는 그를 데리고 다른 곳으로 이동한 후, "저기에 서서 담배 피우는 여자가 우리 여고 동창이야."라고 말한다.

"어어, 그래. 그, 그, 그건 그렇고 그 옆에 서 있는 남잔 어디서 많이 본 듯한 사람인 것 같은데… 누구더라 가만 있어 봐. 그게, 그게… 음, 음, 음."

최인안은 잠시 생각하다가 문득 그 남자가 누구라는 게 떠올랐는지 "아아, 맞아, 저 사람, 저기 그 청렴맑은당 국회의원 조행실이란 사람인 것 같은데……!"라고 말한다.

"어어, 그래, 가만 있어 봐. 맞아. 쟤, 라희 남편이 이방철 도의원인데 어떻게 저렇게 어떻게 하다가 저렇게 연결이 된 거네! 이런 더러운 년! 날라리 에잇."

방민지는 자신도 지금 이 순간, 쥐도 새도 남편 모르게 최인안 현광대 의대 교수와 이곳으로 밀월여행을 왔으면서도 같은 지점에서 여고 친구인 박라희가 조행실 국회의원과 밀월여행을 와서 서로 마주 보며 담배 피우는 장면을 보고 흉보고 있다.

"아니, 이곳에 더 있으면 안 될 것 같아, 인안 씨, 빨리 차 타고 다른 곳으로 피하자고."

"그래, 그래."

이로써 두 사람은 황급히 차에 올라탄 뒤, 민지는 폰을 꺼내어 그들의 모습을 찍어 버린다. 그 후 다른 곳, 양평 쪽으로 도망치듯, 달아난다.

그곳에서 계속 담배를 피우던 라희와 행실은 자신들의 모습이 타인에 의해 찍힌 줄도 모르고 다시 레스토랑으로 들어간다.

이 대목에서 민지가 그런 모습을 사진을 찍어 버린 건, 평소 라희와 그리 친하게 지내지 않았기 때문이다. 라희가 예전부터 백송여고 동창회에 참석하여 과다하게 우쭐거리는 행동을 일삼았고 특히 남편이 도의 원이란 걸 유난스럽게 자랑한 것이 민지로선 여간 귀찮고 짜증 났던 게 아니었다. 그랬는데 오늘 이 시간, 이 순간, 이런 상황이 포착되니 인정사정 볼 것도 없이 바로 사진을 찍어 버리는 것이었다. 그렇다고 이걸로 친구를 골탕 먹일 것인지 아닐지는 아직은 모르겠다.

　민지는 차 안에서 이런저런 생각 끝에 절친 호수에게 이 사진을 바로 전송해 준다. 그러자 호수는 이 사진을 접하고 깜짝 놀란다. 놀라는 이유는 친구 라희의 이런 행동에 대한 것도 있지만 이런 문제가 남들의 문제가 아닌 바로 자신의 문제가 될 수도 있기에 그랬다. 즉, 자칫 자신도 그 누군가가 어떤 상황에 대해 그렇게 사진을 찍어 버린 후, 또 다른 이에게 전송해 버릴 수도 있단 공포 같은 것 말이다.

　자신이 지금 마이운수 마을버스 기사 허강철에게 마음이 기울어 앞으로 데이트가 벌어진다면 또 이와 같이 자신을 아는 그 누군가의 돌발행동이 일어날 수도 있다는 것이다. 끝없이 물고 물리고 돌고 도는 인생, 바로 반복된 인생이 일어난단 것이다.

　차호수는 아직까진 직접적 학습 효과가 없기에 뼈아프진 않지만 그처럼 계속되는 간접적 학습 효과가 머릿속을 짓누르는 것이었다. 그렇다고 호수가 허강철을 단념하진 않을 것이었다.

　어쨌든, 민지는 인안과 양평으로 도망친 뒤, 그곳에서 분위기 있는 모텔로 들어가 빨간색 장미꽃을 검정색 장미꽃으로 검붉게 물들이며 유희를 만끽했다. 그 뒤, 돌아서 서울로 올라왔다.

　한편, 라희는 이런 상황도 모르고 행실과 가평에서 여기저기 돌아다니다가 그곳에서 그럴싸한 모텔로 들어가 하얀색 장미꽃을 검정색 장미꽃으로 물들였다. 그 뒤, 돌아서 용인으로 올라왔다.

올여름 천 년 만에 찾아온 극심한 폭염은 오늘 8월의 마지막 밤을 끝으로 조금씩 조금씩 수그러들 전망이다. 8월은 40도를 왔다 갔다 했지만, 9월부터는 35도에서 왔다 갔다 할 거라는 기상청 예보가 있었다.

다음 날, 9월 1일이 되자, 10월 초 광교호수공원 특설광장에서 치러지는 국민 트롯 킹우먼 대회에 참가하는 신허찬의 딸 신라미와 이천승의 딸 이혜미는 피나는 훈련에 몰두하기에 이르렀다.

특히 라미는 아버지의 한을 풀어 줘야 하는 과제를 안고 있어서 더더욱 부담감이 앞섰다. 덩달아 그녀의 남자친구 태상도 매한가지였다. 그래서 더더욱 그녀의 대상을 위해 응원해야겠다는 집념을 불태웠다.

"야, 라미야. 너의 대상을 위한 목표도 있겠지만 네 아버지의 보궐선거 참패에 대한 복수를 해 줘야 하는 숙명을 지녔다. 당선된 상대 당 국민만 생각하는 당 후보의 딸이 트롯 킹우먼 대회에 나오니 말이야?"

"야, 태상. 그렇긴 한데 이런 문제까지 겹치니까 내가 너무 긴장이 두 배가 된다. 으으윽."

"야, 라미. 그렇다고 너무 긴장할 필요는 없어. 그 긴장을 내가 풀어 줄게. 내 가까이 와라. 내 몸으로 널 녹여 줄게."

"야, 됐어. 저리 비켜. 난 집중할 땐 최대한 집중을 해야 돼. 그렇게 옆에서 깐족거리면 정말 방해된다."

9월이면 8월보단 무더위가 제법 꺾일 만도 한데 꺾이질 않고 정말 그 예보 그대로 35도쯤 유지되는 걸 실감하기에 이른다. 최인안 현광대 의대 교수는 오늘 불금을 맞이하여 더위로 지친 몸을 조금이나마 달래 보려고 동 대학 의대 교수들과 타 과 절친한 교수들 그리고 조교들과 시원한 가을을 두 손 모아 기다리며 기원하는 회식을 열 생각이다.

최 교수의 조교인 서란은 이런 내용의 공지를 날렸다. 저녁때 논현동 사거리에 있는 덕풍뷔페에서 6시에 회식을 할 것이란 문자였다. 이에 그들은 "좋아요."라는 답장을 날렸다.

그 시간이 됐다. 그러자 그들은 벌 떼같이 그곳으로 몰려들기 시작하였다. 현광대학은 강남구 논현동에 위치하고 있다. 그들은 가까이 회식 장소를 정한 것이었다.

그런데 뭐든지 체내에 알코올이 많이 들어가면 여러 가지 문제를 야기하지 않던가!

최 교수는 술이 나오기가 무섭게 막 들이붓는다. 지금 이 순간 들이붓는 술의 의미는 자기 자신의 삶의 기쁨과 행복을 느끼는 그런 차원의 술이다. 왜냐면 어제는 어여쁜 애인 방민지와 가평으로 여행도 갔고 거기서 난처한 일이 벌어져 도중에 양평으로 도망치긴 했지만 하여간 그곳에서 나름 짜릿한 유희를 맛본 역사를 이뤘고 게다가 최근 새로 들어온 조교인 김서란까지 애인으로 만들어 버렸으니 그는 지금 이 순간, 너무 들떠 눈앞에 보이는 게 아무것도 없었기 때문이다. 즉, 무아지경 상태인 것이다.

게다가 이렇게 푼수 같은 최인안 의대 교수는 이번 회식에서 여자 법대 교수까지 애인으로 만들려고 넘보기 시작한다. 많은 사람들이 교수님, 교수님이라며 살랑살랑하니까 그 틈새를 노려 많은 여자들을 애인으로 만들려는 공산이다. 회식 자리가 더욱더 화기애애해지자 서로서로 술을 따라 주고 후끈 달아오르더니 인안은 마음에 드는 여자 법대 교수 옆자리에 가서 앉으며 그녀에게 술을 따라 준다. 그러자 그녀는 "네, 너무 감사합니다. 우리 최 교수님께서 제게 술까지 따라 주시다니요. 너무너무 영광입니다. 호호호호." 하며 흐뭇해한다.

"참, 전 아직까지 교수님 성함도 모르고 있었네요. 어떻게 되시죠?"

"네, 전 이름이 조홍자라고 합니다. 법학과 교수에요. 전, 원래 법밖에 몰라요. 그리고 원칙주의자이기도 합니다."

"네, 그러신 것 같아요. 박식하신 것 같습니다. 올곧게 사시는 것 같아요. 하하하."

최인안이 조홍자에게 은근한 관심을 드러내자 김서란 조교는 몹시 불쾌한 표정을 짓는다. 그래도 어쩌겠는가! 최 교수는 원래 조금이라도 마음에 드는 여자만 보면 이렇게 헐레벌떡하는데 말이다. 이윽고 조홍자가 만취하여 매우 비틀거리며 화장실을 가려고 일어나자 최인안이 일어난다.

"아이고, 우리 조 교수님 술을 너무 많이 드셔서 힘드신 것 같은데요. 제가 부축해 드리겠습니다."

그녀는 그의 도움을 받아 가까스로 화장실을 갈 수 있었다. 화장실은 남녀공용이었다. 칸만 다를 뿐이었다. 그녀가 일을 다 보고 나오는데 그는 기다리고 있다가 "잠시 할 말이 있습니다. 조 교수님."이라고 말한다. 그러자 그녀는 "네, 무슨 말씀이신지 말씀하세요." 하며 싱긋 웃는다.

그는 여기서 해선 안 될 소릴 해 버린다.

"교수님, 저어 개인적으로 할 말이 있으니 우리는 지금 다른 곳으로 갑시다. 우리끼리 오붓하게 대화를 나누어요."

"뭐, 그렇게 합시다. 교수님."

두 사람은 온다, 간다 말도 없이 슬며시 빠져나가 버렸다. 최 교수는 김 조교에게 조교가 알아서 정리하고 가라고 문자를 넣는 것으로 인사를 대신했다.

이에 김 조교는 기분이 몹시 안 좋았다. 아무튼 그렇게 빠져나간 둘은 다른 지점에 있는 호프로 들어가 얘길 나눈다.

"말이죠. 제가 교수님과 개인적으로 대화를 더 나누려고 한 건, 우리끼리 세상 돌아가는 얘길 더 나누고 싶어서요. 전 최근엔 희한한 일을 다 겪었습니다. 바로 어제 저 혼자서 바람 좀 쐴 겸 가평에 갔었는데 세상에 그곳에 청렴맑은당 조행실 의원이 같은 당 이방철 도의원 부인과 놀러 와서 서로 마주 보고 담배를 피우고 있더라고요. 아니, 그 조행실 국회의원은 그 이름 그대로 행실이 엄청나게 바른 의원으로 세인들에게 알려져 있지 않습니까? 그런데 그것도 같은 당 이방철 도의원 부인과 은밀히 놀러 와서 그게 뭐예요? 나 참, 어이가 없어서 원! 믿을 놈이 없다니깐 에잇."

점점 만취가 되자, 최 교수는 막가파로 실수를 연발하고 만다. 이 말을 듣자, 조홍자는 뭔가 이상하단 생각에 사로잡힌다.

"아니, 그래요. 최 교수님, 근데 그 국회의원이란 사람은 방송에 많이 알려져서 그렇다 치고 다른 한 사람이 이방철 도의원 부인이란 건 교수님이 어떻게 아시죠?"

"네, 그건 어떻게 그렇게 하다가 알게 된 것입니다. 하하하."

"네에, 그래요. 그렇구나!"

조홍자는 그래도 이상하단 생각에서 빠져나오질 못하고 있다. 그녀가 그러는 이유는 이방철이란 도의원에 대해서 어디선가 들어 본 기억이 있어서다.

그러다가 문득 기억이 떠올랐는지 눈이 번쩍 뜨인다. 자신의 남편 채기복의 학교 후배인 것 같다는 생각을 한다. 왜냐면 남편의 대학동창회 때 갔었을 때, 무슨 후배라면서 잠시 참석했다가 간 그 남자가 이방철이란 사람이라고 했던 기억이 난 것이다.

인안, 홍자 두 사람은 호프에서 생맥주를 한참 동안 마시더니 그가 먼저 그녀에게 야릇한 제안을 한다.

"우리 교수님, 뭐 이렇게 만나서 개인적으로 술도 먹고 했는데 우리 여기서 끝내지 말고 어디로 가서 더 많은 얘길 나누기로 합시다."

"네, 그래요."

10.
변질된 트롯 오디션

 최인안 교수는 그곳에서 나와 다른 데로 가는 척하더니 느닷없이 조홍자 교수의 허리를 꽉 잡고 주변 눈에 보이는 모텔로 밀고 들어가 버린다. 그녀는 못 이기는 척하면서 따라 들어간다. 둘은 그곳으로 들어가 빨간색 장미꽃을 검정색 장미꽃으로 검붉게 물들였다.
 그 뒤, 그녀는 "난 이젠 너무 늦은 시간이라 얼른 집에 가 봐야 해요."라고 말한다.
 "그렇지."
 "남편에게 걸리면 맞아 죽어. 어휴, 에잇."
 그녀는 옷을 주워 입고 황급히 빠져나간다. 그녀는 택시를 잡아타고 집에 들어가 무엇인가 골똘히 생각에 잠긴다.
 그러는 중에 남편이 들어온다.
 "아니, 자기야. 혹시 이방철이란 사람 알지?"
 "음, 그건 왜?"
 "아니, 그냥 어디서 그런 말을 들어서 그래! 혹시 당신 예전에 동창회 할 때 어떤 후배라면서 온 남자 그 사람이 이방철이란 사람 맞지? 용인

도의원이라고도 하고 차는 벤츠 몰고 오고…….”

"그래, 맞아! 근데 그건 왜 묻는데?"

부인 홍자의 입에서 술 냄새가 심하게 진동하자 남편은 몹시 불쾌한 표정을 짓는다.

"아니, 당신 어디서 그렇게 술을 많이 먹고 왔어? 여자가 말이야 무슨 술을 그렇게 막 퍼붓고 다녀! 에잇 시발!"

"뭐, 시발!"

부부는 서로 신경이 날카로워지고 있다.

"왜 이방철은 왜? 걔하고 만나 술 먹었어?"

"야, 에잇, 내가 그 이방철이란 사람을 어떻게 알고 만나서 술을 먹어. 그냥 물어본 거지! 당신은 말끝마다 의심하고 캐묻고 지랄이야!"

조홍자의 남편은 검사이다. 그러다 보니 말하는 투가 의심하고 캐묻고 그러는 식이다. 이에 부인은 신물이 날 지경이다. 그녀 자신도 현광대 법대 교수라 자존심은 하늘을 세 쪽 내어 버릴 정도인데 남편의 끊임없는 갈구는 투의 말투는 여간 짜증 나는 게 아니었다.

"야, 이 시발년아. 그럼 네가 그 이방철이란 도의원에 대해 어떻게 알아? 그리고 또 그 사람이 내가 나온 세영대학교의 후배란 것까지 어떻게 그렇게 자세히 아냐고…? 혹시 그렇고 그런 사이 아니야? 너 죽기 전에 얼른 대답해! 그 자식과 뭐야?" 하며 얼굴을 붉힌다.

그녀는 괜히 남편에게 이방철에 대한 말을 꺼냈다가 되레 심하고 매우 거친 폭격을 당하자 무척 당혹스러워하다가 그만 결정적인 실수를 범하고 만다.

"어, 어어, 뭐는 뭐야, 아무것도 아니지! 그 이방철이란 남자 부인과 청렴맑은당 조행실 의원과 그렇고 그렇다는 얘기가 뉴스에 나와서 그렇지 뭐!"

그녀는 위기를 모면하고자 그냥 뉴스에서 봤다고 얼버무려 버린다. 자충수가 됐다.

"뭐? 그런 기사가 나왔다고?"

그는 부인에게 그런 말을 듣고 뉴스 기사를 확인하고픈 생각까진 하지 않는다. 그냥 그런 기사가 나왔는가 보다 하고 생각하고 만다.

부부의 말다툼은 잠시 소강상태로 접어든다. 이들은 다툼의 여파 때문인지 각자 각방으로 간다. 그 후, 잠이 든다. 원래 뭐든지 알코올이란 건 문제의 문제를 야기하는 것인데 오늘도 이들 부부간에 그런 문제가 발생한 것이었다.

지금 이 상황에서 남편이 입을 꽉 다물고 가만히 있으면 좋겠지만 어디 사람의 입이라는 게 그리 꽉 다물고 있는 구조로 되어 있단 말인가!

그래서 말, 입이라는 게 특히 조심에 조심을 거듭해야 하는 것이다.

부부간에도 서로 믿을 게 못 된다. 믿을 건 오로지 자기 자신 한 사람 뿐인데…. 그런 연장선 차원에서 남편은 잠시 불면증 증세가 나타나기 시작하였다. 검사다 보니 나름 스트레스를 많이 받아서 그런 것도 있을 것이다.

혼자서 늦은 시간 주방에 나와 식탁에 앉아 있다가 냉장고 안의 양주를 꺼내어 홀짝홀짝 마신다. 그러다가 아까 부인이 얘기한 그 이방철이란 도의원 후배가 떠오른다. 그래서 그의 폰 번호를 이리저리 찾고 찾는다. 드디어 번호를 찾았다. 전화를 해 볼까 하다가 시간을 보니 밤 12시가 가까이 됐다. 그래서 잠시 머뭇거리다가 그래도 무척 중요한 일이라고 판단한 남편은 그에게 전화를 건다. 늦은 밤 시간 걸려 오는 전화를 방철이 받는다.

"네, 아이고 우리 선배님께서 어떻게 이렇게 늦은 시간에 너무너무 반갑게 전화를 다 하셨습니까? 별일 없으시지요?"

"아니, 나야 뭐 그렇지 뭐! 아니 다름이 아니라 우리끼리 언제 시간되면 술이라도 한잔하면서 세상 돌아가는 얘길 나누자고 우리 후배님."

"네, 그래요. 내일 토요일도 괜찮지요. 제가 내일 오전에 시간 정해서 전화를 드릴게요."

그는 통화를 마치고 잠자리로 돌아갔다.

날이 밝자, 주말이 시작되었다. 방철은 아침에 곧장 선배 채기복 검사에게 전화를 건다.

"네, 이따가 오후 1시에 논현동 사거리에서 만나요. 제가 서울로 올라가겠습니다."

"그래."

방철은 용인 마평동에서 자신의 차 벤츠 S클래스를 몰고 논현동으로 올라간다.

드디어 두 남자가 만났다. 식사하러 들어간 두 남자는 이런저런 얘길 나누다가 결국 기복은 어젯밤 부인에게서 들은 그 얘길 꺼낸다.

"후배 말이야, 어젯밤 우리 부인 말에 의하면 무슨 후배에 대한 사생활 기사가 뉴스에 나왔다고 그래서 심히 걱정되어 그러는데… 아니, 후배 부인과 청렴맑은당 조행실 의원과 사적인 뭐 어쩌고 하는 그런 기사가 나왔나? 참 나!"

이 말을 듣자, 방철은 갑자기 얼굴이 굳어지며 어쩔 줄을 몰라 한다.

"네에, 뭐라고요. 우리 부인과 조행실 의원이 그랬단 기사가 뉴스에 나왔다고요? 그, 그, 그럴 리가 어디 어디에서 본 기사입니까?"

"아니, 너무 당황해하지 말고 침착하게 행동하라고…… 우리 부인이 그런 기사를 봤다고 하니까 말이야! 난 원래 언론 기사를 잘 안 보잖아!"

이 말에 방철은 얼른 스마트 폰을 꺼내어 여기저기 그런 기사가 나왔는지 훑어본다. 그러나 그런 기사는 좀처럼 찾을 길이 없었다.

"어어, 그런 기사는 없는데요. 이상하다 어떻게 그런 기사가 나왔다고 하지!"

방철은 자신은 지금껏 라희와 결혼한 후, 절대 딴 여잔 만나고 다니진 않았는데 그 이유는 그만큼 부인 라희만을 생각하고 살았기 때문이다.

방철은 생긴 게 두꺼비 상이라 어딜 가도 여자들에게 호감을 사긴 쉽진 않지만, 사실 그와 같은 두꺼비 상보다 더 못생긴 남자들도 많은 여자들을 만나고 다니는 게 현실이다.

남자가 두꺼비 상이냐, 범 상이냐, 올빼미 상이냐, 오리 상이냐가 실패의 원인이 아니다. 그런 것은 중요한 게 아니라 그 얼마만큼 여자에게 끈질기게 접근전을 시도하느냐가 많은 여자를 만나는 열쇠가 되는 것이다. 즉, 그렇게 못생겼더라도 집요하게 달라붙으면 만나게 된단 것이다.

하여간, 방철은 심한 충격을 받았다.

"선배님, 어느 기사를 보더라도 그런 내용은 없습니다. 이상하다 정말! 안 되겠다. 제 아내에게 전화를 걸어 확인해 보겠습니다. 그 수밖에 없을 것 같습니다."

"그래. 마음대로 하라고."

그는 허겁지겁 아내에게 전화를 걸어 그 사실을 묻는다. 그러자 그녀는 깜짝 놀라며 "그게 무슨 소리냐? 말도 안 되는 소리야!" 하며 크게 소릴 지른다.

그렇지만 마음 한구석엔 공포와 두려움이 몰려오기 시작한다. '내가 엊그제 가평으로 조행실 의원과 놀러 간 게 뉴스 기사에 나오다니 이럴 수가 있나, 어떻게 알았지?'라고 생각하며 몹시 충격을 받고 안절부절못하며 여기저기 그런 기사를 찾기 위해 발을 동동 구른다.

　방철은 내친김에 조행실 국회의원 보좌관에게도 전화를 걸어 확인해 본다. 그러자 보좌관이 조 의원의 번호를 알려 줘 버린다. 이에 도의원 방철은 국회의원 행실에게 그런 내용을 묻는다. 그러자 행실은 아무 말을 하지 않고 침묵만을 유지하며 깊은숨을 들이쉬고 있을 뿐이었다.

　"아니, 조 의원님. 왜, 왜, 왜, 왜 아무 말도 안 하십니까? 어서 말을 하세요. 그런 기사가 났다는데 사실입니까? 오보입니까? 가짜 뉴스입니까? 진짜 뉴스입니까? 뭐냐고…… 빨리빨리 빨리 대답하란 말이야! 말하라고!"

　방철은 아주 크게 고함을 질러 버린다. 이에 행실은 매우 기분이 나빴다. 그래도 자신은 명색이 청렴맑은당 국회의원인데, 동 정당의 도의원이 자신에게 핏대를 올려 가며 고함을 치는 것에 대해 불쾌감이 하늘을 찔렀다.

　그렇지만 다른 한편으론 공포와 두려움이 막 밀려들어 오고 있었다. 그러면서 속으로 생각한다. '내가 엊그제 가평으로 이방철 도의원 부인 박라희와 놀러 간 게 뉴스 기사에 나오다니 그럴 수가 있나. 어떻게 알았지? 어떤 놈이 떠벌린 거야!'라고 생각하며 매우 충격을 받고 안절부절못하며 여기저기 그런 기사를 찾기 위해 발을 동동 구른다.

　그러나 아무리 찾아도 어느 신문 어느 기사에도 그런 내용은 없었다. 이에 그는 더욱더 당황스러웠다. 기사에 나왔다고 이 도의원이 항의해 왔는데 그런 기사는 존재하지 않으니 말이다.

　방철은 조 의원과 전화를 끊자마자 지금 당장 쳐들어가 끝장을 내겠다는 각오가 들끓었다.

"선배님, 저 이만 가 보겠습니다. 그 조행실 의원과 담판을 짓겠습니다."
"그래, 그러라고 잘 가……."

방철은 너 죽고 나 살기 식으로 조 의원 사무실로 쳐들어가기에 이른다. 금세 그곳에 도착하였다. 그는 그곳에 들어가자마자 마치 수사기관의 압수수색 하는 그런 모습을 방불케 했다. 이에 그 사무실의 직원들이며 보좌관과 조 의원은 완전 몸이 굳어지며 아연실색한다.

"아아아, 여기, 여기까지 쳐들어왔네! 이거 봐라. 이거 미친 도의원이잖아! 우리 이방철 도의원 일단, 일단 앉아서 진정하고 침착하게 말하자고! 그게, 그게 뭐야? 당신 좀 이상한 것 같아! 자자, 어서 앉으라고……."
"뭐야? 뭘 진정해. 뭘 침착해. 우리 마누라와 엊그제 놀러 가평으로 갔다며……? 난 그런 것 몰라, 뉴스에 나왔다고 어떤 사람이 그런단 말이야! 뉴스에, 뉴스에, 뉴스!"

방철은 이성을 잃은 듯 아주 크게 고함을 친다. 그런 고함에 기가 눌렸는지, 그 무엇에 기가 눌렸는지는 모르지만 조행실 의원은 엉겁결에 "아아아, 내가, 내가 미안합니다. 제가, 제가 죄송합니다. 제가 잘못했습니다."라고 실토를 해 버리는 우를 범하고 만다. 이방철 도의원의 그 무서운 기에 눌려 자백하기에 이른 것이었다.

"잘못했다고? 당신이 뭘 잘못했는데? 내게 잘못한 게 뭐냐고? 말해 봐! 이런 개자식이 남의 부인이나 건들고 다니고! 그래 놓고 네가 청렴맑은당 국회의원이라고 할 수 있어? 당명이 아깝다. 나도 청렴맑은당 도의원이지만 말이다. 에잇, 더러운 새끼야, 캬, 캬, 캬, 퉤! 퉤! 퉤!"

도의원 방철은 국회의원 행실에게 가래침을 확확 뱉어 버린다.

"당신 이름값도 못 했어, 이름이 조행실이잖아! 조행실 국회의원님, 왜 행실을 그렇게밖에 못 했어요? 행실을 잘하셨어야죠? 와아아아, 아아아!"

사실 언론 뉴스든 신문이든 간에 그런 기사는 나오지도 않았는데 방철이 국회의원 사무실까지 쳐들어와 검찰수사관의 압수수색을 방불케 하는 행동을 취하자 조행실 의원은 겁에 질려 어처구니없는 대실수를 하고 그에게 심한 굴욕적 모욕까지 당하고 만다.

그런데 행실로선 더 충격적인 사건은 지금 이 시간에 이 사무실에서 벌어진 일을 옆 건축사 사무실 직원이 보고 언론사에 제보하는 바람에 이날, 실제로 방금 전에 일어난 청렴맑은당 이방철 도의원에게 당한 굴욕적 사건이 그대로 보도되었다는 것이다. 속보는 이 사건을 이렇게 다뤘다.

> 청렴맑은당 조행실 국회의원은 같은 당 이방철 도의원의 부인과 눈이 맞아 엊그제 가평으로 밀월여행을 떠났다가 덜미가 잡힌 것으로 알려져 오늘 오후 2시경, 국회의원 사무실에 이방철 도의원이 쳐들어와 난리를 치고 행패를 부렸습니다. 그의 얼굴에 귀싸대기를 수차례 강타하고 가래침까지 뱉었다고 합니다. 현역 국회의원이 현역 도의원의 부인과 불륜이 벌어져 세상에 알려져 얻어맞으며 모욕을 당한 초유의 사태가 벌어진 것입니다. 클리닉뉴스 동세화 기자였습니다.

이런 내용이었다.

이젠 조행실은 어이없는 실수로 알려지지도 않고 실체도 알 수 없는 괴상한 뉴스에 당혹감을 감추지 못하고 자백해 버린 것이다. 결국 실제 최근 벌어진 자신의 스캔들이 진짜 뉴스에 알려지는 혹독한 참극을 맛봤다. 따가운 국민적 여론과 자신의 지역구에서도 그만 물러나라는 여론이 들끓었다. 국회윤리위에서도 그런 치정 문제는 정계 은퇴감이며 물러나야 한다고 의견이 모아져 그는 행실이 삐뚤어진 탓으로 낙마하고 만다.

이 기사를 접하자 이방철 도의원의 부인 박라희도 심한 충격에 빠지고 만다. '어쩌다가 그게 알려져 이 지경까지 왔단 말인가!' 하며 낙담하며 침울한 심경에 빠진다.

남편의 맹폭이 뒤따를 것은 뻔한 일이 아니겠는가! 그러나 남편은 부인을 그리 강력하게 혼내진 않는다. 그저 어쩔 수 없는 일이라고 판단하며 삭이는 쪽으로 가닥을 잡는다. 가정의 안녕과 평화를 택한 것이었다.

그러나 이들 부부는 예전의 애틋한 사랑을 되찾긴 그리 쉽진 않았다. 조행실 의원은 이번 사건으로 인해 부귀와 영화도 명예도 모든 것을 잃고 칩거 생활을 하다가 며칠 뒤, 그의 부인에게도 이혼을 당하고 말았다. 그런 큰 아픔의 파경을 맞은 그는 어떻게 형언할 수 없을 정도의 충격을 받고 급기야 정신질환 증세까지 보이며 속세를 완전 떠나 지리산 중턱 깊은 곳에 암자를 짓고 자연인으로 산중 생활을 시작하기에 이른다. 그런데 그의 이런 결정은 그가 산으로 짐을 챙겨 들어가는 걸 본 산행객들이 동영상을 찍는 바람에 그대로 알려지고 만다.

그는 쥐도 새도 모르게 산중 생활을 하려고 했으나 이것마저도 방송을 타는 아픔까지 겪게 된다. 아무튼 그는 현역 국회의원을 접고 자연인으로 산중 생활을 시작한다.

이 방송을 접한 최인안과 방민지는 머릿속이 복잡하고 얼떨떨하기도 하였다. 어떻게 이방철 도의원이 그걸 알고 저렇게 맹폭을 날렸을까! 이상했다.

특히, 민지보다는, 인안이 더욱더 묘한 기분에 빠져들었다. 자신이 홍자에겐 그런 말을 하긴 했지만 그게 어떻게 저렇게 큰 불씨가 되었느냐는 것이다. 그는 홍자의 남편이 채기복 검사이고, 기복의 대학 후배가 방철이란 것까진 자세히 알지 못했다.

결국, 돌고 도는 인생, 반복된 인생의 희생양이 되는 이방철, 박라희, 조행실이다.

또한, 함부로 입을 놀린 방민지, 최인안, 조홍자, 채기복에게 앞으로 무사한 삶이 이어질 것이란 장담은 못 한다. 왜냐면 그들도 또다시 결국, 돌고 도는 인생, 반복된 인생의 희생양으로 얼마든지 전락할 수 있기 때문이다.

한편, 박라희도 이번 사건으로 숨을 죽이며 근신하는 삶을 살리라 다짐한다.

다른 한편, 차호수는 민지에게서 그런 동영상을 받았던 터라 자신도 되레 신경이 예민해지고 있었다. 그렇다 하더라도 마이운수 마을버스 기사인 허강철과 최근 애인이 되어 버렸는데 끊어 내고자 하는 마음을 고려하진 못했다. 그저 신경이 날카로워지고 예민해질 뿐이었다. 남녀 간의 어떤 감정이란 게 참 묘해서 한번 빠져들기 시작하면 걷잡을 수 없는 큰 블랙홀로 들어가는 것이다.

9월도 중순의 골목으로 접어들고 있었다. 토요일이 왔다.

호수는 이에 개의치 않고 자신의 인생의 만족을 위하여 강철에게 전화를 넣는다. 그는 번호가 뜨자 너무 감격하여 울렁거리는 소리로 전화를 받는다.

"네, 차호수님, 저, 그대의 가마꾼이자 영원한 수레바퀴 허강철에게 전화를 하셨군요."

"네, 그랬어요. 보고 싶어서 그립니다. 만날까요?"

"네, 오늘은 제가 휴가를 내겠습니다. 그대의 가마꾼이자 영원한 수레바퀴인데 그 정도도 못 하겠습니까? 하하하하."

"네, 그럼 역삼동 호키아파트 앞으로 와 주세요. 시간은 오전 10시입니다."

강철은 휴가를 내고 자신의 승용차 아반떼를 타고 그 약속 장소로 나간다. 그는 지금 이 순간, 무척이나 들떠 있다. 지난번에 그녀가 깊은 관심을 표명을 했기 때문이다.

눈 깜짝할 사이에 그는 약속 장소에 도착했다. 밖을 바라보자 그녀가 서 있다.

"자아, 타세요. 호수님, 차가 좀 그렇죠? 그래도 이 정도면 그대와 내가 드라이브하는 데 조금도 손색은 없다고 느낍니다. 이 정도면 그대의 가마꾼이자 영원한 수레바퀴는 충분하죠! 하하하하."

그녀는 차 안에서 말하는 그를 보고 싱긋 웃어 가며 재빨리 차 안으로 뛰어 들어갔다. 그는 핸들 돌려 삼성동 쪽으로 내달렸다. 불과 얼마 지나지 않아 그곳에 도착하였다. 강철은 호수와 내려 고급 레스토랑 쪽으로 걸어갔다. 그는 그녀에게 화려한 레스토랑으로 안내하여 환심을 사고 싶었다. 그의 머릿속은 오로지 그녀와 결혼을 한다는 생각만 가득했다.

오늘은 두 사람의 제대로 된 첫 만남의 시간이다. 저번 그것은 대충 시간에 쫓겨 만난 것이니 말이다. 그는 지금 이 시간, 모든 카드를 꺼내 들고 있었다. 돈가스를 시켜 먹었는데 그 음식이 나오기가 무섭게 곧바로 청혼의 의사를 내비친다.

"저어, 호수님, 뭐 이런 나이에 뭐 이것저것 따질 게 있겠어요? 호수님의 나이를 알 길은 없지만 그래도 꽤 된 것 같은데……. 물론 저하곤 나이 차가 제법 나는 것 같습니다. 제 나이가 올해 58세니까요. 호수님, 나이 차는 있지만 결혼해 주십시오."

"아니. 그, 그, 뭐요?"

그녀는 느닷없이 내뱉는 그의 말에 당황스럽고 또 나이를 듣자 매우 놀란다. 물론, 지난번에 마을버스 안에서 50대 후반이라고 밝혔기에 대충 짐작은 하고 있었지만 말이다.

그러면서 속으로 생각한다.

'난 어차피 유부녀인데 이 남자와 나이 차가 많이 나면 어때! 그냥 놀려고 그러는 건데 뭐!'

여러모로 문제가 될 것으로 보인다. 그는 그녀가 혼자 사는 여자라고 알고 있으니 말이다. 차호수의 진지한 행동인데 그녀는 이게 진지한 행동이라 판단하는 능력이 결여되어 있다. 그러니 이렇게 행동하고 있다. 상대방은 지금 이 순간, 한참 달아오르기 시작하고 있는데도 말이다.

"아니, 제 사랑 호수님, 왜, 왜, 왜 무슨 생각에 잠겼습니까? 얼른 대답하세요. 저와 나이 차는 좀 있지만 결혼을 해 주실 겁니까? 안 할 겁니까? 어서 대답하세요. 빨리요. 전 무척 급한 남자입니다. 급해요."

"……."

그녀는 자신이 일을 벌여 놓고 거두어들이질 못한다. 그러자 그는 계속 압박을 넣는다.

"결혼할 거예요, 말 거예요? 빨리빨리, 빨리 대답해 주세요. 결혼이 시급합니다. 저는 나이 먹고 결혼 못 해 안달이 나서 독이 오를 대로 오른 남자입니다. 독이 올랐다고요. 독!"

"네, 독이 오르셨군요. 제가 그 독을 해결해 드리겠습니다. 잠시만 기다리세요."

강철은 이 말을 청혼에 대한 승낙으로 간주하기에 이른다. 어감이 그렇다. 그래서 좋아서 펄쩍펄쩍 뛰기 시작한다.

"네, 알겠어요. 승낙해 주시는 걸로 해석하겠습니다. 푸하하하하하!"

이들은 그곳에서 돈가스를 먹고 나와 그의 차, 아반떼를 타고 또 다른 곳, 한강 고수부지로 내달린다. 날씨는 극심한 무더위를 조금 벗어났기에 데이트하는 데 큰 어려움은 없었다.

"차가 그런대로 괜찮죠? 우리끼리 데이트하기엔……!"

이 말을 듣자, 그녀는 "난 얼마 전에 캐딜락을 몰았는데 어떤 사람에게 압수당하여 대중교통 마이운수 마을버스를 타고 다니다가 강철 씨를 만나게 되었죠. 그때 그 차를 압수당했을 땐 엄청나게 괴로웠지만 지금은 이렇게 옆에 낭군님이 있어서 행복하기도 합니다. 호호호호." 하며 지난 일을 말한다.

"네에? 호수님이 캐딜락을 타고 다니다가 압수를 당해! 아니, 왜 무슨 일로 그 차를 압수를 당합니까? 또 누가 호수님의 차를 그럽니까?"

그는 깜짝 놀라며 이상하단 생각도 한다. 그러면서 그 차는 꽤 고급 차인데 왜 그렇게 됐을까, 생각한다.

이에 대해 그녀는 아무 말도 하지 않는다. 당연히 말할 수가 없다. 남편에게 압수당했단 말을 어떻게 할 수 있겠는가! 강철을 만나기 위해 혼자 사는 여자라고까지 신분을 밝혔는데 말이다.

하여간, 강철은 호수를 고수부지 이곳저곳을 데리고 돌아다니다가 으슥한 지점에 발길을 멈춘다. 그러더니 느닷없이 예고도 없이 자신의 입술을 그녀의 입술에 대고 꾹, 꾹, 꾹 눌러 버린다. 그 뒤, 한참 동안 유지를 하고 있다. 그녀는 너무 기분이 좋아 조금도 피하려고 하진 않는다. 대략 15분가량을 그러고 있었다.

그러더니 그는 그녀를 데리고 아반떼 쪽으로 걸어간다. 그 뒤, 차에 그녀를 밀어 넣는다. 그 후, 자신도 그 속으로 들어가 그녀를 꽉 끌어안고 결국 어느 여름날, 차 안에서 시원한 에어컨 바람을 쏘여 가며 빨간색 장미꽃은 검정색 장미꽃으로, 점점 검붉은색으로 물들어 가고 있었다. 제대로 만난 것은 오늘인데 바로 이렇게 돼 버렸다. 서로 좋으면 못할 게 없다.

일을 치른 후에 그녀의 집, 역삼동 호키아파트 입구에 내려 준다. 그 후, 그는 핸들 돌려 자신의 집, 봉천동으로 돌아갔다.

이젠 앞으로도 계속 그는 그녀에 대해 사랑의 스토리를 이어 갈 것으로 보이는데 여간 골치 아픈 일이 아닐 수 없다. 그녀는 역삼동 집으로 들어가자 오늘은 웬일인지 남편 김하오가 소파에 앉아 있다.

"아니, 당신 어디 나가지 않고 집에 있었네!"

"왜 난 집에 있으면 안 되는 거야?"

그녀는 그가 젊은 여조교와 데이트한단 것을 익히 알고 있기에 훤히 들여다보듯 말하는 것이었다.

"그나저나 내 캐딜락이나 얼른 내놔! 빨리 내놔, 대중교통 타고 다니는 게 여간 불편한 게 아니야, 전철 탈 때도 인간들이 벌 떼 같아서 이리 치이고 저리 치이고 정말 짜증 나 죽겠단 말이야! 마을버스, 큰 버스 다 너무 힘들어. 얼른 내놓으란 말이야, 나의 캐딜락을 내놔! 내놓으라고!"

"아니, 이 여자가 정말 미쳤나! 뭔 그 캐딜락이 네 거야? 네 돈으로 산 거야? 그건 내 돈으로 산 거라고……!"

이들 부부는 예전에도 이런 문제로 몇 번이나 격돌한 적이 있었다. 그런데 오늘 또 그러는 것이다. 게다가 남편은 예전부터 부인을 끊임없이 의심하고 있었다. 특히, 아내가 술을 많이 먹고 들어오는 부분과 여러 가지 의류에 지나치게 신경을 쓰고 화장품, 향수라든가 꽃무늬가 있는 속옷과 얼굴 표정, 스마트폰을 만지작거리다가 가까이 가면 깜짝 놀라며 얼른 꺼 버린다거나 하는 요소들이 그를 자극했던 것이다.

캐딜락을 돌려 달라고 악을 쓰는 것도 그런 차원의 연장선이란 걸 직감한다. 그러니 절대 돌려줄 수 없는 것이었다.

그는 자신이 여조교인 반혜빈을 만나고 다니며 유희를 즐기는 건 당연지사고 부인 호수가 아직 정확한 증거는 없지만 그럴 수도 있다는 것엔 조금도 용납이 안 되는 아주 고약한 성질을 가졌다.

이들 부부가 지금 이 시간, 차량 문제로 옥신각신하고 있는데 그에게로 어디선가 전화가 걸려 온다. 그는 번호를 확인한다. 그랬더니 세일대학의 경제학과 여 조교이자 애인 반혜빈이었다.

그는 폰을 들고 재빨리 욕실로 들어간다. 이에 그녀는 감을 잡는다. 왜냐면 예전에 친구 민지가 조교와 캐딜락으로 들어가는 사진을 찍어 전송해 줬기 때문이다.

그가 욕실 안으로 들어가 "야, 사랑하는 혜빈아. 사랑해! 내가 밖으로 나가서 다시 전화할게."라고 말한다. 그 뒤, 나온다.

"자기는 왜 전화가 오니 왜 느닷없이 욕실로 들어가?"

"음, 갑자기 변이 나오려고 그래서 그랬다 왜?"

"그래. 마음대로 해!"

그는 그녀를 이상한 눈빛으로 쳐다보자 그녀는 그를 불쾌한 표정으로 쳐다본다.

"음, 난 잠시 나갔다 와야 할 것 같다. 당신은 집구석에 꽉 틀어박혀 있으라고."

"이런 에잇!"

그는 황급히 나가 버린다. 그러자 호수는 이때다 싶어 강철에게 전화를 넣는다. 집에 아무도 없으니 달콤한 시간이라 판단한 것이다. 강철이 받는다.

"어, 호수님. 우리가 만났다가 헤어진 시간이 얼마나 됐다고 또 제게 전화를 합니까! 아무튼 너무 행복합니다."

"네, 그렇지요. 보고 싶어서요. 호호호."

"아니, 근데 전 지금은 마을버스 운행 나가야 합니다. 다음에 제가 전화 드릴게요. 바빠서요."

"그래요. 난 강철 님을 보면 깊은 사랑을 느낍니다. 히히히."

그런데 여기서 대형 사건이 터지고 만다. 그녀가 "난, 강철 님을 보면 깊은 사랑을 느낍니다."라고 말하는 순간, 다시 남편인 하오가 문을 열고 불쑥 들어온 것이다. 이보다 더 큰 문제는 들어오기만 한 게 아니라 그 한 구절을 듣게 된 것이다. 그는 "뭐야! 그게 뭔 소리야!"라고 아주 크게 고함을 친다.

그러자 그녀는 얼른 통화를 끊는다. 그녀는 날벼락을 맞는 그런 심정이었다. 밖으로 나간 남편이 어느새 다시 들어온단 말인가! 얼굴을 붉히며 고래고래 소릴 지른다.

"내가 그게 뭔 소리냐고 물어봤잖아? 대답해 봐! 뭐야? 뭘 누굴 사랑해?"

그러자 호수는 굳은 표정으로 가만히 있다. 상황이 이런데 그녀에게로 전화가 걸려 온다. 엎친 데 덮친 격이었다. 그녀가 전화기를 끄려 하자 그는 번개같이 달려들어 그걸 뺏는다. 그 후, 받는다.

"아! 여보세요. 누구요? 어떤 새끼야?"

그러자 강철은 깜짝 놀라며 "아니, 호수 님 전화기인데 당신은 누구십니까?"라고 묻는다.

"뭐야, 호수 님 전화기? 그래, 맞다. 호수 님이 내 부인인데 넌 뭐 하는 새끼야? 방금 전, 내 아내가 네게 '난 강철 님을 보고 깊은 사랑을 느낍니다.'라고 지껄였지? 이젠 너와 내 부인 둘 다 죽었어! 둘 다 죽여 버릴 거야! 이런 시발 것들!"

그는 이렇게 버럭버럭 강력하게 쏘아붙이고 끊어 버린다. 그러자 강철은 어안이 벙벙하였다.

"호수 님에게 남편이 있다고? 분명 그녀는 혼자 사는 여자라고 밝혔는데 그럼 그건 무엇인가! 이 남잔 그 무엇인가!"

하오는 격분하여 호수에게 달려들어 번개 같은 귀싸대기를 몇 차례 후려친다. 퍽, 퍽퍽, 짝짝짝. 그러자 그녀는 퍽 하고 쓰러진다. 지금 이 순간에도 그녀의 폰엔 강철에게서 계속 반복하여 전화가 오고 있다. 그러자 그는 쓰러진 그녀의 얼굴을 향해 귀싸대기를 몇 대 더 휘갈긴다. 그녀는 너무 아파 흐느끼기 시작한다. 흑흑흑….

"너 이젠 이혼당하고 죽을 줄 알아! 알겠어? 이런 시발년아."

그녀는 몸은 아팠지만 정신만은 살아 있었다. 무척 분하고 원통한 마음 금할 길이 없었다. 물론, 자신의 그런 외도 행위가 옳은 건 아니지만 남편 또한 세일대학교 경제학과 교수로서 그 과의 조교와 그렇고 그렇다는 걸, 친구인 민지를 통해 증거를 받았었기 때문이다.

하지만, 민지의 입장을 고려하여 그냥 가만히 있었던 것인데 오늘 지금 이 시간, 이런 참극을 당하니 그런 대목들이 더욱더 강하게 호수의 심장을 찢을 듯, 파고들어 온다. 억울함과 분노의 눈물이 한순간에 엄청나게 큰 파도를 이룬 것이다. 결국, 그 대목이 터졌다. 그녀는 쓰러진 채, 흐느끼며 말한다.

"야, 이런 개자식아, 넌 네 대학교에 과 조교와 뭔 짓 하고 다녔어? 그런 짓 하고 다닌 것 본 사람들이 하나둘이 아니다. 백 명도 넘는다. 하지만 난 더러워도 그냥 참았다. 흑흑흑. 이런 개새끼, 넌 개만도 못한 놈이야! 네 본능만 본능이지, 그래서 네가 내 캐딜락을 빼앗아 간 거였어! 내가 그 캐딜락도 불 질러 버릴 거야! 내 본능은 너 같은 자식한테 귀싸대기나 얻어맞고 피를 흘리며 쓰러져야 하는 거고! 흑흑흑. 네가 날 죽이기 전에 내가 먼저 널 죽여 버리겠다. 이런 소, 닭, 돼지, 고양이 새끼만도 못한 교수 새끼! 아, 아, 아아아!"

그녀는 그에게 귀싸대기를 수차례 얻어맞아 입이 찢어져 피를 흘리고 얼굴이 너무 아파 멍멍할 정도라 쓰러진 몸을 일으키기 어려웠으나 죽기 살기로 이를 악물고 일어난다. "으아아, 아아아!"라는 기합과 함께….

그러더니 주방 쪽으로 힘차게 달려가 식칼을 집어 들고 그에게 달려든다. "내가 먼저 널 죽인다. 죽일 거야! 그래!" 칼을 남편에게 휘두른다. 그의 살이 심하게 찢겼다.

11.
끝내 산중생활 시작

 그러자, 그는 겁에 질려 너무 당황스러운 나머지 재빨리 문을 열고 도망쳐 버린다. 그녀는 달아나는 그를 향해 쫓아가려다가 힘이 모자라 포기하고 만다. 분한 감정에 그 칼을 응접실 바닥에 확 집어 던져 버린다.

 도망친 남편은 인근 종합병원 응급실로 가 응급조치를 취하고 조교 혜빈에게 다시 전화를 한다.

 "내가 차 타고 갈 테니까 네 집 앞에 나와 있으라고……."

 "네."

 혜빈의 집 앞, 방배동으로 간다. 오후 3시가 다 된다. 그녀는 그의 흉터를 보자 소스라치게 놀란다.

 "어어, 이게 뭐예요? 왜 그래요?"

 "야야, 어디 가서 얘기하자."

 그녀를 태우고 남태령 쪽으로 내달린다. 그 뒤, 오늘 벌어진 일에 대해 말하면서 부인과 정부에 대한 비난을 막 늘어놓는다. 혜빈은 몹시 경악스러워한다.

 한편, 호수는 흐느끼며 주저앉아 있다가 또 어디선가 전화벨이 울려 보니 강철이다. 아까 남편과 격돌할 때부터 무려 8통이나 부재중 수신이 떠 있었다. 받아 본다.

"네, 강철님. 으으, 으으으."

"아니, 호수님, 그게 어떻게 된 겁니까? 그대에게 남편이라니요? 호수님은 혼자 사는 여자라고 하시지 않았습니까?"

"네, 그래요. 으으, 윽윽, 윽."

그녀가 전화를 받고 난 뒤, 계속 흐느끼자 그는 당황하여 "아니, 호수님 근데 왜 우시는 거죠? 무슨 일이 있었나요?" 하고 묻는다.

그녀는 이에 대해 자세히 말하진 않고 "지금 만나서 자세히 말하겠어요."라고 말한다.

"강철 님, 지금 저희 집, 역삼동 호키아파트 앞으로 오세요. 할 말이 있어요. 흑흑흑."

그러자 그는 마을버스 운행 중임에도 불구하고 차량을 돌려 그곳으로 달려간다. 원래 그 버스 노선은 역삼동 호키아파트에서 사당역을 오가는 차량인데 중간쯤에서 뒤로 돌려 역삼동으로 달려가니 승객들은 몹시 황당한 표정을 지으며 항의하며 펄쩍펄쩍 뛰었다.

"아니, 이봐요. 기사님. 왜, 왜, 왜 사당역으로 안 가고 뒤로 돌아갑니까? 어떻게 된 거예요?"

"아니, 승객 여러분 제가 그럴 일이 있습니다. 죄송합니다. 요금은 돌려드릴 테니 그렇게 아시고 아무튼 미안합니다. 이해하세요."

"아니, 기사님 그럼 이 차를 여기에 세워 놓고 혼자 내려 택시를 타고 가요. 이게 뭡니까? 이렇게 돌아가면 우린 어쩌란 거요?"

승객들의 불만은 이만저만이 아니었다. 어쨌든, 차량을 돌려 역삼동으로 돌아갔다. 그 후 그곳에 도착하여 차를 세운다. 어쩔 수 없이 내리는 승객들의 불만은 하늘을 찔렀다. 그래서 버스회사로 항의하는 사람들이 나타난다. 그는 아랑곳하지 않고 열쇠로 차 문을 잠가 버린다. 내린 후, 호수와 얘길 한다.

"아니, 호수 님, 자세히 말씀해 보세요."

"일단 다른 데로 갑시다. 강철 님."

이들은 호키아파트 주변의 어느 카페로 들어간다.

"뭡니까? 이게?"

그가 다급한 표정을 지으며 묻자, 그녀는 지금 이 상황을 어떻게든 빠져나가려고 지난번에 이어 또다시 거짓말을 해 대기 시작했다.

"아네, 그게 말이지요. 내가 그때 강철 님에게 혼자 사는 여자라고 했는데 그건 뭐 그렇고 아까 그놈은 제 전 남편입니다. 이혼했었죠. 그런데 또 나타나 행패를 부립니다. 옛정이 생각나서 그러는지는 모르겠지만…… 그뿐만이 아니라 내가 혼자 사는 여자다 보니 여기저기서 날 좋다고 기어 붙는 것들이 많습니다. 그런 놈들이 더 이상 제 주변에 나타나지 않았으면 좋겠습니다. 에잇."

그렇듯, 둘러대 버린다. 그러면서 얼른 폰을 꺼내어 하오의 사진을 강철에게 보여 준다.

"바로 이놈, 이놈입니다. 얼굴을 보세요. 아주 고약한 찰거머리 같잖아요."

"아니, 호수님, 이혼한 남자가 어떻게 집에까지 찾아오고 그러나요? 이상한 경우네요. 하여간 이 사람을 막아야겠는데……."

"그냥 불현듯 문이 잠시 열렸을 때 침범한 겁니다. 주거침입이요. 신고할까!"

"제가 철저히 막아 주겠습니다. 제게 바로바로 신고하세요. 그냥 팍 그걸 확."

이들이 이러고 있을 때, 또 마이운수 회사에서 그에게 전화를 걸어 온다. 그는 폰을 보고 바로 느낀다. 승객들이 아우성치는 것이란 것을……

"네, 호수님. 또 회사에서 왜 운행 안 하냐고 전화 오는 것 같아요. 전, 이만 가봐야 할 것 같습니다. 아무튼 그 문제는 제게 바로바로 신고하세요. 즉시 달려가겠습니다."

"네, 그러세요."

그가 나가자 그녀는 남편 하오의 사진을 강철에게 전송하여 준다. 사진 밑에다가 "이놈을 기억하세요."라고 문자를 보낸다.

이날 남편 하오는 조교 혜빈과 신나게 놀고 남태령에서 밤을 지새웠다. 부인 호수도 집에 들어가지 않고 인근 모텔에 혼자 가서 밤을 지냈다.

하오는 다음 날 일어나 혜빈과 데이트를 더 이어 갔다. 호수는 모텔에서 일어나 이것저것 궁리를 하다가 절친 민지와 합심하여 남편의 차, 마세라티 콰트로포르테와 캐딜락 두 대의 타이어를 펑크 내 버리는 무서운 계획을 구상하기에 이른다.

전화하자 민지가 달려왔다. 그런 부탁을 하자 민지는 "내가 얼마든지 확실히 그 외제 차 두 대를 펑크 내어 줄게."라고 말한다.

호수는 너무 고마워 어쩔 줄을 몰라 했다. "차량 번호만 알려 줘. 그런 미치광이 난봉꾼, 이중적인 독선주의자는 타이어를 펑크 내서 그런 짓을 하지 못하게 만들어야 돼! 에잇, 더러운 새끼! 펑크 난 거 타고 가다가 사고 나 죽어라."

"그래, 너무 고맙다. 민지야. 히, 히히히."

그런 엽기적인 부탁을 들어주는 정말 엽기적인 방민지였다. 민지는 더 이상 볼 것도 없이 철물점으로 달려가 날카로운 송곳을 구비하였다. 그 차량을 박살 내기 위함이다.

해 질 녘, 어두컴컴해지자 민지는 일단 호수의 남편이 집 주변에 주차해 둔 마세라티 콰트로포르테부터 팍팍 찔러 펑크를 내 버렸다. 지금 이 시간, 그 캐딜락은 한참 애인 혜빈을 태우고 다니며 데이트를 할 것이다.

더 늦은 시간이 되면 그 차도 들어올 것으로 보이는데 그땐 그 차마저 팍팍 찔러 펑크를 낸다는 복안을 짜기에 이른다. 한 대라도 과업을 이룬 뒤, 민지는 호수와 함께 식당으로 들어가 찌개백반을 먹으며 전열을 가다듬는다.

"민지야, 너무 잘했어, 조금 있으면 그놈이 올 것 같은데 이번엔 캐딜락이니까 완벽하게 마무리 차원으로 확 찢어 줘! 팍 찢어! 으, 으으으!"

민지는 호수에게 밥까지 얻어먹으며 이런 궂은일을 하는 것이다. 사실 심각한 범죄이기도 하다. 그녀는 그런 부분까진 따지질 않았다. 오로지 친구인 호수를 돕겠다는 막가파식 우정이 활활 타오른다. 다 먹고 나가 남편의 차 캐딜락이 왔는지 탐색한다. 5분이 지나 저녁 6시 반쯤 되자, 그 차가 유유히 들어오는 것이다.

그러나 들어오긴 했는데 얼른 내리질 않고 한참 동안 머무르고 있다. 차에 워낙 과한 선팅을 해 두어 안은 잘 보이지 않았다. 다만, 그곳에서 뭔가 이상한 신음 소리가 울려 퍼졌다.

남자의 신음 소리와 여자의 신음 소리가 혼합되어 하모니를 이루어 메아리치는 듯하였다. 민지는 이 소리를 듣자 "내 당장 가서 저 차를 이 송곳으로 짝짝 찢어 버리고 싶다."라고 말한다. 그러자 호수는 "안 돼. 지금은 안 되고 이따가 저것들이 들어간 후 해야 돼! 일단 참아라!"라고 한다.

약 20분이 지나자 소리가 멈추고 곧이어 하오와 혜빈이 차에서 나왔다. 그러더니 주위 사람들을 전혀 의식하지 않는 표정으로 손을 잡고 어디론가 걸어가고 있다. 민지는 때는 이때다 싶어 그 날카로운 송곳을 들고 달려가 타이어를 짝짝 찢어 펑크를 내 버린다. 그녀는 오늘 마세라티 콰트로포르테에 이어 캐딜락까지 완전히 펑크를 내는 데 성공하는 기염을 토해 내고 너무 기뻐 펄쩍펄쩍 뛰었다.

그 뒤, 그녀는 호수와 함께 택시를 타고 서초동 쪽으로 도망쳐 버린다. 한편, 하오, 혜빈은 마트에 가서 아메리카노를 한잔 마시고 다시 왔다. 이젠 그는 그녀를 태우고 방배동 집에 바래다주려고 한다. 그가 시동을 걸고 액셀을 밟고 앞으로 조금 굴러가는 순간, 이상하단 느낌이 든다. 타이어가 펑크가 난 것이다.

그는 당황스러웠다.

"야, 혜빈아, 어쩌다 타이어가 펑크가 난 것 같아! 에잇, 안 되겠다. 야, 걱정 마. 저쪽 주차장 쪽에 가면 내차 마세라티 콰트로포르테도 있어. 히히, 히히히. 난 너무 돈이 많잖아! 그걸로 널 바래다줄게, 내려서 저쪽으로 가자."

하오는 과시와 자랑하는 마음이 하늘을 찌르며 마세라티 콰트로포르테가 주차된 곳으로 갔다.

"야, 이거 봐. 이 차도 내가 볼 땐, 그냥 가볍지 뭐! 이 정도야 뭐! 야, 타. 얼른 가자."

"네."

차에 올라탄 둘은 앉는다. 그는 시동을 걸고 액셀을 밟고 어느 정도 굴러갔는데 순간 깜짝 놀란다. 이 차마저도 펑크가 나 버린 것이었다. 그는 얼굴이 완전 굳어지며 고개를 갸웃거린다. 뭔가 괴상한 기분에 사로

잡힌다. 이게 우연의 일치는 아니리라! 판단한다. 한 대도 아니고 그것도 두 대가 다 펑크가 나다니.

일단 부인 호수를 의심하는 마음이 강하게 들었다. 왜냐면 어제 아내에게 무자비한 귀싸대기 가정 폭행을 가했기 때문이었다. 그러나 부인이 그랬단 유력한 증거는 없다. 일단 경찰에 신고해야겠다고 생각했다.

"야, 혜빈아. 이 차도 그런다. 안 되겠다. 넌 그냥 택시 타고 가라. 난 그냥 집으로 들어갈 테니까 말이야!"

그는 그녀의 택시를 잡아 주고 돌아서 집으로 들어간다. 그런데 집엔 아무도 없다. 부인 호수는 지금 이 시간, 민지와 서초동에서 외국 맥줏집으로 들어가 맥주를 먹고 있다.

하오는 소파에 앉아 이런저런 상념 속에 사로잡힌다. 그러는 중, 초인종이 울려 밖을 보니 아들이 왔다. 아들은 집에 들어와 아무 말 없이 자기의 방으로 들어가 버린다.

아들은 아버지와 어머니가 평소에 엄청나게 다툼이 심해 노이로제에 빠져 있었다. 그래서 말없이 그냥 들어가 버리는 것이다.

하오는 부인에게 전화를 한번 해 볼까 하다가 하진 않는다. 그러다가 늦은 밤 시간으로 기울자 그냥 잠자리에 든다. 그나저나 차 두 대가 다 펑크가 났으니 내일은 어쩔 수 없이 대중교통을 이용하는 수밖에 없다.

날이 밝자, 하오는 세일대학에 근무하러 가기 위해 길을 나선다. 그 대학은 역삼동에 위치하기에 자신의 집에서 그리 멀진 않다. 걸어서도 갈 수 있을 정도이다.

일단 학교에 간 후, 차 타이어 펑크 문제로 경찰에 신고를 할 생각이다. 역삼동 호키아파트 앞 정류장을 지나간다. 마을버스가 들어오고 있었다. 역삼동에서 사당역을 오고 가는 버스였다. 하오는 문득 사당역에 가야겠다는 생각을 하게 된다.

사당역에 아는 지인이 있어서다. 업무상 중요한 일일 것 같다. 그래서 조교에게 전화한다.

"야, 혜빈아. 나 잠깐 사당역에 갔다 올게. 중요한 일이야! 그렇게 알아라!"

"네."

그 후, 그 마을버스에 올라탄다. 자리에 앉는다. 여기서 심각하고 위험한 일이 벌어질 수 있는 상황이 조성되어 가고 있었다.

기사는 허강철이었다. 허 기사는 처음엔 그를 잘 몰라봤다. 보통 승객 얼굴에 그리 집중하진 않으니까 그렇다. 그렇지만 어느 정도 운전하고 가다 보니 엊그제 호수가 전송해 준 그 남편의 사진과 일치됨을 느끼기 시작했다. 그래서 허 기사는 그를 계속 백미러로 집중하고 바라보았다. 그가 확실했다. 지금 이 지점은 역삼동 호키아파트와 사당역 중간 지점이다. 허 기사는 잠시 속력을 줄이면서 그를 매섭게 노려보며 "난 당신을 더 이상 태우고 갈 순 없소. 그러니 여기서 내리시오. 얼른 내리란 말이야! 내려!" 하며 소릴 지른다. 그러자 그는 깜짝 놀라며 아연실색하며 멍하니 앉아 있다. 완전 말을 잃었다.

"내 말이 말 같지도 않냐? 빨리빨리! 빨리 내리란 말이야! 뭐해?"

그는 멍하니 있다가 입을 연다.

"아니, 기사님, 왜 그럽니까?"

지금 이 순간, 강철은 자신이 엊그제 호수와 그런 일이 있었단 것을 말하면 안 좋겠다고 판단하여 그 건은 감추고 계속 "내리라." 하고 소릴 지른다.

"아저씨, 아저씨 이건 승차 거부입니다. 내가 관계 기관에 신고하면 어떻게 되는 줄 아시죠?"

"그래, 시발, 어서 내려 신고하든지 말든지."

하오가 계속 내리지 않자 강철은 뒤쪽으로 막 달려가 그의 얼굴을 향해 오른손, 왼손을 번갈아 가며 귀싸대기 두 대를 후려친다. 그러자 하오는 겁에 질렸다. 하오는 강철의 거칠고 줄기찬 승차 거부와 무자비한 폭행으로 인해 심한 충격을 받고 내릴 수밖에 없었다. 그는 내린 후, 마을버스 넘버를 적고 신고할까 말까 고민에 휩싸인다.

법으론 그렇긴 하지만 이런 승차 거부를 신고한단 게 왠지 좀 그렇다. 그는 자신의 사회적 위치를 고려했다. 그는 대한민국 최고 대학인 세일대학교 경제학과 교수가 아닌가! 그래서 그냥 꾹 참고 택시를 잡아타고 사당역으로 갔다. 이런저런 볼일을 다 보고 다시 역삼동 세일대학교로 돌아가려다가 반 조교에게 전화를 걸어 그곳으로 오라고 한다. 점심을 먹고 갈 생각에서였다. 얼마 있자 그녀가 택시로 왔다.

식사를 마친 뒤, 카페로 가서 조금 쉬었다가 사당역에서 역삼동으로 가는 마을버스를 타기로 한다.

그녀의 손을 잡고 마을버스로 올라탄다. 그런데 이번도 무서운 공교로움이 기다리고 있다. 기사가 허강철이다. 문제는 하오가 허 기사를 제대로 보질 않고 그냥 올라탄 것이다. 제대로 얼굴을 봤다면 아까 엄청난 굴욕이 있었기에 타지 않았을 것이다. 희한한 건 허 기사도 그를 제대로 보지 못했다. 제대로 봤다면 문전박대했을 것이다. 하오와 반 조교는 자리에 앉아 손을 잡고 미소를 짓고 있다.

어느 정도 버스를 운행하다가 허 기사가 백미러를 이리저리 훑어보던 중, 또 그를 발견한 것이다.

허 기사는 깜짝 놀라며 "어! 내가 저걸 왜 못 봤지, 못 타게 했어야 했는데! 으으윽. 아니, 당신! 아까 그 인간 아니야! 이봐! 어서 내려. 내가 당신이란 걸 알았으면 못 타게 할 텐데, 못 봤어! 어서 내려 내리라고 내리란 말이야! 또 터지기 전에!" 이렇게 호통을 친다.

그러자 이번에도 하오는 아연실색하며 굳은 채로 완전 말을 잃었다. 옆에 있는 반 조교도 마찬가지였다. 순간, 허 기사는 그가 호수님의 옛 남편이면서 집에까지 쳐들어와 행패를 부렸단 대목이 떠오르고 있던 차에 더더욱 그가 괘씸하게 느껴진 것은 옆자리에 20대 중반으로 보이는 아주 젊은 여자와 손까지 잡고 있었기 때문이다.

"그리고 당신 옆에 있는 여자도 데리고 얼른 내려! 나는 당신 같은 사람을 태우고 다니는 기사가 아니란 말이야! 어서 내리지 못해? 죽고 싶냐?"

반 조교가 말한다.

"아니, 아저씨, 정말 왜 그러시는 거예요? 저희가 뭘 잘못했나요? 이해가 안 되는데요."

"야, 이것들! 인간들아. 뭘 잘못하고 이해하고 어쩌고저쩌고할 것도 없어! 일단 빨리빨리, 빨리 내리란 말이야. 당신들 둘이 내려야 내가 마음 편히 운전대를 돌린단 말이야! 알겠어? 내려! 내리라고, 내리라고! 내려! 이 마을버스 그냥 뒤집어엎는다."

그렇게 계속 호통을 친다. 그럼에도 둘은 가만히 의자에 앉아 있었다. 계속 앉아 있고 싶어서 그러는 게 아니라 너무너무 황당한 일이 벌어지고 있었기 때문이다. 그렇게 계속 우두커니 앉아 있자, 이번엔 허 기사는 그들이 앉아 있는 곳으로 거칠게 달려가 그들을 막 때리려고 하다가 그렇게 하진 않고 막 밀어낸다.

"어어어, 어어. 아아, 아아아."

급기야 둘은 허 기사에 의해 밀려나 내릴 수밖에 없었다. 밖에 나와 둘은 한참 동안 이런 일이 벌어진 원인이 뭘까에 대해 생각을 거듭한다. 그것도 왜 다른 승객들에겐 그러진 않는데 자신들만 그러는 것일까! 여기에 뭔가 힌트가 있을 것 같았다.

하오는 더욱더 의문에 빠졌다. 아까 사당으로 올 때도 그 기사가 자신에게 그랬는데 이번에 또 재차 그랬으니 말이다.

이것은 조교보단 자기 자신에 대한 어떤 문제가 있을 공산이 커 보였다. 그렇지만 뭐라도 감이 오질 않았다. 왜냐면 그 기사가 누군지 모르기 때문이다.

그걸 떠나 그는 이번 일로 인해 엄청난 트라우마가 생겨났다. 그것도 한 번도 아니고 두 번이나 마을버스 기사에게 승차 거부를 당했으니까!

하오는 혜빈에게 "어디 가서 술을 잔뜩 먹고 취하고 싶다."라고 한다.

그러자 "그래요. 교수님."이라고 반혜빈 조교는 말한다. 이들은 승차 거부를 당한 지점에서 얼마 떨어지지 않은 곳에 있는 어느 술집으로 들어가 소주와 회를 막 들이붓는다. 그러다가 하오는 느닷없이 눈물을 흘리며 대성통곡을 한다.

"흑, 흑흑흑. 야, 혜빈아, 내가 말이야. 난 어렸을 때부터 돈이든 뭐든 구애를 받지 않고 살았다고, 난, 마세라티 콰트로포르테도 캐딜락도 최고급 외제 차 두 대를 몰고 유지할 정도로 잘나가는 사람인데… 또 너도 알겠지만 대한민국 최고대학 세일대학교 경제학과 교수 아니냐? 근데 어떻게… 이게 웬 봉변이냐고. 내가 어떻게 저런 개돼지 같은 마을버스 기사에게 승차 거부를 다 당하냐고……? 나 참, 더러워서 나 원, 이런 건 신고해야 되나?"

"……."

반 조교는 침묵을 지키다가 고개를 갸웃거린다. 뭔가 이상해서 그렇다. 왜냐면 어제 김 교수와 놀러 갔다 왔을 때, 캐딜락을 세워 두고 잠시 어딘가 다녀온 사이에 타이어가 펑크 나 있었고, 김 교수의 또 다른 차, 마세라티 콰트로포르테는 그 전에 이미 펑크나 있었으니 말이다. 이런 부분과 오늘 지금 이 시간에 마을버스 기사에게 승차 거부를 당한 건과 뭔가 연결고리가 있지 않을까 하는 의구심이 자꾸만 그녀의 뇌리를 강타한다. 물론, 이런 의구심을 갖는 것은 김하오 교수도 마찬가지였다. 문제는 김 교수의 정신적 충격이 그야말로 엄청나다는 것이었다. 연거푸 승차 거부를 당했으니 말이다.

"혜빈아, 이제 너무 취했으니 너 혼자 알아서 집에 가라, 난 여기저기 바람 좀 쐬다가 갈게! 경찰에 신고하면 내 명예가 조금 그렇고 그렇기도 해."

"그래요. 교수님, 이번 일로 너무 충격받진 마세요. 세상을 살다 보면 더 어이없는 일들도 생겨나는 법이니까요."

"그래, 그래 알았다. 그만 가 봐."

"네."

반 조교는 일어나 간다. 그녀가 나간 뒤, 그는 홀로 소주를 더 퍼붓는다. 그러다가 해 질 녘이 되자, 그는 갑자기 자신의 삶에 깊은 회의를 느끼게 된다. 홀로 밖으로 나온 그는 이 길 저 길, 이 골목 저 골목 미치광이처럼 막 소릴 지르며 돌아다녔다. 마을버스 기사에게 승차 거부당한 후유증 여파와 얻어맞은 게 그토록 컸다. 그러다가 어느 전봇대가 하나 보이자 그곳에다 토한다. 그 후, 조금 옆에다 소변을 본다.

그런 뒤, 또 여기저기 돌아다니며 소릴 지른다. 결국 그는 자신의 분을 이겨 내질 못하고, 깊은 자존심의 상처를 이겨 내질 못한 채 다음 날

홀연히 그 누구에게도 알리지 않고 월악산 깊은 산중으로 들어가 자연인이 되어 버린다. 직장인 세일대학에서도 이를 찾으려고 안간힘을 다 하였으나 좀체 찾질 못했다. 애인 반 조교는 그 후로 계속 그에게 전화를 했으나 절대 받지 않았다.

한편, 부인 차호수는 남편이 그 후로도 계속 집에 들어오지 않자 그냥 실종 선고를 청구하게 된다. 그 뒤, 자연스레 허강철 마이운수 마을버스 기사와 교제하게 된다.

엊그제 호수를 도와 하오의 외제 차 두 대를 펑크 내는 과업을 이룬 뒤, 며칠 쉰 방민지는 애인 최인안을 만나러 나간다.

불륜이란 게 그 얼마나 심각한 사태인지 간접적 학습 효과만을 느낀 그녀들 중, 아직까지 큰 문제가 생기지 않은 이는 민지가 유일하다.

최근 들어, 여고 동창들 중, 호수, 라희, 미소에게 그런 문제가 불거져 가정 균열이 생긴 것에 대해 민지의 가슴에는 와닿진 않았다. 직접 겪지 않았기 때문이다. 물론, 직접 겪고 나서도 또 그러는 경우도 허다하다. 어쨌든, 한 번이라도 그런 문제로 정신이든 육체든 상처가 오면 일단 생각은 하게 되는 것이다.

그녀는 오늘 인안과의 데이트를 위해 화려한 가을 명품 옷을 입고 나간다. 아직 여름이라 덥긴 하지만 9월도 말로 치닫기에 한 번쯤 멋을 내보고 싶은 마음이었다.

그런데 그녀에게도 앞으로 심각한 일이 터질 공산이 컸다. 이유는 불륜도 그렇지만 하필 골치 아픈 남잘 만나고 있어서였다. 바로 최인안인데 그는 현광대 의대 교수로서 동 대학의 법대 교수인 조홍자를 몰래몰래 만나고 다니는 인물인 데다가 과 조교인 김서란까지 만나고 있는 현란한 이력의 소유자인데 이런 그를 만나는 민지의 앞으로의 일들은 어떻게 전개될 것인가!

 더군다나 그녀의 남편도 동 대학의 의대 교수이기에 어떤 결정적인 실수가 벌어지면 남편에게 알려질 수도 있을 것이기에 위험한 것이다. 아무래도 남편과 애인이 같은 직장이면 그들끼리든 또 다른 사람들끼리든 대화 중, 뭔가를 포착할 수 있어서 그렇다. 그게 돌고 도는 반복된 인생의 한계일 수 있다.

 하여간, 인안, 민지는 오늘 오후 강남역 주변을 돌아다니며 짜릿한 데이트를 만끽하고 있다. 여기저기 돌아다니다가 새로 나온 영화를 보기 위하여 둘은 영화관에 들어갔다. 그런데 이 선택은 이들에게 결정적인 아픔의 순간을 선사했다.

 그 옆길을 지나가던 동 대학 조홍자 법대 교수가 두 사람을 보게 된 것이다. 홍자는 가슴을 해머로 한 대 쿵 얻어맞는 심정이었다. 왜냐면 그녀는 최인안 교수가 몰래몰래 만나는 대상은 오로지 자기 자신 한 사람일 거라고 생각했고 늘 그도 그런 표현을 하며 "오로지 조 교수님만을 만나는 것입니다. 난 무조건 조홍자 교수님만을 사랑합니다."라고 애정 표현을 감행해 왔었기에 그랬다.

 그러니까 그녀는 자신이 몰래 만나는 건 좋은 건 아니지만 그래도 그가 자신만 몰래 사랑하고 있단 것에 대해 나름 행복감을 느꼈던 것이었다.

 그러나 지금 이 순간, 그런 로맨틱은 물거품이 된 것이다. 그가 또 다른 몰래몰래 만나는 대상이 그녀의 눈에 포착됐기에 이젠 자신의 은밀한 로맨스는 가치가 하락한 것이라고 느꼈다. 나름 소중하게 느꼈었단 얘기이다.

 그래서 홍자는 힘없이 길바닥에 주저앉는다. 그만큼 충격이 컸다는 것이다. 그러는 사이, 인안, 민지는 영화관 현관문으로 쏙 들어가 버렸다. 홍자는 한참 주저앉아 있다가 힘을 내어 일어난다. 그녀는 어디론가 정처 없이 걷고 걷는다.

그러다 보니 호프집이 하나 보여 그곳으로 들어가 혼자서 술을 먹는다. 이 생각 저 생각, 상념들이 오고 간다. 그러다가 해 질 무렵, 논현동 집으로 들어간다. 홍자는 그냥 소파에 멍하니 앉아 있다가 졸음이 쏟아져 잠에 들어 버렸다.

그녀의 심술이었을까! 그녀는 다음 날, 학교에 출근하자마자 민지의 남편인 조학원 의대 교수를 찾아간다. 고해바치기 위함이다. 홍자는 학원이 민지의 남편이란 사실은 예전 교수 모임 때 그녀가 초대받아 온 적이 있기에 익히 알고 있었다. 그렇기에 찾아가 폭로를 하려는 것이다. 폭로의 효과를 톡톡히 보려는 것이다.

조학원 의대 교수실 앞, 그녀는 문에 노크를 한다. 똑, 똑똑똑 똑똑.

"네에, 들어오세요."

교수실엔 그가 혼자서 앉아 있다. 서로 안면이 있다.

"어! 조홍자 교수님께서 어떻게 여기까지 오셨습니까? 너무 반갑습니다. 여기 앉으세요."

그녀가 앉자마자 "교수님 부인께서 우리 대학의 최인안 교수님과 어제 강남역 롯데시네마 영화관으로 들어가더라고요. 이상입니다. 저는 물러가겠습니다." 이렇게 한마디 툭 던지고 재빨리 문을 열고 달아나 버린다. 그러자 학원은 어리둥절한 표정을 짓고 몹시 불쾌한 기분에 사로잡힌다. '내 부인이 최인안과 어제 강남역 영화관으로 들어가?' 학원은 골똘히 생각한다. 그러다가 커피포트에 물을 넣고 끓여 밀크커피를 한 잔 타서 마신다.

그의 밀크커피가 다 비워질 때 문득 떠오른 건, 동 대학 의대 교수인 인안과 부인을 가만두면 안 되겠다는 굳은 각오였다. 그래서 당장 부인에게 전화를 건다. 그녀가 받는다.

"왜 그러는데?"

"아니, 그냥 지금 뭐 하나 해서. 그냥 보고 싶어서……!"

그렇게 형식적인 멘트를 날리고 끊는다. 그는 무척 예민해져 버린다. 근무가 제대로 되지 않을 정도였다. 도저히 안 되겠다고 느낀 그는 그냥 집으로 들어가 버린다. 그는 소파에 그냥 누워 버린다. 그만큼 침통하단 것으로 볼 수 있다.

'적은 멀리 있는 게 아니구나! 같은 과에 그런 적이 있었구나! 모임이란 건 어떤 모임이든지 위험한 거였어! 모임 말이야. 그건 연애질로 직행하는 콜라텍이나 다름없어!'

그런저런 상념 속에 어떻게 하다가 살며시 잠들어 버렸다. 그러다가 문득 깨어나 시계를 바라보니 정오였다. 부인은 계속 집에 들어오지 않는다. 그렇다면 혹시 또 인안을 만나러 간 게 아닐까 생각해 본다. 어제 저들이 영화관에 들어갔으니 오늘 또 영화관에 들어갔을까 이런 생각도 해 본다.

그렇다면 의표를 찌르는 의미로 최인안 교수에게 전화를 걸어 보는 방법을 택한다.

"최 교수님, 하하하 어디세요? 점심인데 식사는 하시고요?"

"네, 지금 하려고 합니다. 아! 근데 조 교수님이 오늘 안 보이시더라고요. 어디 계세요?"

"네, 우리 마누라가 자꾸 속을 썩여서 그만 너무 괴로워 논현동 집에 들어와 마음 정화 차원에서 수양을 하고 있습니다. 사는 게 까다롭군요."

"어!"

인안은 갑자기 가슴이 쿵 한다. 이게 어쩌다가 알려진 게 아닐까 하는 두려움이 밀려온다. 학원은 이 정도로 의표만 찔러 놓고 끊는다. 그러자 인안은 더더욱 공포감에 빠져드는 것이었다. 마치 학원이 훤히 다 들여다보고 있는 느낌을 좀처럼 지울 길이 없다. 인안은 얼른 민지에게 전화를 건다.

"민지 씨, 지금 방금 전 남편에게서 이상한 전화가 걸려 왔는데 남편이 혹시 우리 사이를 알고 있는 게 아닐까? 너무 이상해!"

"네에, 알고 있을까요? 설마 그렇진 않겠지요. 어떻게 알겠냐고…… 걱정 말아요."

전화는 끊었으나 인안의 두려움은 떠날 줄을 모른다. 더군다나 남편은 동 대학 의대 교수가 아닌가, 자신도 의대 교수인데 말이다. 동일한 대학의 같은 과의 교수 같은 직업이라서 더더욱 민감하고 신경이 날카로워진다. 일이 터지면 크게 터질 수도 있는 환경이라 그렇다.

물론, 만약 다른 직업이라고 해서 이런 상황에서 문제가 아닌 것은 아니지만 말이다. 학원은 논현동 집에서 꿈쩍도 못 한 채 골치가 아픈 상태다.

점심때부터 저녁때까지 마냥 그렇게 앉아 있었다. 해 질 녘, 부인 민지가 들어왔다. 그녀도 아까 애인 인안으로부터 대충 그런 얘길 들었던 터라 다소 겸연쩍은 표정은 숨길 순 없다. 내색을 안 하려고 해도 저절로 표정으로 드러나기 때문이다.

남편 학원은 그녀를 뚫어지게 바라본다.

"요즘 당신 너무 예뻐진 것 같다!"

그러자 그녀는 남편의 이 말이 더더욱 송곳처럼 들려온다. 아까 인안이 한 말이 뭔가가 있는 느낌이 확 든다. 그렇지만 내색을 하지 않으려고 부단히 애를 쓴다.

"에잇, 뭘 예뻐지기는 예뻐져. 나이 먹고 살림하느라 찌그러졌는데 또 당신만 바라보며 사느라고 뭐 그렇지 뭐! 밥 먹어야지? 내가 밥 차려 줄게."

"아니, 너무 예뻐져서 어디 나가면 지나가는 남자들이 반해서 달라붙을 것 같다. 뭐 충분히 그런 적도 있을 것 같기도 해! 당신은 매력이 넘치니까 말이야!"

이렇듯, 계속되는 남편 학원의 말에 민지는 조금씩 조금씩 소름이 돋기 시작한다. 예사롭지 않아서다. 그렇지만 절대 대응하지 않으리라 굳게 마음먹고 얼른 주방 쪽으로 달려간다. 그런 후, 저녁을 차린다. 이날 밤은 별 탈 없이 이렇게 지나갔다.

12. 타이어 펑크 전문가

그러나 며칠 지나 금요일이 되자, 조학원은 출근하자마자 "최인안 교수실의 김서란 조교를 불러와."라고 자기 사무실의 조교에게 말한다. 그러자 조교는 그곳에 전화해 오라고 전한다.

똑똑똑.

"들어와라, 서란아."

그러자 학원은 자기 사무실의 조교에게 "넌 잠시 나가 있어 봐."라고 말한다. 그러자 그 조교는 나간다. 그 뒤, 학원은 서란에게 "야, 김 조교, 너 내 부탁 좀 들어줘라!"라고 말한다.

"네, 교수님, 무슨 부탁입니까?"

그는 잠시 뜸을 들이더니 빨간색 종이로 싸인 담배 한 대를 꺼내 입에 물고 불을 붙인다. 휴우~ 휴우~

"원래 외국 담배는 실내에서 피워야 더 맛이 좋아! 하하하. 야, 김 조교. 내가 네게 특별히 지시를 내리겠다. 너 말이야, 네 사무실 그 최인안이란 교수 놈을 좀 캐 봐, 그놈이 어쩌다 내 마누라와 눈이 맞아 그러고 다니고 있어! 예를 들어 무슨 전화하는 소리나 문자 주고받는 것, 그런 여러 가지를 포착해서 내게 전해 줘, 그런 유력한 증거를 내게 보내 주면 난 네게 대대적인 포상을 하겠다. 알겠니? 서란아?"

그러자 그녀는 가슴이 뜨끔했다. 왜냐면 자기 자신도 그 최인안 교수와 애인으로 지내고 있기 때문이다. 자기 자신도 왠지 무슨 덫이나 올가미에 걸린 것과 같은 비슷한 심정이 가슴으로 파고들어 오는 것이었다.

잠시 굳은 표정으로 아무런 말을 잇질 못하였다. 이 사실에 대해 서란은 시샘, 질투, 열등의식도 싹트기 시작했다. 자기와 애인 사이인 교수님이 다른 여잘 만난다는 사실 때문이었다.

저번에 교수 모임 회식 때 최 교수가 끝나고 갈 때, 조홍자 법대 교수와 은밀히 나가는 걸 보고도 굉장한 짜증을 느꼈었는데 지금 이 시간엔 또 다른 제3의 여잘 만난다는 사실이 시샘을 일으킨다.

얽히고설키는 돌고 도는 반복된 인생길에 그것도 다른 이도 아닌 바로 조학원 교수의 부인과 그런다는 게 더더욱 황당할 따름이었다.

서란은 "예, 알겠습니다."라고 말하고 돌아서 간다. 서란은 곧바로 최인안 교수 사무실로 들어가 방금 벌어진 일에 대해 그대로 발설한다.

그랬더니 최 교수는 "뭐야, 조 교수가 그걸 알고 있었단 말이야, 어! 이상하다. 그걸 어떻게 알았지? 근데 너보고 나에 대해 증거물을 확보하라고 말한 건 한심하다. 이런 괘씸한 인간! 네가 지금 내 편이란 걸 모르고 말이야! 기가 막힌다."

여기서 최인안은 겉으론 되레 강한 척을 했다. 하지만 속으론 공포와 두려움이 배가 되고 있었다. 왜냐면 어제도 조학원에게서 비슷한 내용의 말을 비꼬며 묻는 전화가 걸려 왔었기 때문이다. 그렇다면 조학원 교수로부터 대대적인 융단폭격이 날아올 가능성이 백 프로였다. 앞으로 시간이 갈수록 마치 철창 안에 갇힌 소처럼 고통이 따를 것이었다.

"교수님, 제가 이런 말한 건 절대로 특급 비밀로 합니다. 전 이런 상황에 낀다는 게 진짜 싫습니다. 전 자유로워지고 싶습니다. 네에!"

"그래, 그래, 그걸 말이라고 하냐! 내가 무슨 그런 쓸데없는 말을 누구에게 하겠니? 걱정 마라. 조교 일이나 열심히 해, 이 일은 내가 슬기롭게 헤쳐 나갈 거야."

아침부터 미묘한 회오리가 쳤다.

그것도 바로 양쪽 사무실을 나란히 하면서 말이다.

점심때가 지나자 조학원은 서란을 또 부른다. 그녀가 가자 그는 "뭔 증거라도 포착된 게 있냐?"라고 묻는다. 그녀는 "뭐, 특별한 건 없고요."라 말한다. 학원은 다시 뭔가 또 다른 생각을 한다.

다른 방법을 쓰는 쪽으로 선회한다. 서란 조교는 저쪽 사무실 조교라 그런 걸 포착했다 하더라도 자신에게 순순히 가져오진 못하리라 판단해서다. 오후 1시가 넘어가자 인안은 너무 두려운 나머지 민지에게 카톡으로 이 상황을 사실대로 알린다.

그러자, 민지는 가슴이 무너져 내리는 심정이었다. "아! 올 게 왔구나! 내가 너무 꼬리가 길었구나. 으, 으으으." 그녀는 통한의 격정을 혼잣말로 중얼거린다.

그러나 이런 문제는 후회한다고 해결되는 게 아니다. 이런 상황이 오면 그 상황에 맞게 대응하는 수밖에 없다. 그래서 인생이 힘들다고 하는 것이다.

그녀는 어디론가 도망치고 싶은 감정에 사로잡힌다. 최인안 또한 마찬가지이다. 오후 내내 둘은 이 문제로 전화를 수차례 주고받는다. 그런데 여기서 또 다른 괴상한 일이 벌어지고 만다. 인안과 민지가 불안 속에 주고받는 통화 내용을 엿들은 서란은 마음이 이리저리 변덕스러워졌다. 아까 점심때 학원이 오라고 하여 물었을 때는 모르는 척 쏙 빠졌는데, 지금 이 순간엔 방금 전에 자신이 들은 내용을 학원에게 고해바쳐야겠다는 생각이 앞섰다. 정말 알다가도 모를 김서란 조교이다.

서란이 방금 전, 엿들은 내용은 이렇다.

인안, 민지 두 사람은 이따가 퇴근하는 저녁 6시에 이곳 현광대 정문 앞 150미터 떨어진 오른편에 위치한 인카마트에서 만나 이 문제에 대한 대책 회의를 하러 성남으로 간다는 내용이었다.

이런 특급 비밀 정보를 서란은 그대로 옆 사무실에 노크한 뒤, 쥐도 새도 모르게 들어가 조학원에게 고해바쳐 버린다.

그러자, 학원은 "너무 수고 많았어요. 김서란 조교님 다음에 내가 맛있는 거 많이 사 줄게요."라고 말한다. 학원은 이에 대해 만반의 대비를 다한다. 대비란 별것 없다. 그 시간에 나가 그곳에서 그들을 기다리는 것이다.

이윽고, 그 시간이 되기 30분 전, 그는 미리 격전지가 될 지점으로 나간다.

여기서 인안은 민지와 만나는 장소가 가까운 학교 앞이라 꼬일 수도 있지만, 학원이 퇴근 시 승용차를 타고 정문 왼편으로 나가는 걸 익히 알고 있어서 그리 심각하게 생각하진 않았다. 이미 루트를 훤히 내다보고 있었단 것이다.

그러나 그것은 엄청나게 단순한 생각이라 볼 수 있다. 사람의 일이란 그리 예측대로 되는 게 아닌데 말이다.

학원이 나가 그곳에 도착하니 5시 반이다. 그는 인카마트 건물 뒤에 숨어서 잠복하고 있다. 그는 속이 부글부글 끓어오르는 것을 느끼며 속으로 외친다.

'이 자식들 나타나기만 해 봐, 둘 다 죽여 버릴 거야!'

드디어 5분밖에 남지 않았다. 그러자 인안이 재규어를 몰고 나오고 있고 차가 마트 앞으로 와서 잠시 서며 빵빵 클랙슨을 누른다. 그러자 민지가 차 문 쪽으로 막 달려간다. 이를 본, 남편 학원은 더 빠르고 거세게 달려가 부인을 가로막는다.

"아하! 거기 서, 거기 서라고. 어딜 그렇게 막 달려, 잠깐 서라고 잠시 검문 좀 하게…… 남편 경찰이다."

"ㅇㅇㅇ."

그녀는 완전 기절할 지경이었다. 그녀가 그토록 놀라자 차 안에 있던 인안도 얼굴이 굳고 몸도 꽝꽝 굳는 것 같았다.

"어, 어, 어, 어어."

남편 학원은 말한다.

"최인안 교수님, 차에서 내리세요. 그렇게 쳐다만 보지 말고요. 심야 토론 좀 해야죠? 어서 내리라고 이 자식아! 어서 내려 이런 개자식아!"

인안이 핸들 돌려 도망치려고 하자, 학원은 재빨리 달려가 그 차 앞에 선다.

"도망치려고? 그러려면 날 치고 사고 내고 가! 네 차에 장렬하게 한 번 죽어 보자!"

그러자, 인안은 겁에 질려 하는 수 없이 차에서 내린다. 그가 내리자마자, 학원은 달려가 있는 힘, 없는 힘을 다해 손바닥으로 귀싸대기를 아주 세게 팍 후려친다.

그러자 인안은 그 자리에 퍽 하고 쓰러진다. 쓰러진 그의 얼굴을 향해 위에서 올라타 계속 귀싸대기 연타를 연발한다. 팍팍. 짝짝. 쿡, 쿡, 쿡

쿡. 그는 급기야 코와 입이 찢어져 피를 줄줄 흘리고 만다. 이를 본 그녀는 어쩔 줄을 몰라 발을 동동 구르다가 남편 학원을 말리려고 어깨를 잡아당긴다.

그러자 학원은 부인의 얼굴에도 아주 강한 귀싸대기를 연발한다. 그녀는 퍽 하고 쓰러지며 옆으로 뒹굴더니 쓰러져 있던 인안과 엉겨 붙었다. 둘은 쓰러진 채, 엉겨 붙은 상태로 아픈 얼굴을 감싸 쥐고 흐느낀다.

"으, 으, 으, 으으으."

두 사람이 그렇듯 얻어맞고 고통을 느낄 때, 길 건너 횡단보도를 건너던 조흥자 법대 교수가 이 광경을 보게 된다. 속으로 생각한다.

'어휴, 저런 머저리 같은 것들, 웬 바람을 피우고 다녀, 나처럼 조신하게 살아야지! 저런 것들은 저렇게 얻어터져도 돼! 히히히.'

조 교수는 자신이 어제 폭로한 효과가 나니 가슴이 뿌듯하였다. 인안이 자신만을 좋아하질 않는 것에 대한 간접적 융단폭격이다. 둘이서 쓰러진 채 피를 흘리자 더더욱 큰 희열을 느낀다. 그러다가 조흥자는 미소를 지으며 유유히 사라진다.

둘은 엎친 데 덮친 꼴을 당하게 된다. 타 과의 교수들, 조교들, 교직원들, 학생들이 우르르 나오다가 최인안 교수와 한 여자가 바닥에 쓰러져 있는 걸 그대로 목격한다. 그리고 서 있는 한 남자가 그들을 호통치는 내용과 그 남자가 조학원 교수라는 걸 다 알게 되었다.

이 광경을 바라보는 많은 이들은 무척 한심하단 반응이 주를 이루었다. 그 누구도 괜히 이런 상황에서 가서 말리거나 그들을 부축하여 일으키려고도 하지 않았다.

조금 지나자 멀리서 걸어오던 김서란 조교도 그 장면을 보고 되레 무척 달콤하다는 미소를 짓는다. 최인안이 자신만을 좋아하질 않는 것에 대한 간접적 융단폭격이었다. 그녀도 둘이서 쓰러진 채 피를 흘리자 더더욱 큰 짜릿함을 느낀다. 그러다가 김서란은 환한 표정을 지으며 유유히 사라져 간다.

조홍자로 시작하여 김서란이란 여자로 끝난 두 여인의 폭로로 마침내 최인안과 방민지는 날카로운 가시에 찔리고 만 것이다.

특히, 그 무엇보다 최인안 교수는 자신의 과, 의대 학생들이 길에서 지켜보는 가운데 그것도 같은 과의 교수인 조학원 교수에게 그런 참극을 당했으니 교육자로서의 권위와 자존심은 완전히 바닥나고 만 것이었다.

학원은 이번 일은 강력한 법적조치와 더불어 현광대학교 관계자들이 모두 다 알 수 있게 대대적으로 알린다는 계획을 가지고 있었다. 그야말로 엄청난 참극이었다.

남편 학원도 차를 타고 떠나 버린다. 그 후로도 쓰러진 두 사람은 아픈 얼굴을 손으로 감싸고 가까스로 일어난다. 일어날 때 인안은 민지의 얼굴을 어루만져 준다.

"너무 아프지? 저런 더러운 남편 같은 놈 만나서 얼마나 고초가 심했어? 으으윽."

"그렇긴 해! 이가 부러진 것 같아!"

"악악, 그래 내 이도 부러진 것 같은데! 으으윽. 저런 더러운 남편 새끼."

"가요."

둘은 일어나 그의 차, 재규어를 타고 일단 치과로 달려간다.

하루 더 지나 토요일이 되자, 이들은 다시 만나 여러 가지 앞으로의 인생에 대해 의논을 이어 간다.

의논한 결과는 이것저것 다 집어치우고 깊은 산으로 들어가 산중 생활을 하자는 것으로 뜻을 함께했다. 명예도 잃고 자존심도 송두리째 풍비박산 났는데 속세에 있어 봐야 그 무엇하겠냐는 것이었다. 그래서 이들은 자연인으로 들어간다.

이날까지 자연인이 된 사람들이 제법 되는데 정리하면 이렇다. 과거에 민지가 시초가 되어 인안, 홍자, 기복, 방철로 이어져 결국 행실의 결함이 드러나 이번 달 8일 지리산 깊은 산으로 들어가 산중 생활을 시작한 행실이 있다.

그리고 민지는 호수에게 남편 하오와 조교 혜빈의 캐딜락 밀회 사진을 전송했고 그 후론 그의 차, 마세라티 콰트로포르테와 캐딜락까지 타이어 펑크도 주도하며 호수를 도왔다.

호수는 자신의 마지막 보루인 강철에게 남편 하오 사진을 알려 줘 결국 승차 거부가 발생했고 남편 하오는 충격을 받고 자연인으로 들어가 버렸다. 그렇듯, 민지는 호수를 도우며 막후 역할을 충실히 하여 끝내 김하오마저도 자연인으로 만들어 버렸다.

허나 막강했던 방민지가 이젠 자신의 남편 조학원에게 들켜 최인안과 자연인으로 들어가게 되는 참극을 겪게 될 것이다. 이들은 치악산 깊은 중턱으로 들어갔다.

결국 박라희, 차호수, 김미소가 불륜 문제로 먼저 쓰린 상처를 받고 뒤이어 끝내 방민지도 직접적 학습 효과를 맛보며 다들 쓰린 상처를 받게 된다.

민지가 인안과 치악산으로 산중 생활을 시작했다는 소식을 접한 호수는 착잡한 심정을 금할 길이 없었다. 이 세상에서 둘도 없는 절친 사이였기에 그렇다. 자신이 어려울 때 망설이지 않고 찾아와 힘든 일을 마다하지 않고 처리해 준 친구였기에 더욱 괴로웠다. 그래서 전화를 넣어 위로한다.

"얘, 민지야, 너 산중 생활을 한다며? 아아, 내가 괴롭다. 이게 웬일이니? 으으윽."

"음, 그래 호수야, 너무 염려 마라. 넌 그 허강철이란 남자와 잘 만나고 사랑 많이 하고 좋은 결실을 맺길 바라. 넌 네 남편 그 김하오란 놈과 갈라진 게 정말 큰 행복이야. 그놈과 계속 있었으면 네가 얼마나 마음고생 하고 스트레스를 받았겠니?"

"그래, 그건 다 네 덕분이지! 네가 물불을 안 가리고 그때 날 도와줘서 잘 해결된 거지 뭐! 다음에 산에서 내려올 때 한번 만나자!"

"음."

이렇게 호수는 절친 민지의 산중 생활을 위로하는 전화를 넣었다.

민지와 인안은 산중 생활을 시작한 지 불과 일주일도 안 되어 무척 갑갑함과 답답함을 느꼈으며 몹시 고통스러워했다. 특히, 밤만 되면 무슨 이상한 새소리가 진동하고 또 무슨 소린지 모르지만 짐승들의 소리들이 나니 공포감에 휩싸일 수밖에 없었다. 게다가 식량을 만들기 위해선 여기저기 산길을 돌아다니며 이것저것 산나물들을 채취해야 하는데 그런 작업이 너무너무 힘에 부쳤다. 어느 하루는 한참 산나물을 뜯으러 나갔다가 독사를 보게 되어 놀란 가슴 쓸어내리기도 했다.

"인안 오라버니, 산중 생활이 너무 힘들다. 하마터면 독사에 물린 뻔했잖아! 저 독사를 죽여 버렸어야 했는데…… 놓쳐서 그만 에잇!"

"그래, 빨리 가서 잡았어야 했는데 말이야! 근데 저 독사 말고도 이곳은 저런 독사들이 수두룩해! 그러니 조심해라, 난 어젠 빨간색 뱀도 봤다."

"뭐야, 빨간색 뱀도 있어? 희한하다."

"있으니까 내가 봤지! 흰색도 있어, 검정색도 있고……."

산중 생활을 하다 보면 늘 자연스레 겪을 수밖에 없는 일인데도 이들은 벌써부터 이런 문제에 대해 민감해지기 시작하였다. 앞으로 이곳에서 버틸 수 있을지 사뭇 궁금하다.

 10월 6일 금요일엔 광교호수공원 특설광장에서 국민 트롯 킹우먼 대회가 열린다. 준비해 온 여성 참가자들은 가슴이 조마조마해지기 시작하였다.
 그렇다면 이즈음 간접적 학습이 아닌 예전에 직접적 학습 효과를 경험했던 진보라 외 6인은 어떤 삶을 살까!
 지난달, 중순에 심한 회오리가 한차례 일고 한동안 소강상태로 들어갔던 그녀들은 다시 10월 초로 접어들자 더 이상은 참지 못하고 슬슬 꿈틀거리기 시작한다.
 그런데 문제는 남편들의 심한 극성이 좀처럼 가실 줄을 모르니 그녀들로선 엉거주춤할 수밖에 없는 상황이라는 것이다. 그 벽을 뚫고 나아갈 것인지 그저 그렇게 그런 상태로 머물 것인지 시간이 판단할 일이다.
 그래도 그녀들은 43세 이 아까운 청춘을 고독의 눈물로 보낼 순 없다는 강하고 굳은 각오로 살며시 그때 그 콜택시 기사들에게 콜을 넣는다. 이에 그 콜택시 기사들은 일제히 화답하기 시작한다. 그래서 다 제각각 다시 만남이 이뤄지는 분위기를 맞이한다.
 진보라는 반포동에서, 이진아는 성남에서, 박가린은 안양에서, 호리는 의정부에서, 숙희는 인천에서, 미숙은 부천에서, 경란은 수원 집에서 콜을 넣는 것이었다.
 그녀들은 7인은 그저 각자가 알아서 자발적으로 움직였다. 그런데 신기할 정도로 그러는 시기나 시간이 엇비슷하다는 게 기이할 따름이었다.
 점심때가 한적하니 그 시간 때를 이용한다. 남편들은 다들 직장에서 열심히 근무하고 있을 시간들이니 말이다.

　콜을 받고 온 기사들은 한결같이 너무 반가워 어쩔 줄을 몰라 한다.
　"아이, 내게 연락이 없어서 이젠 완전 끝인 줄 알았지!"
　"아니, 그게 상황이 너무 좋지 않아서 그만. 에잇, 쯧, 쯧쯧."
　그녀들도 그렇고 이를 마주하는 7인 콜택시 기사들도 그렇고 지난달에 큰 홍역을 치른 장본인들이다. 그녀들은 남편들에게 걸려 귀싸대기를 백 대를 얻어맞았다. 반면, 그들은 부인들에게 걸려 귀싸대기를 백 대를 얻어맞았다.
　그렇듯, 탈선 타락으로 귀싸대기를 얻어맞은 횟수는 동일한데 굳이 차이점을 하나 찾자면 그녀들을 때린 남편들은 자신들 또한 다른 애인을 만나는 중이라는 것이다. 반면에 그들을 때린 부인들은 다른 이성을 만나는 일이 없다.
　바로 이 대목이 큰 차이이다. 즉, 후자는 정직한 정당 행위였지만, 전자는 독선적인 부당행위라는 것이다. 그러나 그들은 그걸 독선적 부당 행위라 생각하진 않는다. 지극히 정상적인 행위라고 생각하며 하루하루 지내고 숨 쉬고 있다.
　그렇듯, 시간의 연속선상에서 그녀들은 또다시 일탈을 저지르기 시작했는데 마음만은 그리 편친 않으리라! 왜냐면 제아무리 숨긴다고 하더라도 이런 부분들은 묘하게도 드러나는 습성을 가지고 있기 때문이다. 꼭 증거물이나 목격해서 그런 게 아니라 어떤 느낌이나 분위기로 짐작하여 파악하는 성질이 강하기 때문인 것이다. 즉, 여성이든 남성이든 혼자 어딜 돌아다닐 때도 표정이라든가 걸음걸이에서 뭔가 모르는 사이에 드러나는 것이다.

밤에 부인들이 집으로 돌아왔다. 그녀들의 남편들은 직업이 검사, 변호사, 한의사, 회계사, 특급 졸부, 판사, 국회의원이다.

그들은 지난달에 "내 현재 사회적 위치를 고려하여 곧장 이혼은 하진 못하겠다."라고 말하면서 대신 "넌 내 손으로 귀싸대기 백 대를 맞아라!" 하며 때렸었다. 그런데 오늘도 그때와 비슷한 일이 터질 것만 같은 살벌한 분위기가 감돈다.

"야, 너 저번에 내 사회적 위치를 먹칠하고 다니더니 한동안 잠잠하더니 오늘 왜 또 그렇게 진한 향수를 뿌리고 어딜 갔다 왔어?"

"아니, 난 향수를 뿌리질 않았는데……! 왜 이래?"

부인은 다소 퉁명스러운 말투였다. 그러자 남편은 귀싸대기를 한 대 후려칠 듯이 손을 번쩍 든다. 그러는 순간, 그에게 어디선가 카톡 문자 소리가 울린다.

그러자 얼른 그쪽을 바라본다. 그랬더니 그의 애인이다. 그러자 폰을 들고 다른 데로 가서 문자를 확인한다. 문자 내용은 "오빠 저녁 식사는 맛있게 잘 먹고 내일 만나요."였다. 이에 그는 "알겠다."라고 답장을 보낸다. 그는 애인에게서 문자가 와서 기분이 다소 누그러졌는지는 모르지만 부인을 때리려고 했던 걸 재고한다. 그렇듯, 7인 남편들은 사사건건 부인들의 일거수일투족에 대해 민감해하며 난폭한 반응을 보이곤 했다.

올해 7월부터 탈선 타락한 대목에 대해 온갖 협박과 폭력을 일삼는 것이다. 남편들은 20년 전부터 탈선 타락된 삶을 살면서 온갖 애인이란 애인들을 다 만나고 교제하고 다니고 유흥주점에 가서 접대부들과 회포까지 실컷 풀었으면서도 말이다.

그런데 이런 대목을 부인들도 익히 알았다. 유력한 증거가 없어서 그렇지 감으로 알고 있었다. 그러나 문제를 삼진 않았다. 문제를 삼는다는 게 엄두가 나질 않았던 것이었다. 그래도 남편들이 사회적으로 나름의 위치가 있어서였다.

그러나 이제부턴 부인들도 그냥 당하고 있지만은 않으리라 맹세한다. 이에는 이, 귀에는 귀, 입에는 입, 코에는 코로 응전하리라! 다짐한다.

부인들은 결국 다음 날 콜택시 기사들에게 이런 불협화음에 대해 그대로 늘어놓는다.

그러자 기사들은 모두 다 "나도 뭐 별 수 없는 욕망의 포로지만 그놈은 더 한심한 놈이구나! 오로지 지 욕망만 추구하고 지 몸만 소중하단 말이지! 그런 놈은 얻어맞아야 되는데!"라는 반응이 주를 이루었다.

그러나 아직까진 역공을 날릴 만한 복안이 없었다. 기회를 엿본다는 쪽으로 가닥을 잡을 뿐이었다. 그러자 부인들은 기사들에게 남편들의 사진들을 전송해 준다.

"이렇게 생긴 놈이야, 잘 기억해 둬!"

그러자 그들은 "알겠어요."라고 말한다.

"자기야, 일단 이런 놈들이니까 알고나 있으라고. 쪽, 쪽, 쪽쪽."

"그래. 알겠다고……."

날이 밝자 바로 광교호수공원 특설광장에서 오후 3시부터 열띤 전국 최대 규모의 국민 트롯 여성 킹우먼 대회가 열렸다.

이날, 딸 라미를 응원하기 위해 아버지 허찬이 응원하러 왔으나 지난번에 당선됐던 천승은 여유를 부리는 차원으로 오질 않았다. 낙선된 허찬이 이 대회에 대리 복수 차원으로 매달린다는 걸 인식하였기에 신경이 쓰였기 때문이다. 다소 겸손한 이미지를 풍기기 위해서였다.

6일부터 8일까지 3일간 치러지는 대회인데 결선은 마지막 8일이다. 이틀간 예선을 다 진행할 예정이다.

백송 여고 동창들은 한결같이 이번 국민 트롯 킹우먼 대회에서 마지막 8일 일요일엔 정상급 남자가수들이 초대 가수로 출연한다는 사실을 광고를 통해 알고 있던 터라 서로서로 연락을 하여 자신들이 좋아하는 가수들을 볼 심사로 공연장에 올 계획을 세웠다.

문제는 그녀들의 남편들이 누굴 통해 이런 정보를 알아냈는지 그 뒤를 따랐다는 것이다. 이 정보를 흘린 사람들은 심지어 부인들이 그 남자 가수들을 좋아하고 있어 접근까지 한다고도 과대 포장하여 퍼뜨리기까지 하였다.

게다가 옆자리에 앉은 남자 관람객들과 눈이 맞는다는 소문까지 퍼뜨려 놓은 상태라 남편들은 더더욱 예민하게 반응하며 그 뒤를 밟은 것이었다.

드디어 8일 마지막 일요일이 되어 결선에 오른 16명이 자웅을 겨루게 됐다. 오전 10시부터 시작된 오디션인데 첫 참가자가 노래를 부르고 내려가자마자 남편들이 아우성을 치며 부인들을 쫓아가기 시작하였다.

매스컴에 등장하는 유력인사들이 부인들을 쫓아가자 연예부 기자들은 최고의 화젯거리라고 순간순간을 놓치지 않으려고 애를 썼다.

"너 거기 서질 못해? 내 명예와 위치와 체면을 구기고 다니는 년아?"
"으으, 아아!"

그러자 그녀들은 너무 놀라 도망친다는 게 퇴로가 마땅치 않아 무대 위로 도망쳐 버렸다. 남편들이 뒤따라 붙으며 머리채를 잡으려고 난리를 치자 여자들이 무대 위로 도망치다가 진행이 중단되는 방송 사고 사태를 빚었다.

허겁지겁 황급히 특설광장에서 도망친 아내들과 그 뒤를 뒤쫓은 남편들이 완전히 사라지자 다시 국민 트롯 킹우먼 16강 결선은 진행되었다.

라미를 응원하는 아버지와 남자친구 태상은 온몸을 흔들며 맹렬히 소리 지르며 응원하였으나 끝내 마지막 날 결선에서 라미는 떨어졌고 그 야말로 악몽과도 같이 지난번 보궐선거에서 당선된 국민만 생각하는 당 이천승의 딸 이혜미가 대상의 영예를 안았다. 아버지는 보선에서 당선을 이끌었고 딸은 오늘 국민 트롯 여성 대회에서 대상을 거머쥔 것이었다.

반면 허찬은 보선도 패배, 딸은 오늘 트롯 대회에서 결선 16강에서 나가떨어졌다. 충격이 이만저만이 아니었다. 대리 복수전마저 처참히 무너졌다.

"아빠 미안해요. 내가 저 여자에게 졌어. 으으으."

"……."

아무런 말을 못 하고 멍하니 하늘만 쳐다보는 그였다.

잠시 멍하니 있다가 허찬은 "야, 라미야. 네 남친하고 어디 가서 소맥이나 퍼붓자? 가족의 아픔은 소맥밖에 없다."라며 손가락으로 술을 퍼먹는 시늉 동작을 연출하였다.

인근 술집에 들어가자 그는 딸의 남자친구에게 올 12월 초에 치러질 국민 트롯 킹맨 오디션에선 아버지와 딸의 연패를 남자친구가 대신 끊어 달라는 부탁을 애원 조로 하며 눈물을 글썽였다.

"우리 라미의 남자친구야. 너라도 킹맨 오디션에 나가 대상을 타 우리 가족의 짓밟힌 자존심을 다시 세워 줄 수 있겠나?"

"네. 그렇게 하도록 하겠습니다. 파이팅하겠습니다."

"자, 그런 의미에서 건배합시다. 자 건배?"
"건배! 와아아!"
3명은 울분을 토하며 전의를 불태우기도 하였다.

며칠 전에 마감된 여성 오디션에서 참극을 겪은 아버지 신허찬과 딸 신라미가 12월 초에 치러질 남성 오디션에 남자친구 허태상에게 대상을 안기기 위해 수립한 전략은 전용 특수 공간을 마련한 후 최고 가수들을 계약직으로 몇 달간 영입하여 강도 높은 맞춤형 트레이닝을 실시하는 것이었다. 트로트 가왕 나이 54세 방철산을 우선 영입 1호로 끌어들였다. 철산은 이날 태상의 노래를 듣고 충분히 가능성이 있다고 호평을 늘어놨다.

"음. 허태상 씨의 가창력과 감정은 하늘을 찌를 것만 같습니다. 대상감입니다. 하하"
"아니, 과찬의 말씀이십니다. 와아."

그러던 어느 날, 부인들에게 백송여고 동창회장 차호수로부터 전화가 걸려 왔다. 며칠 전 치러진 국민 트롯 킹우먼 대회 때 날벼락 같은 남편들의 기습공격으로 혼비백산하며 도망친 후 다시 전의를 불태우려는 계획을 수립하였다.

별것 아닌 일로 트집을 잡고 공격하는 남편들을 어떻게 따돌릴 것인가! 이것이 관건이었다.

호수는 민지와 절친이라 다른 친구들에게 민지에 대한 우려의 말을 하려고 마음먹었다. 그래서 보라에게 전화를 한 것이다.

"보라야, 민지 문제인데 민지는 아픈 사연이 있다. 이리저리 꼬여서 지금 자연인이 되어 산중 생활을 하고 있어. 남편과는 이혼하고 말이야, 너무 딱하지. 너희들이 위로의 말을 해 주길 바란다. 우리 영원한 백송여고 동창회원이 아니니?"

"그래, 알겠다. 호수 회장님!"

보라는 이 사실을 다른 친구들 6인에게 그대로 알렸다. 그러자 친구들은 대체로 "참 안됐다."라는 반응을 보였다. 그러면서 그녀들은 민지에게 위로의 전화를 건다.

민지는 산중 생활임에도 불구하고 친구들의 전화를 다 받았다. 그런데 여기서 친구들은 민지를 위로하는 측면도 있었지만 자신들의 신세 한탄하는 의미가 더욱 강했다. 즉, 남편들은 20년 전부터 외도를 밥 먹듯 해 오면서도 내겐 협박과 폭력을 일삼는다는 하소연이었다.

이에 민지는 고개를 끄덕였다. 그러나 민지는 친구들과 경우가 다르다. 그녀는 남편이었던 조학원 교수가 바람을 피운 건 아니었다. 철저히 아내인 민지 자신이 남편 직장의 최인안 교수를 만나 교제한 것이었다. 그러다가 돌고 도는 반복된 낙엽 같은 인생의 법칙에 의해 타인의 시샘과 질투의 화살을 맞고 쓰러진 것이었다. 어쨌든, 그래도 그녀는 친구들의 심경을 충분히 헤아렸다.

"야, 얘들아 너희들 지금 내가 여기 산중 생활하는 치악산으로 한번 놀러 와라. 산 좋고 공기 맑고 물 좋고 흙도 좋다. 언제 한번 와. 그럼 스트레스 확확 풀린다."

"알겠어!"

10월 중순이 되자 그녀들은 민지가 알려 준 약도를 찾아 치악산으로 향하였다. 민지는 친구들이 산에까지 찾아오자 너무 반가운 나머지 눈물을 흘렸다.

"와아아아, 우리 친구들이 여기까지 올 줄이야! 으, 으윽, 윽."

인안도 그녀들을 반갑게 맞이했다. 산중 생활한 지 보름밖에 되지 않았는데도 인안과 민지는 그토록 힘들어하는 것이다.

그러다가 이런저런 얘길 하던 중 결국은 남편 타도에 관한 이야기로 넘어갔다.

그러자, 민지는 "야, 얘들아, 내가 그래도 이래 약해 보여도 외유내강의 여자라고 난 불의를 보면 그냥 보고 있지는 않는다. 초전박살 내는 성깔이 있지!"라고 힘주어 말했다.

13.
지도급 인사들 승차 거부당하다

친구들이 의아한 표정을 짓자 민지는 "난 말이야. 호수 남편이 걔를 못살게 굴어 내가 완전 보내 버렸잖아! 걔, 남편은 세일대학 교수면서 어린 조교와 바람피우고 다니고 허구한 날, 호수만 잡으려고 안달을 떤 거야! 그래서 내가 그 자식이 그 여자 만나고 올 때 그 인간 것 고급 외제 차 두 대를 타이어를 완전 펑크 내 버린 거잖아! 그 자식은 다음 날인가 대중교통을 이용하다가 마이운수 마을버스를 타고 어딜 가다가 기사에게 걸려 승차 거부당하고 그게 뭐 별거라고 그런 알량한 자존심이 복받쳐 행방불명이 돼 버린 거야! 그 후로 걔는 남편을 법원에 실종 선고를 했지, 걔는 지금 그 마이운수 마을버스 기사하고 사귀고 있어!"라고 말한다.

"어! 민지 넌 호수를 위해서 그 정도로 했구나! 넌 진짜 대단한 친구이긴 하다."

"야, 너희들도 남편들이 계속 자꾸 괴롭히면 내게 말해, 그럼 내가 깨끗이 해결해 줄게, 난 백송 여고 동창회원들 중, 유일한 정의의 해결사이니까! 하하하하."

친구들은 이 말을 듣자 얼굴이 확 펴졌다.

그녀들 중, 일부는 민지가 현재 자연인으로 산중 생활하는 모습을 보고 매우 부러워하는 표정도 짓는다. 무척 홀가분해 보였기 때문이었다. 속박되지 않고 훨훨 날아다니는 자유의 새처럼 그렇게 보인 것이다.

"사실 그렇지 뭐! 지들은 우리를 다른 데로 돌아다니지 못하게 하려고 차를 다 압수해 버리고 지들은 그 차로 바람피우고 다니면 그건 안 되지! 못된 놈들이야!"

"자자, 우리 힘을 모아 우리들의 남편들을 응징하자고……."

대화가 진행되다가 시간은 흘러 점심때가 됐다. 민지와 인안은 친구들에게 이곳 산에서 나름대로 익힌 산나물 음식과 밥을 대접하였다. 이에 친구들은 다들 "너무 맛있다."라고 말했다. 그러다가 시간이 더 흐르자 해산하기에 이른다.

이렇게 10월 말로 접어들고 있었다.

너무너무 극심하게 무더웠던 폭염도 어느새 서서히 지나가기 시작한다. 세월의 위력이라고 해야 할지 모르겠다. 세월에 밀려 사라지는 인생처럼 잠시 머물렀던 희노애락도 시간의 무게는 감당할 순 없으니까!

그녀들은 다들 집으로 돌아가 궁리에 궁리를 이어 간다.

10월도 거의 다 지나가는 기념으로 그녀들은 다들 각각 자신들의 애인들을 만나기 위하여 또다시 콜을 보냈다.

여러 가지 형태의 대응 방안들을 제각각 논의를 이어 갔다. 그렇지만 뭐 이렇다 할 만한 구상을 하는 데 실패하고 만다. 택시 기사들도 그만큼 이런 문제는 힘들단 것이다. 그래도 서로 좋아하는 감정은 점점 깊어져만 가니 서로서로 기력이 쇠해진다. 이것은 달리 말하자면 기사들의 부인들의 반격도 그만큼 만만찮단 것이다.

심지어 택시 안에 야릇한 향수 냄새가 진동한단 것까지 물고 늘어질 정도이니 말이다. 그렇듯, 계속 물고 물리는 먹이사슬 고리는 하루 한시도 끊이질 않는다.

게다가 특히, 태석의 부인 란비 같은 경우는 같은 백송여고 동창회원인 보라가 자신의 남편과 눈이 맞은 것에 더더욱 큰 분노와 격분을 느꼈다.

란비를 비롯하여 6인의 신랑 바로 세우기 부녀연합이 호시탐탐 경계의 벽을 드높게 치고 있는데 택시 기사들이라고 그리 마음 편하진 않다. 그렇지만 그런 유희라는 게 인간에겐 어쩌면 가장 원초적이면서도 제어하기가 너무 까다롭고 힘든 영역이라 그렇게 또 꿈틀대며 강행하게 되는 것이다.

그런 차원에서 깊어만 가는 가을에 만나 또 넘어설 안 될 육체관계를 가지는 것이었다. 아주 진하게 선팅된 택시 안에서 다 제각각은 또 그렇게 그런 관계를 맺는다.

"아이, 말이야, 난 집에만 들어가면 우리 여편네 때문에 스트레스받아서 잠을 제대로 잘 수가 없어! 나보고 왜 머리에 젤을 많이 발랐냐는 둥, 옷 색깔이 너무 야하다는 둥, 얼굴이 풀렸다는 둥, 온갖 의심에 의심을 퍼부으니 내가 어디 잠을 제대로 잘 수가 있겠냐고……. 엊그제는 나보고 차 안에 너무 로맨틱한 노래 음반이 있다고 갖다가 버리겠다고 생난리를 치더라고 에잇 정말 몹쓸 년! 생긴 거라곤 너무 못생긴 년이 말이야! 난 진짜 그년 꼴 좀 안 보고 살았으면 좋겠다."

"이봐, 그래도 자기의 부인에게 감사한 줄 알아! 그래도 그 사람들은 딴 남잔 안 만나고 다니잖아! 그래도 그게 어디야? 그러니까 그렇게 나

올 만도 하지 뭐! 사실 뭐 내가 그런 말 할 처진 아니지만 말이야! 에잇."

"어! 그런 말 하지 말라고, 난 내 부인 여편네만 떠올리면 짜증 나 운전이 제대로 안 돼! 핸들이 막 엉뚱하게 옆으로 돌아가 버린다고! 으윽윽."

그렇듯, 7인의 택시 기사들과 7인의 여자들은 탈선 타락의 길을 걷는 데 조금도 망설임이 없었다. 그만큼 정욕이란 게 무섭긴 무섭다고도 볼 수 있었다.

거의 모든 범죄의 시발점이 되는 것이 정욕이라고 볼 수 있다. 각종 형법상의 범죄들도 근저엔 그게 도사리고 있다. 참아도 괴롭고, 참지 않아도 괴로운 것이다. 그렇다고 참지 않아 버리면 더욱 큰 괴로움이 기다리고 있다. 다들 알긴 안다. 그러나 알면서 넘어가는 경우들이 허다하다.

집으로 또 돌아가니 또 그런 문제들이 계속 생겨나는 것이었다. 이것저것 트집 잡고 의심하고 확인하려 하고 그녀들은 남편들에게 예전에 겪은 그런 탄압을 또 당하게 된다. 깊어만 가는 가을에 의심의 강도가 하늘로 치솟던 남편들은 더 볼 것도 없이 부인들을 마구 휘갈기고 두들겨 패 버린다.

퍽, 퍽퍽. 짝, 짝짝. "으악, 악! 악악!"

"봤냐고, 봤냐고! 내가 다른 남잘 만나는 걸 봤어? 아악악악."

"그래, 보진 않았다. 왜? 그래도 네년은 맞아야 돼! 옷 치장이라든가 여러 가지 화장품도 너무 비싼 거 쓰고 이상야릇한 향수를 뿌리고 다니고 속옷 색깔도 이해가 안 돼!"

남편들이 이렇듯 보지도 않았으면서 더더욱 발끈하고 민감해지는 까닭은 8월에 여성 공동조사단들에게 폭로성 전화를 받았기 때문이다. 그렇기에 지금도 그 여파가 존재하는 것이다.

추측이지만 지금 이 시간, 순간에도 늘 그럴 것이라고 짐작하는 것이다. 그 추측은 사실이긴 하지만 그래도 아직까지 목격하지는 않았다. 그럼에도 불구하고 끊임없는 부정적 의심과 혐오로 이어지는 것이다. 이것은 엄청난 우월주의에서 발동된다. 본인들은 자신들 직장에서 부하 여직원과 은밀한 교제를 하면서 그런다는 게 큰 위선이고 파렴치한 큰 범죄이자 죄악이기도 하다.

그런데 오늘 저녁 또 이렇게 부인들은 남편들에게 심한 협박과 폭행을 당했으니 그녀들의 앞으로의 대응은 험악한 방향으로 나갈 것으로 보인다. 그럴 수밖에 없는 이유는 신고해 봐야 법과 원칙대로 검거를 하지 않기 때문이다. 즉, 무용지물이나 다름없다.

그렇기에 그녀들은 엄청난 분노를 억누르지 못하고 폰을 들고 밖으로 뛰쳐나간다. 일단, 택시 기사 애인들에게 알리기 위함이고, 하나 더 문득 떠오른 건, 친구 민지가 어제 치악산에서 한 말이 와닿았기 때문이다.

민지가 한 말은 "내가 너희들 백송여고 동창회원들의 아픔을 깨끗이 해결해 주는 해결사이니까 언제든지 말해 다오. 내가 해결해 줄게." 이것이었다.

그녀들은 일제히 택시 기사들에게 먼저 알리고 그다음으로 민지에게 알렸다. 거의 동시다발적으로 7인 친구들에게 그런 부탁을 받은 민지는 너무 기뻐 펄쩍펄쩍 뛰었다.

"야, 내가 차 타이어 펑크 내는 전문가라는 걸 제대로 알긴 아는구나! 너희 남편들은 너희 차까지 압수하고 그 차로 진한 선팅을 하고 바람을 피우고 다니고 집에 들어오면 너희들을 의심하고 협박하고 때리고 이게 말이 되냐? 하여간 그런 놈들은 더 이상 그러지 못하게 차 타이어를 확실하게 펑크를 내 줘야 돼! 그래 조금만 기다려라, 내가! 타이어펑크 우먼이 달려간다. 와우!"

그러자 친구들은 "야, 민지야, 그런데 넌 지금 산중 생활 중인데 그렇게 밖으로 나와서 우릴 도울 수 있겠니?" 묻는다.

"야, 산중은 무슨 산중이야, 그냥 와 있는 거지! 때 되면 나가야지 뭐! 그리고 요즘 산중 생활하는 사람들이 아예 산에 꽉 박혀 있니? 가끔 나가서 할 일도 하면서 그렇게 하는 거지! 그런 것까지 신경 쓰진 마라! 난 자연인이 아니라 자유인이다. 하하하."

"그렇긴 한데!"

"야, 내가 내일 서울로 올라갈게 기다려. 내일 오후 2시 강남고속버스터미널에서 만나 알겠니?"

"그래."

이윽고 그날이 되자 그곳에 민지와 인안이 나타났다. 곧이어 친구들 7인도 나타났다.

"와아! 엊그제 산에서 보고 또 이렇게 복잡한 서울에서 만나는 것도 꽤 색다르다. 너무 기분이 좋다. 얘들아!"

"오호, 오호, 그래, 그래 그런 것 같다. 근데 어디로 가서 뭘 좀 먹자! 저기, 저기로 가자고……"

이렇게 총 9인은 대중음식점으로 들어간다. 그들은 그곳에 들어가 핵심 사항에 대해 의논을 나눈다.

"아니, 근데 정말 민지 네가 그 어려운 일을 해결할 수 있겠니?"

"아하! 염려 마라고. 너희는 내가 결과를 낸 다음 시원하게 보기만 하면 돼!"

"그래, 그렇긴 해!"

이런저런 얘기들이 더 오고 가던 중, 결국은 민지의 주특기답게 7인 친구들의 남편들의 차량을 타이어 펑크를 낸다는 것으로 도움의 내용을 구체화한다.

"야, 내가 그때 호수를 도왔던 그 방식인데 그건 또 얘기하면 지겹다. 지겨워!"

"그렇지. 그렇긴 해!"

"너희도 호수와 같은 방식인데…… 음, 그러니까 너희 남편들의 차량들이 다 그렇게 되면 그들은 하는 수 없이 대중교통이라도 이용하려고 어떻게 콜택시를 부르든가 버스나 전철을 타든가 어떻게 할 거 아냐? 그때 너희들 그 택시 기사 애인들이 너희들 집에 가서 기다리고 있으면 결국 언젠가 한 번은 타긴 탈 것 아니야! 그때 너희들 애인들이 한참 가다가 승차 거부를 해 버리면 그들은 또 한참 자신들의 사회적 위치가 어떻고 자존심이 짓밟히고 어쩌고저쩌고하면서 심한 충격을 받고 호수 남편처럼 그 어디론가 사라져 버릴 것 아니겠니? 만약 그게 효과가 없으면 그땐 또 다른 수를 또 연구하여 써 보고 그래야지 뭐! 지금으로선 이게 최선이다."

이 말을 듣자, 7인 친구들은 일제히 환호성을 터트린다.

이에 그녀들은 일제히 자신들의 애인들인 개인택시 기사들에게 "만약 내 남편 얼굴로 확인되는 그런 남자가 승차하거든 승차 거부로 응대해."라 말하고 "그때 남편 사진을 알려 줬으니 차질 없이 해결해."라고 말한다. 이에 그들은 "잘 알겠다." 대답한다.

백송 여고 동창회 최고의 해결사 방민지는 바로 그날부터 그 해결책에 들어간다. 그녀에겐 그 누구의 도움도 필요 없었다. 오로지 호수를 도왔던 바와 같이 여고 동창회원들을 악의의 불구덩이에서 구출해야겠다는 일념 그뿐이었다.

그들은 모두 다 자리에서 일어나 흩어졌다. 그녀는 오늘 엄청난 과업을 이루기 위해서 부단히 부지런하게 움직여야만 했다. 지역이 다 제각각이기 때문이다. 반포동, 성남, 안양, 의정부, 인천, 부천, 수원을 찾아다녀야 했다.

그녀는 지역에 순번을 설정하였다. 그러자 애인 인안이 말했다.

"자기야, 이 많은 지역을 다 돌아다니며 차 타이어를 펑크 내 친구들을 도우려면 혼자서 가능하겠어? 내가 좀 도와줘야 하지 않을까?"

"아니, 아니야, 뭔 도움, 도움은 난 그런 것 필요 없어! 자긴 그냥 나만 싣고 이 지역 저 지역으로 돌아다니기만 하라고······."

"알겠다."

방민지란 여잔 진짜 너무 강력하고 무서운 여자였다. 그녀는 정말 말이 떨어지기가 무섭게 그의 차를 타고 반포동으로 내달렸다. 그의 차의 트렁크엔 무척 뾰족하고 날카로운 송곳이 들어 있었다. 반포동은 보라가 사는 집이다. 보라 남편 허동구는 서울검찰청 부장검사다.

그는 늘 그랬던 것처럼 애인인 검찰 여직원인 이진희를 차에 태우고 유희를 즐긴다. 오늘도 예외는 아니었다.

그는 부인 보라의 차, 재규어를 압수한 뒤, 그 차로 진희를 태우고 다닌다. 자신의 차, 링컨 컨티넨탈은 그대로 두고 말이다. 동구가 진희를 태우고 늦은 밤 집으로 들어오고 있었다. 재규어를 세우고 둘은 어디론가 가고 있다.

그 차가 민지의 눈에 포착됐다. 그녀는 더 볼 것도 없이 막 달려간다. 차 타이어를 날카로운 송곳으로 팍팍 찔러 버린다. 그 후, 쏜살같이 도망친다.

그리고 다음 과업을 이룰 지역으로 이동한다. 다음은 성남 모란이다. 진아의 남편 임복석 변호사는 그녀의 차 폭스바겐을 압수한 후, 그 차로 애인 사무장을 싣고 들어오고 있다. 차를 세우고 어디론가 걸어간다. 민지가 이걸 놓칠 수가 없다. 민지는 번개같이 달려가 그 차를 펑크 내어 버린다.

안양 박달동으로 달린다. 가린의 남편 김희수 한의사는 그녀의 차 푸조를 압수한 뒤, 그 차로 애인 간호사를 싣고 들어온 후 주차하고 어디론가 떠났다. 민지가 달려가 곧바로 그 차를 펑크 내 버린다.

벌써 오늘 저녁에만 수도권 세 곳을 돌아다니며 반포동, 모란, 안양에서 과업을 이루고 시계를 바라보니 밤 9시 반을 가리켰다.

시간이 너무 늦었고 또 다른 지역으로 이동하고 싶지만 간다고 시간이 제대로 맞아떨어질지도 의문이기에 그렇게는 하지 못했다. 그래서 민지는 인안의 차, 회색 제네시스를 타고 내일 과업을 이룰 의정부로 향한다. 그런 후, 모텔을 얻어 들어가 잠을 잔다.

한편 지금 이 시간 반포동, 모란, 안양에선 난리가 났다. 남편들이 애인들과 데이트를 즐기고 돌아와 보니 차가 펑크가 나 있는 것이었다. 당장 내일 아침 출근 문제가 걸린다. 어쩔 수 없이 대중교통을 이용하리라 생각한다.

민지는 모텔에서 곧바로 보라, 진아, 가린에게 전화를 건다. "야, 너희 남편 차 해결해 줬다. 그러니 이젠 알아서 후속 조치를 취해라!"

"알겠다."

보라, 진아, 가린은 곧바로 애인인 택시 기사들에게 이 사실을 그대로 알렸다.

그러자 그들은 "너무 염려 마시고 잘 주무셔."라고 말했다.

다음 날이 되자, 기사들은 일제히 그 집 주변에 아예 주차하고 서 있다. 마치 낚시꾼이 낚싯대를 던져 놓은 거나 다름이 없었다. 기사 입장에선 행운일까? 정말 남편들은 얼른 출근을 위하여 택시로 달려드는 것이었다.

허동구 부장검사는 택시 문을 연다. 그러자 엄태석 기사는 환하게 웃으며 "어서 오세요. 손님."이라 말한다. 이미 손님의 얼굴은 익히 알고 있었다.

"네, 서울검찰청으로 가 주세요."

"네."

엄 기사는 어느 정도 가더니 그 과업의 후속타를 날렸다.

"아니, 난 당신 같은 사람은 인상이 너무 더러워 태우고 갈 수 없소. 그러니 내리시오. 난 인상 좋은 사람만 태우고 다니는 택시 기사요."

그러자 동구는 깜짝 놀라며 충격적인 얼굴로 변한다.

"뭐요. 내가 인상이 더러우니 운행을 안 하겠단 거요? 이런 참나 이런 어이없는 일을 봤나! 으, 윽윽."

"더 긴말하지 말고 내려요. 난 얼른얼른 돈을 벌어야 하는 사람이니까 시간이 없소!"

"이봐 기사, 내가 누군지 알아? 난 서울검찰청 부장검사 허동구란 말이야."라고 말하며 그 신분을 나타내는 걸 꺼내어 보여 줬다.

그러자 엄 기사는 "아하, 그런 건 됐습니다. 난 당신이 만약 대통령이고 청와대 비서실장이고 아니면 민정수석이라 하여도 그렇게 인상이 더러우니 안 태우고 갑니다. 그 부장검사 신분증은 얼른 가방에 넣어요. 난 빨리빨리 돈 벌어야 하는 사람이니 얼른 내려 주시고요. 네에?"

"뭐야! 이게 정말 와, 아아아!"

아주 크게 소릴 지르며 허 검사는 문을 열고 뛰쳐나갔다.

링컨 컨티넨탈과 재규어 두 대를 보유하고 또 서울검찰청 부장검사

신분에 일개 택시 기사에게 승차 거부를 당한 동구는 격분하며 울화가 치밀어 올라 하늘을 열 쪽 내어 버릴 정도였다.

또 다른 곳, 성남 모란에선 임복석 변호사는 나오다가 택시가 서 있자 열고 들어온다. 그러자 김복철 기사는 환하게 웃으며 "아이고! 어서 오세요."라고 한다.

복석은 오르자 "야탑으로 가 주세요." 말한다. 김 기사는 어느 정도 가다가 "난, 원래 안경 쓴 손님은 받지 않습니다. 그러니 내려 주세요."라고 한다.

그러자 복석은 깜짝 놀라며 "뭐야! 아니 당신 그게 말이 돼?"라고 소리친다. 급기야 그 분을 이기지 못하고 내린다. 그 후 너무너무 큰 충격의 소용돌이에 빠졌다.

또 다른 곳, 안양에선 김희수 한의사가 택시를 타려고 걷다가 차가 보여 올라탄다. 그도 위와 동일하게 홍영식 기사에게 승차 거부를 당하고 만다.

"아니, 이봐요. 내가 누군지 아시오. 난 이 세상에서 가장 중요한 직업을 가진 사람이요. 모든 사람들의 질병을 다 고치는 사람이란 말이에요. 그런 내게 이게 뭐요? 승차 거부라니 이거 정말 살다 살다 보니 이런 경우는 처음 당하네! 에잇, 시발!"

"뭐? 당신 지금 뭐하고 했어? 시발이라고? 야, 이 자식아. 너 얼른 내려, 내려라!"

그렇듯, 보라, 진아, 가린의 남편들이 다 제각각 지역에서 이런 수모를 당한다. 그런데 정말 그녀들의 구상이 그대로 적중하는 것인지 남편들은 이에 대해 신고할 정신도 힘도 없이 땅바닥에 그대로 주저앉고 말았다.

그러더니 퍽 쓰러져 누워 버린다. 그러다가 혼잣말로 흐느낀다.

"아아아, 나라는 존재가 정말 이것밖에 안 되는구나! 내 신분은 한갓 스쳐 지나가는 먼지만도 못하구나! 흑, 흑흑흑."

3명은 제각각 타 지역에서 이런 꼴을 당하자 급격하게 자신들의 신세를 한탄하고 졸도하며 맥없이 땅바닥에 쓰러진다.

한편, 민지는 이윽고 또 저녁때가 되자 어제 못다 한 과업을 이루기 위하여 의정부 중앙동에 사는 호리의 집 앞으로 달려갔다. 남편인 황표창 회계사가 애인인 사무실 여직원을 차에 태우고 오고 있다.

그는 내린 뒤, 그녀와 함께 손을 잡고 어디론가 걸어간다. 그때 민지가 족제비보다 더 빠르게 달려가 타이어를 펑크 내어 버린다. 그리고 황급히 서둘러 인천 부평으로 향한다. 숙희의 집이다.

남편 한부익 판사가 애인인 법원 여직원을 벤틀리 차에 태우고 온 후 어디론가 손잡고 걸어간다. 그 순간, 민지가 표범보다 더 민첩하게 뛰어나 벤틀리를 펑크 내 버린다.

그 뒤, 곧장 부천 소사구로 내달린다. 미숙이 사는 곳이다. 미숙의 남편 이신행 높고푸른당 국회의원이 BMW 7시리즈에 애인인 수행비서를 태우고 오고 있다. 주차한 뒤, 손잡고 서로는 입술과 입술을 꾹꾹 누르며 어디론가 걸어가고 있다. 이 순간은 민지의 임무가 도래한 시간이다. 그녀는 100미터를 전력 질주하여 그 차의 타이어를 펑크 내 버린다.

그 후, 한숨 돌리고 이제 마지막 과업을 이룰 수원 지동에 사는 경란의 집으로 내달린다. 경란의 남편은 특급 졸부라 위에 나열한 사람들보다 권력이라든가 사회적 위치, 이런 것은 미약하지만 가진 돈은 몇백 배나 된다. 그러니 실제로는 권력이 더 강할 수도 있다. 결국 권력자들도 돈 많은 사람들이 돈 싸 들고 오면 벌벌 기니까 말이다. 그래서 그도 목과 어깨에 필요 이상으로 힘을 주기도 한다. 그러다가 몸에 무리가 와서 디스크 이상이 온 적도 있다. 진료받으러 닥터에게 가 보니 "너무 목에 힘을 가해서 그런 것입니다."라는 진단을 받았다고 한다.

어쨌든, 지동에 사는 그는 벤틀리를 타고 애인과 들어오고 있다. 여기서 하나 특이 사항은 위에 나열한 이들은 그래도 애인이 본인들이 하는 일과 동일한 일을 하는 여자들인데 반해, 그는 애인이 수시로 바뀐다. 애인이라기보단 강남에 고급 템프로 룸살롱 같은 데 가서 종업원을 데리고 나온다. 한 달쯤 계약 형태로 사귀다가 헤어진다. 그 뒤, 교체한다. 그러니 남들이 보면 딸이냐고 묻기도 하고, 조카냐고 묻기도 한다. 나이 차가 워낙 많이 나는 여자를 데리고 다니니까 그렇다.

하여간 그도 그렇게 그 여자와 손잡고 어디론가 떠났다. 다음은 민지 차례다. 그녀는 막 달려가 마지막 과업을 매우 과감하게 완수해 냈다. 민지는 어제는 차량 3대, 오늘은 차량 4대의 타이어를 무참하게 펑크 내었다. 그야말로 타이어펑크우먼으로 기네스북에 오르고도 남을 정도이다.

그들이 데이트를 마치고 돌아와서 보니 타이어 펑크가 나 있었다. 그들은 다들 제각각 지역에서 "이게 웬일이냐."라며 펄쩍펄쩍 뛰며 광분했다. 분명 이건 심각한 범죄임에도 불구하고 그녀는 백송여고 동창회 친구들을 남편들의 협박, 폭력으로부터 구해 내고야 만다는 사명감마저 불타오르고 있으니 어찌 보면 의리의 순정파 여성이자 불의를 보면 그냥 넘기질 못하는 슈퍼우먼이다.

민지는 이틀간 과업을 마무리하고 오늘은 호리, 숙희, 미숙, 경란에게 전화한다.

"야, 너희들 남편 차 그렇게 해결했다. 이젠 알아서 후속 절차를 밟아라!"

"알겠어!"

그녀들은 일제히 택시 기사 애인들에게 이 사실을 그대로 알린다. 그러자 그들은 "여부가 있겠사옵니까? 명심 붙들어 매겠습니다요."라고 한다.

다음 날이 되자, 택시 기사들은 다 제각각 맡은 지역 그 지점으로 가 있다. 낚시꾼이 낚싯대를 던진 것이다. 남편들이 택시라도 잡기 위해 달려왔다.

의정부 중앙동에 사는 호리 남편은 택시를 잡아타려고 택시 안으로 들어간다. 남편 황표창 회계사는 "의정부역으로 가 달라."라고 말한다. 그러자 조종은 택시 기사는 "알겠다."라고 한 뒤 어느 정도 운행을 하다가 느닷없이 승차 거부를 시도한다. 이에 황표창은 어안이 벙벙해져 내렸다.

비슷한 시간대에 인천 부평에서도 숙희의 남편 한부익 판사도 인천지방법원을 가려고 택시에 올라타자 동일한 일을 겪는다. 부천 소사에서도 미숙의 남편 이신행 국회의원도 그랬다. 수원 지동에서 경란의 남편 특급 졸부 황성연도 집 주변의 택시를 잡아탔다가 같은 일을 당한다.

그야말로 너무너무 황당하고 기이한 일이 틀림없다. 아침 출근 거의 동일한 시간대에 남편들은 이런 대형 불상사를 겪게 됐다. 다른 일반인들 같으면 그냥 '어쩌다 승차 거부를 당했구나!'라고 생각하고 말 것이다. 하지만 이들은 지나치게 명예욕과 자존심이 강해 충격을 받아 졸도하며 땅바닥에 퍽 하고 쓰러지며 비명을 지른다.

"어어어! 내가! 내가! 누군데 나를 저런 개돼지들이 승차 거부한단 말인가! 겨우 저런 소나타들이! 으윽윽!"

어제 3명에 이어 오늘도 4명이 더 승차 거부를 당하고 땅바닥에 쓰러졌다. 일단 어제 승차 거부당하여 정신적 충격이 큰 허동구 부장검사, 임복석 변호사, 김희수 한의사는 이번 일로 자신들의 일이 제대로 손이 잡히질 않고 안절부절못하다가 잠시 휴가를 내고 만다.

그리고 오늘 승차 거부당하여 정신적 블랙홀에 빠진 황표창 회계사, 한부익 판사, 이신행 국회의원, 황성연 특급 졸부도 이번 건으로 자신들의 일상생활이 제대로 안 되고 걸음걸이마저도 이상해지는 현상이 나타나기 시작하였다.

위의 7인이 이런 정신병적 현상이 생긴 결정적 원인은 이렇다. 일반적인 사람이라면 순간 불쾌하고 말 정도일 것이다. 하지만 이들은 자신들이 이 세상에서 절대적인 존재들이고 그 이하의 사람들은 사람으로 여기지 않으며 무척 하찮은 미물 수준으로 여기며 살아왔다. 그랬던 이들이 어느 날 갑자기 타이어 펑크로 인해 다음 날 출근하려 택시를 탔는데 원인 모를 승차 거부를 당하자 정신이 갑자기 이상해진 것이다. 미물 수준이라고 느끼던 존재에게 불의의 일격을 당했기 때문이다.

여기에서 이들 7인은 서로서로 누군지 모르는 사이이다. 핵심은 충격의 강도가 너무너무 컸다는 것이다. 그래서 요양 차원에서 잠시 휴가를 내고 꿀물을 마시며 쉬게 되었다.

그러다가 급기야 하루가 더 지나자 홀연히 누구에게 어디로 간다는 말도 없이 깊은 산으로 들어가 자연인이 되어 버렸다. 그런데 여기서 또 너무너무 신기할 정도의 일이 벌어졌다. 이들 모두 계룡산을 택한 것이다.

정말 알다가도 모를 일이다. 이들이 이렇게 며칠간, 느닷없이 행방불명이 되자 부인들은 이상하다는 생각이 들었지만 매우 잘됐다는 반응을 보이며 자유를 되찾은 날이라며 회식을 열 것을 합의했다.

직접 남편들의 협박과 폭력에서 벗어나게 된 그녀들과 이번 사건을 기획하여 철저히 완수한 민지가 한자리에 모였다. 민지가 말한다.

"야, 정말 내가 너희들을 위해서 하긴 했지만 나도 그 일 하면서 살이 다 떨렸다. 그러다가 누가 보고 신고라도 하면 난 그냥 확 걸려드는 것 아니겠니? 완전 범죄란 정말 쉬운 일이 아니다. 하하하하."

"야, 민지야, 너무 고생 많았어, 우리는 진짜 엄두도 나지 않는 일이다. 어떻게 이틀간 수도권을 돌아다니면 차량 7대나 타이어 펑크를 낼 수 있니? 정말, 정말 대단한 친구다. 으윽윽, 우리 동창들을 위해서 네가 그렇게 몸을 던지다니!"

그녀들은 영등포에서 만나 이렇게 자축하며 행복한 비명을 지른다. 그렇듯, 그녀들은 영등포 어느 한 시설 좋은 뷔페에서 남편들이 행방불명된 것에 대해 너무 기뻐 환호성을 터트리며 가슴 벅찬 시간을 보냈다.

승차 거부를 하며 남편들을 좌절의 늪으로 빠뜨린 진정한 승리의 주역 택시 기사 애인들은 별도로 부르진 않았다. 오늘만은 그저 이렇게 백송여고 동창회원 친구들끼리가 훨씬 좋다고 생각한 것이다.

하여간, 이번 건으로 남편들의 직장에선 완전 난리가 났다. '왜 사라졌는가!' '누구에게 피습을 당한 게 아니겠는가!' 하는 우려의 목소리도 나왔다.

수사기관에 의뢰를 해 본다. 그러나 별다른 소식이 전달되지 않는다. 부인들도 이를 의식한 듯, 전략상 당분간은 애인을 만나지 않는다.

다른 한편, 그녀들과는 갈라선 서민형 백송여고 동창회 총무를 맡은 미소는 과거 자신의 직장에서 조철화 부장과 사귀다가 부장의 부인에게 걸려 혼쭐나고 끝내 8월 중순 그 직장에서 나올 수밖에 없었는데 그 후, 거의 칩거 생활을 할 정도였다.

그러다가 최근 들어 또다시 발동이 걸려 그녀가 먼저 조 부장에게 전화를 거는 것으로 사건이 시작된다.

14. 호랑이보다 더 무서운 사람들

철화는 처음엔 받지 않았다. 왜냐면 그때 그 문제로 부인이 직장까지 쳐들어와 아수라장이 되어 버렸고 그런 연유로 직장까지 관두고 나온 상황인데 또다시 그런 문제를 야기할 순 없기 때문이었다.

그랬지만 미소가 줄기차게 전화나 문자를 보내오는 바람에 흔들리기 시작한 것이다. 그래서 한번 정들면 정이란 게 호랑이보다 더 무섭단 말이 나오는 것 같다. 결국 둘은 만나게 된다.

"날씨도 너무 좋아졌지? 철화 오빠?"

"그렇긴 한데! 이젠 10월에 마지막 밤을 위하여 막 달려가니 그럴 수밖에 없지! 근데 또 우리 부인에게 걸려 귀싸대기 백 대 맞고 죽도록 얻어터지고 이혼당할까 봐 어디 겁나서 그거 할 수 있겠냐? 너무 겁난다. 우리 부인은 진짜 다혈질이야! 너무 성깔이 더러워!"

"아니, 철화 오빠 그건 너무 걱정 마. 그땐 우리가 같은 직장에 다닐 때 그랬지. 지금은 그렇지 않으니 그럴 리가 없어! 호호호."

"그래, 그렇긴 하지만 지금도 갑자기 너무 재수 없으면 걸릴 수도 있어! 늘 조심은 해야 돼! 그리고 만나더라도 이 인근은 피하고 다른 동네에서 만나자고. 이 동네는 신경 쓰여……!"

그러자 그녀는 역북 사거리에서 이리저리 사방을 둘러본다. 자신도 신경이 쓰였기 때문이다.

"야, 미소야, 여기 처인구 역북동, 역삼동은 너무 손바닥이라 빗장 그 물망에 다 걸려들어서 안 돼! 앞으론 넌 날 만나려면 먼저 대중교통을 이용하여 기흥구 동백 쪽에 가 있어, 그 후, 내가 그곳으로 대중교통을 타고 달려갈 테니까 말이야! 그때 내 아우디를 부인에게 압수당했으니 차가 없으니 그럴 수밖에. 으으, 으으으."

그래서 이들은 66번 버스를 타고 나름대로 안전지대인 처인구를 떠나 기흥구 쪽 동백으로 향한다. 아담한 동백호수공원에 가서 벤치에 턱 앉는다.

"우리는 이젠 우리 동네를 떠났으니 안전하게 데이트를 즐길 수 있어! 하하하."

"그렇긴 한데! 사실 그 동네가 그 동네이고 이 동네가 이 동네 아닌가?"

"아니야, 조금 옆으로 이동했잖아! 이렇게 큰 도시엔 옆 구로 간다는 건 완전히 피한 거나 다름없어! 너무 안전해 그리 걱정 마라, 미소야."

"그렇기도 하지만."

이들은 오후에 공원 옆길을 지나다니는 사람들을 의식하지 않고 몸과 몸을 바짝 밀착한 뒤, 대화를 나누고 있다.

"아아, 정말 내가 그때 내 부인에게 차만 안 뺏겼어도……."

"그럼 이렇게 눈치 보며 옆 구로 이동하고 그러진 않았지, 진하게 선팅된 차 안에서 그래도 되니까! 히히히히."

이들은 동백호수공원에서 이런 오붓한 데이트를 하다가 인근 영화관으로 들어가 영화를 관람한다. 옆자리에 앉은 둘은 시작할 때부터 끝날 때까지 끊임없이 스킨십을 시도했다. 영화를 보러 간 것인지 애정 표현을 하러 간 것인지 모를 지경이다. 영화관에서 나와 저녁을 먹고 술 한잔하고 돌아가기 위해 큰 도로로 나와 손을 꼬옥 잡고 있었다. 택시를 타고 역북동으로 가기 위함이다. 택시가 한 대 들어온다.

그런데 이번 문제는 상상을 초월한다. 택시 기사가 미소의 남편 김정배인 것이다. 더 큰 문제라면, 정배는 택시를 세우기 위해 손을 든 한 남자의 뒤에 가려져 있는 부인을 보지 못했다. 그래서 택시에 태운 것이다. 둘은 어느 정도 취기가 돌아 취한 상태인데 앞의 기사의 얼굴을 보고 확인할 상황도 아니었다.

"역북동 사거리로 가 주세요."

"네."

핸들을 돌린다. 어느 정도 바퀴가 굴러가자 둘은 또다시 애정 표현을 남발한다. 키스를 시도하며 끌어안기도 하였다. 정배는 이를 보고 '그런가 보다!'라고 생각했다. 정확히 사람들의 얼굴을 확인하고 그러진 않는다.

그러다가 미소는 얼굴을 이리저리 돌리는 과정에서 앞의 기사가 자신의 남편 정배라는 걸 확인하게 된다. 그래서 깜짝 놀라며 당혹스러워 어쩔 줄을 몰라 한다. 그 순간 남편 정배도 뒷자리에 탄 손님 중 여자가 자신의 아내라는 걸 확인하고 얼굴이 굳어지며 어리둥절해한다. 그러나 얼른 얼굴을 돌린다.

"어어."

그녀가 먼저 심하게 놀라 얼굴이 굳어지며 바닥 쪽으로 어디론가 숨으려고 몸을 숙이며 몸부림을 친다. 정배는 입을 꽉 깨물고 아무런 말

없이 핸들을 잡고 있다. 그냥 못 본 척하려고 노력한다. 이윽고 목적지에 다다랐다.

그녀는 가방으로 자신의 얼굴을 가리고 쏜살같이 내린다. 그 뒤, 철화가 계산하고 내린다. 정배는 다른 곳으로 핸들을 돌려 가 버린다.

"아니, 미소야 너 왜 그렇게 놀라고 그러니?"

"아니, 그 차 기사가 우리 남편이야! 혹시 본 게 아닐까?"

"뭐야! 그랬다고? 근데 그 기사가 널 못 봤으니 그냥 지나갔겠지 뭐! 야, 신경 쓰지 마. 참 어쨌든 좁다, 좁아. 옆 구도 그리 안전지대는 아니다. 내가 내 부인에게 아우디 압수당한 게 너무너무 크다는 걸 다시 한번 뼈저리게 실감하는 순간이다. 으으으, 윽윽."

"아니, 여기 서 있지 말고 빨리 다른 데로 피하자고……."

이들은 횡단보도를 건너 각자의 집으로 역북동, 역삼동으로 100미터 전력 질주하듯, 뛰어간다. 남편 김정배는 괴롭지만 묵묵히 운행을 이어 간다. 속으로 생각한다.

'8월에 그 요란을 떤 것이 조용히 정리된 줄 알았더니 또 도졌구나! 그래도 내가 가정의 안녕과 평화를 위하여 참고 이기고 견뎌 내리라!'

그러다가 시간이 지나 택시 업무를 마치고 택시를 유림동 회사에 가져다 두고 본인의 차, 스파크 중고를 타고 역북동 환희빌라 11동 202호 집으로 달려온다.

밤 10시 반이었다. 들어온 후, 그는 냉장고 안의 소주를 한 병 꺼내어 홀짝홀짝 마신다. 미소가 방에서 나온다. 전혀 미안하지도 않은 얼굴 표정이다.

"어! 지금 왔어? 그거 소주 아껴서 먹어. 우린 돈이 없는 사람들이잖아! 반만 먹고 갖다 넣어 놔. 우리 애들 학원비도 없어서 8월부터 학원을 못 다니고 있잖아!"

"……."

정배는 말이 없다. 그저 괴롭다. 괴로움을 넘어서 고독하다. 고독은 무서운 것이다. 이 무서운 고독은 그저 하나였을 땐 그나마 낫다. 그러나 그 고독이 1+1이 되어 버리면 더더욱 커진다. 하지만 여기까진 견디고 견딘다. 그렇지만 그 고독이 배달되어 2+1이 되어 버리는 날엔 그때부턴 정말 속절없다.

그는 궁핍의 고독을 겪는다. 부인의 바가지 고독, 아이들 학원 못 보내는 고독, 부인의 외도 고독, 실제로 2+1 고독을 겪는다.

이를 견디는 회사택시 기사 김정배의 하루는 그야말로 하루살이 삶이다. 부인 미소의 바가지가 떠올라 한잔 더 하고 싶지만 소주잔을 엎었다. 그러면서 오늘 하루 시달린 시간들에 대해 하염없는 속눈물을 흘린다.

그는 조용히 방으로 들어가 그냥 누워 버린다. 내일 새벽 일찍 회사로 나간다는 생각만 한다. 미소는 소파에서 과일을 먹으며 TV 시청을 하다가 12시가 넘자 살며시 잠든다.

날이 밝자, 어제의 그 아찔했던 그 순간을 새카맣게 까먹고 두 사람은 또다시 데이트에 나선다. 어제 동백에서 그러다가 위험 요소가 있었기에 오늘은 아예 멀찌감치 66번 버스를 타고 수원으로 떠나 버린다. 구에서 구로 옮긴 건 무척 좁고 위험하다고 판단하고 아예 용인에서 수원으로 아주 멀리멀리 확실히 떠나는 방법을 택한 것이다.

점심때가 되기 전 도착한 이들은 수원역 주변을 돌아다니다가 밥을 먹었다. 화성행궁 쪽으로 걷다가 인근 모텔로 들어가 2시간 대실을 끊고 방으로 들어가 빨간색 장미꽃을 검정색 장미꽃으로 검붉게 물들이는 오후 시간을 보냈다. 그 후 어제처럼 또 그렇게 영화관으로 들어간다. 장

안문 주변의 영화관으로 들어가 어제처럼 또 그렇게 영화를 보러 간 건지, 아님 애정 표현을 목적으로 간 건지 구분이 안 될 정도로 스킨십을 마구 퍼붓는다. 그러다가 저녁때가 되자 밥을 먹고 아까 못다 한 그 사랑을 채우기 위하여 또다시 모텔을 찾아 들어가려 한다.

"야, 미소야, 아까 들어갔던 그 모텔은 들어가지 말고 다른 데로 가자고 분위기가 좀 그래. 너무 딱딱했어! 야릇한 곳으로 가야지! 하하하."

"그래, 호호호."

그래서 이들은 분위기 있는 모텔을 찾아 여기저기 돌아다닌다. 그러다가 우아하게 생긴 어느 건물의 모텔을 찾았다. 그곳으로 들어가려고 천천히 걸어가고 있는데 이들에겐 어제에 이어 오늘 또 악재가 이어졌다. 모텔 현관문을 여는 순간, 그 옆길로 정배가 택시를 몰고 지나가다가 두 사람을 보게 된다. 정배는 잠깐 멈췄다가 그 장면을 보고 그냥 쓱 지나쳐 버리려는 순간, 미소와 서로 두 눈이 마주쳤다.

미소는 얼른 고개를 다른 데로 돌렸고, 정배는 그냥 얼른 액셀을 세게 밟고 가 버렸다. 그는 가정의 안녕과 평화를 생각했다. 물론, 차에서 뛰쳐나가 깽판을 치는 것도 충분한 방법일 것이다. 그러나 그런다고 해서 그게 궁극적 대책이 아니란 것까지 알고 있는 것이다. 그는 인생이 생각보다 무척 힘들단 것도 익히 인식하고 있었다. 그저 우울하게 고독 하나 더 추가된 채, 3+1이 되는 순간을 맞는다.

지금 이 상태에서 그 고독 하나가 더 들어온다면 정말 어떻게 될 것인가!

지금도 한계선으로 보이는데… 고독은 고독을 잉태하지만 잉태된 고독은 슬픔을 뛰어넘어 눈물이 다 흐르고, 흘러내려 가다 보면 고이고, 고이다 보면 정화되며 승화가 된다. 정화가 되면 그때부턴 하얀 빛깔로

피어난다. 무아지경의 경지가 된다. 대수롭지 않을 수도 있다. 일반인의 감정을 뛰어넘어 가 버렸으니 그럴 수 있다. 그 순간, 이 세상의 진정한 의미의 사랑의 깊이를 새기게 된다.

그는 그냥 돌아가 하던 일을 다 마친다. 그 후, 늘 그랬던 그대로 택시를 유림동 회사에 세워 두고 스파크 중고를 타고 역북동 환희빌라 11동 202호로 돌아온다.

중학생 딸아이, 고교생 아들아이 둘을 학원에 보내지 못하는 죄책감에 오늘도 소주를 한 잔 더 마시고 싶지만 참고 두 잔 만 걸치고 그냥 방으로 들어가 눈을 감는다.

그러나 그는 이 순간, 무한한 기쁨과 행복을 느낀다. 그로 인해, 그 마음으로 인해 이미 가정의 안녕과 평화는 안락한 보금자리를 잡았기 때문이다.

오늘 밤도 더더욱 맑고 밝다.

끝까지 미소는 겸연쩍은 감정으로 집에 들진 않는다. 되레 무슨 바가지 긁을 것 없나 집 안 구석구석을 여기저기 돌아다닌다. 그러다가 지쳐 잠에 든다.

점점 완숙되어 가는 가을이다. 1,000년 만에 찾아온 그 무더웠던 올여름 8월 12일, 최란비는 백송여고 동창회를 깨고 나와 서민을 주축으로 하면서 일탈 타락되지 않고 조신한 친구들을 모두 모아 새로운 동창회를 만들었다. 지금까지 뭐 이렇다 하게 제대로 된 모임은 갖진 못했는데 이번에 한번 열어 볼까 생각한다.

새로운 서민동창회 회장 최란비부터 시작하여 회원들 상당수가 남편들이 개인택시 기사들이다. 최근 그녀들의 남편들 7인이 하필 란비의 여고 동창들과 이상하게 눈이 맞아 바람을 피우는 바람에 여간 스트레스를 받은 게 아니다.

그녀들은 이젠 남편들이 주춤했을 거라고 안심하고 있으나 실은 그건 아니었다. 그러나 그녀들은 그간 벌어진 내막은 자세히 모르니 약이 된다. 운전기사 남편들이 애인들과 짜고 애인들의 남편들을 대중교통을 이용하게 해 놓고 명예와 자존심을 짓밟는 승차 거부를 시도함으로써 어디론가 홀연히 떠나 버리게 했으니 말이다. 즉, 이 대목을 기사들 부인들이 잘 모른다.

깊어 가는 가을날 10월 4일 토요일 저녁을 기해 란비가 이끄는 서민형 백송여고 동창회는 만남을 가졌다. 총인원은 22명밖에 되진 않지만 나름대로 끈끈하다. 게다가 오늘은 얼마 전 최란비와 신랑 바로 세우기 부녀연합에 가입하여 택시 기사 남편들을 섬멸하러 다닌 6명의 그녀들도 특별회원으로 참석하였다. 그래서 28명이 되었다. 극빈층들이다 보니 어려운 환경의 형편을 잘 안다. 미소는 그녀 남편의 차인 택시를 타고 파티장에 왔다. 마평동 푸른 갈빗집에서 열었는데 남편 정배는 미소를 그곳 앞에 내려 주고 가려다가 잠시 내려 마트에 들어가 담배를 하나 샀다.

그의 장면을 푸른 갈빗집 현관문에서 한 동창회원이 보게 된다. 한 동창회원은 미소에게 "택시 타고 왔니? 어서 와."라고 말한다. 그러자 미소는 "난 내 남편의 차를 타고 온 거야!"라고 말한다. 그런 뒤, 자리에 가서 앉는다.

그렇게 총 28명은 한적한 동창회를 열었다. 최란비 회장이 말한다.

"얘들아, 이렇게 총회원 28명이 다 모여 주니 너무너무 땡큐하다. 올여름 너무 더웠는데 우린 서민들이라 에어컨도 제대로 못 틀고 살았을 텐데 고생 많았다. 게다가 우리 회원들 중 일부 남편 새끼들이 오만방자한 짓을 일삼고 다녀 올해 40도까지 올랐던 폭염에다 1+1이 되어 우리 회원들 피해 체감온도는 아마 100도를 훨씬 웃돌았을 것으로 본다. 그래도 어쩌겠니? 원래 인생이란 그렇게 더러운 것을! 우리들의 신세를 원망해야지 뭐! 그래도 요즘은 남편 새끼들이 너희들 속을 좀 덜 썩이니 낫지 않을까 생각한다. 어쨌든 이런 얘긴 그만하고 오늘 이렇게 깊어 가는 가을 저녁에 만났으니 소주로 회포를 풀어 보자! 하하하하."

"그래, 란비 회장님도 남편 태석 씨 때문에 정말 고생 많았어! 에잇."

그녀들은 일제히 소주를 퍼붓기 시작하였다.

그러다가 두 시간쯤 지나자 모임은 끝난다. 다들 해산하기에 이른다. 미소는 남편 정배를 부른다. 그러자 그는 어느새 쏜살같이 마평동 푸른 갈빗집에 도착하였다.

아까 미소가 올 때 현관문에서 남편을 봤던 한 친구가 공교롭게 또 그를 보게 된다.

그녀는 어디 중요한 일로 갈 땐, 이렇듯 남편의 택시를 이용하기도 한다. 그의 직업이 회사택시 기사다 보니 이곳저곳 안 돌아다니는 곳이 없기 때문이다.

며칠 지나, 그는 김량장역 주변으로 택시를 운행하며 지나갈 때 어느 여인이 손을 든다. 차를 세워 손님을 맞이하였다.

그런데 기이한 일인지 그냥 평범한 일인지는 모르겠으나 그의 직업의 속성일 수 있는 일이 발생한 것이다. 방금 이 택시에 올라탄 여자는 며칠 전, 마평동 푸른 갈빗집에서 서민형 백송여고 동창회에 참석했던 한 여자였다. 이 여자는 그날 그를 못 봤다. 그때 그날 그 시간에 그가 미소의 남편이란 걸 보고 알게 된 회원은 한 명뿐이었다.

"둔전으로 가 주세요."

"네."

이 여자는 둔전에 갈 일이 있어 가는 중이다. 운동장역을 조금 지나가자 여자가 꼬리를 치기 시작한다. 웃음으로 시작한다. 그러다가 "너무 피곤하시죠?"라고 물어보며 은근히 접근해 간다. 그러나 정배는 조금도 아랑곳하지 않고 우직하게 핸들만을 꽉 쥐고 있다. 이 여자의 꼬리 침은 강도가 세어진다.

"아이, 기사님. 그렇게 말도 한 마디 안 하시면 너무 서운하잖아요! 호호호호. 너무 매력적이셔서, 원래 매력남들은 말이 없다는 건 알고 있어요. 그런가요? 히히히."

그러나 정배는 꿈쩍도 하지 않는다. 그러다가 이윽고 둔전에 다다르자 그 여잔 돈 내고 내리며 환한 미소를 짓는다.

"다음에 또 만나면 말 좀 해요. 하하."

정배는 핸들 돌려 다른 곳으로 돈을 벌러 간다. 그는 여기저기 오로지 얼른얼른 돈을 벌어야 한다는 일념으로 액셀을 밟는다. 그런데 너무 신기할 정도로 오늘 하루에만 정배에게 위와 같은 꼬리를 치는 여자 손님들이 열 명 가까이 나타나기도 하였다.

다음 날이 되자, 그런 경우가 더 벌어지고 만다. 무려 이틀 동안 16명이나 되는 아줌마들이 그에게 택시를 탄 후 그런 것이었다. 그러나 그는 아줌마들을 향하여 아예 쳐다보지도 않는다. 돌부처가 되어 있다. 그런데 너무너무 오묘하고 기이한 일은 그 16명이 다들 서민형 백송여고 동창회에 참석했던 회원들이라는 것이다.

그중, 10명은 원래 백송여고 졸업자들이고, 6명은 졸업자는 아니고 최란비 회장과 더불어 신랑 바로 세우기 부녀연합에 가입하여 바람난 개인택시 기사 남편들을 섬멸하러 다닌 여자들이었다. 16명이 그러자고 서로 계획하고 그러는 게 아니라 그저 우연의 일치로 그런 것이 더욱 이해 불가한 불가사의한 영역이었다.

결론은 그녀들도 그저 서민들일 뿐이지 어떤 정욕의 욕구와 본능적 갈망은 동일하다는 측면을 여지없이 보여 주었다.

하루 더 지나 토요일이 되자 그녀들 중, 서로 좀 더 친한 친구들끼리 만나 인근 석성산을 오르기로 하고 올라가다가 이런저런 대화가 오고 가던 중, "엊그제와 어제 자신들이 택시 타고 어딜 가다가 택시 기사에게 꼬리를 쳤다."라는 말들을 하며 낄낄거리며 웃었다. 그러면서 서로 깜짝 놀란다.

"어! 나도 그런 일이 있었는데 너도 그런 일을 벌였구나! 에잇, 이런 엉큼한 년들!"

"엉큼하기는 뭐가 엉큼해? 그럼 넌 뭐야? 너도 택시 타고 가다가 기사에게 그랬다며?"

산행을 하는 주말이었다.

주말이 다 지나가고 한 주를 시작하는 월요일이 돌아왔다. 돌고 도는 인생처럼, 반복된 인생처럼 또 그렇게 월요일이란 것이 어김없이 돌아오는 것을 피하고 싶어도 좀처럼 피할 길이 없다. 그저 순순히 월요일이란 요일을 맞이해야만 한다. 그리 반가운 요일은 아니지만!

정배는 월요일이고 무슨 요일이고 불금이고 주말이고 뭐고 없다. 또 그런 개념 자체가 뇌리에 남아 있지 않다. 어떤 땐 그날이 무슨 요일인지도 모르고 산다. 오로지 돈을 벌어야 한다는 생각과 아들딸에게 학원비 대 주지 못하는 죄책감만이 그득했기 때문이다.

부인 미소의 일탈 타락은 가슴 아프지만 가정의 진정한 안녕과 평화를 위하여 내색을 하지 않았다.

택시 일을 하며 돌아다니다가 문득문득 창밖을 보며 실개천에 유유히 흐르는 물살을 바라보며 상념을 지운다. 물살은 거짓이 없고 저 물살처럼 이 빈곤도 흘러가 사라질 것이며 부인도 시간 지나면 깨우치고 조신해질 거라는 확신을 하고 있기 때문이었다.

점심때, 운동장 역에 잠시 차를 세우고 담배를 사러 마트로 들어가는 순간, 웬 어디서 많이 본 듯한 아줌마들이 쭉 서 있었다.

그는 그녀들이 며칠 전, 택시에 올라타 자신에게 괜히 접근해 온 16명의 여자들이란 걸 확인하게 된다. 그녀들도 그를 보고 기억하고 있다. 그런데 웃긴 건, 그녀들은 서로가 김정배라는 택시 기사 한 사람에게 동일한 행동을 한 것을 모른다는 것이다. 친구들이 그런 행동을 한 기사는 다 다른 기사일 거라고 생각한 것이었다. 실은 불가사의하게도 김정배 한 남자 기사인데 말이다.

그렇기에 지금 이 순간, 그녀들은 그를 보자 은근한 미소를 짓는다. 그녀들의 표정은 '혹시 나를 몰라보겠느냐'는 의미를 담고 있었다.

그러나 그에게는 정욕과 관련한 무엇도 남아 있지 않았다. 더 이상 아무것도 있을 수가 없었다. 모든 게 귀찮았다. 얼른 차에 올라타고 어디론가 가서 손님 한 명 더 태워 빨리 돈을 벌어야 한다는 것, 이게 전부였다.

그렇게 정배는 담배만 구입하고 재빨리 차에 올라타 다른 곳으로 이동한다. 그가 떠나자, 마트 앞에서 그를 본 그녀들은 서로서로 소곤거린다.

"야, 내가 엊그제 택시 타고 가다가 접근했던 그 기사야! 하하하하."

"어! 나도 저 기사에게 그랬는데?"

"아! 너희들도 그랬니? 나도 방금 전 그 기사에게 그랬는데 말을 안 하더라고."

"나도 저 사람인데."

"음, 나도 그런데 어떻게 다 똑같지? 거참 이상한 일이다."

여기서 핵심은 그녀들이 그 기사에게 택시 안에서 그토록 접근하였으나 그는 아무런 반응을 보이지 않았다는 게 핵심이 된다.

그러자 이 말을 듣고 있던 한 친구는 속으로 깜짝 놀란다. 왜냐면 방금 마트에서 담배를 사서 들고 나간 그 기사는 다름 아닌 같은 백송여고 동창회원 총무인 김미소의 남편이라서였다.

한 친구도 원래 그가 미소의 남편이란 걸 몰랐는데 서민형 백송여고 동창회를 한 그날, 미소를 태워다주고 돌아가는 걸 봤다. 그때 한 친구가 미소에게 "어떻게 택시를 타고 왔네?"라고 묻자, 미소는 "아! 내 남편 차를 타고 온 거야."라고 말했었다.

그래서 그가 남편이란 걸 알게 된 것인데 오늘 또 이 장소에서 보게 되어 기억이 난 것이다. 그런데 여기 옆에 많은 동창회원들이 택시를 타고 가다가 접근한 기사가 그라는 걸 알게 된 한 친구는 기분이 묘했다. 지독하게도 반복되는 인생이고 거듭되는 삶이란 걸 실감하는 순간이다.

그러다가 한 친구는 아까 그 기사가 우리 회원 미소의 남편이란 걸 말할까 말까, 무척 고민한다. 그러다가 문득 떠오른 것은 말하지 않는 게 낫겠다는 것이었다. 서로서로 뭐든지 모르는 게 약이라고 생각하는 것이다. 그래서 그 택시 기사가 김미소 총무의 남편이란 말은 하지 못한다. 그러나 그 한 친구는 지금 옆에 있는 친구들에겐 그런 내막을 말하진 않지만 그 언젠가는 미소에겐 살짝 귀뜀할 공산은 크다. 친구 미소와 나름대로 친하기 때문이다.

하루 더 지나, 그 한 친구는 미소를 만나게 되어 엊그제 운동장 역 앞에서 있었던 일에 대해 그대로 말한다.

"야, 미소야, 넌 좋겠다. 들리는 소문에 의하면 네 남편은 택시 기사를 하면서 예쁘게 생긴 아가씨들이 자꾸 말 걸고 접근해 와도 아예 말도 안 하고 상대를 안 한다고 소문이 자자해. 난 풍문으로 들었다. 풍문으로."

그러자 미소는 그 말에 아무런 의미도, 가치도 없다는 표정을 지으며 "야, 난 그 남편이 그렇게 여잘 거부하든 말든 알 것도 없고 다 싫다. 난 이 세상이 싫다."

"너만을 좋아하고 사랑하는 게 싫다고?"

"뭐, 그런 게 의미가 있냐?"

그런 후, 둘은 헤어졌다. 그녀는 그만큼 남편의 지극정성과 가정을 위하는 마음과 부인만을 위하는 마음에 무관심을 보인다. 그야말로 냉혈 여자나 다름없다. 그러면서 애인 철화에게 전화를 걸기 위해 핸드폰을 연다.

돌고 도는 인생은 이처럼 어렵고 힘들다. 반복된 인생 속의 시간이란 그처럼 냉혹하고 인정사정도 없고 피도 눈물도 없어 보인다.

인연을 맺었어도 맺은 게 아니고 흩어졌어도 흩어진 게 아니다. 왜냐면 돌고 돌아 반복된 인생이 될 것이기 때문이다. 끝없이 그렇듯 돌다가 반복으로 생을 마감한다.

한편, 올여름의 기록적인 폭염이 언제였냐는 식으로 조금씩 조금씩 찬 바람이 불기 시작한다. 이젠 11월 말로 기울어져 들어가고 있다. 시곗바늘이 돌고 돌아 반복되고 있다.

　그러던 중, 느닷없이 안 좋은 속보가 모든 언론 기사 1면을 차지한다. 지난달, 수도권 일대에서 고급 외제 차량들을 무차별로 타이어 펑크를 낸, 방민지가 현행범으로 체포되는 순간을 맞이한 것이다.

　민지, 인안이 치악산에서 산중 생활을 하는데 기이하게도 그 산에 등산 온 사람들이 그녀를 보고 지명수배범과 동일하게 생겼기에 수사기관에 신고해 버린 것이었다. 결국 민지의 범행은 CCTV에 그대로 다 찍혀 버린 것이었다. 수사가 진행되면서 덜미가 잡힌 것이다. 경찰은 타이어 펑크를 낸 자연인이자 범인을 잡기 위하여 치악산 깊은 중턱까지 올라오는 불가사의한 일을 다 겪었다.

　급기야 민지는 성남경찰서에 끌려가 조사를 받는다. 경찰관이 묻는다.
　"아! 왜 타이어에 펑크를 한 대도 아니고 15대나 넘게 그랬습니까?"
　"네, 잘못은 했지요. 그렇지만 한번 생각을 해 보세요. 그놈들의 행동에 대해서요. 남편 놈들은 20년 전부터 온갖 애인이란 애인들, 직장 부하 여직원들 가지고 놀고 그러면서 그리고 룸살롱 같은 데 들락거리며 실컷 놀고 그러면서 행여나 지들 부인들이 바람날까 봐 차량을 다 압수해 버린 겁니다. 물론 최근엔 제 친구들도 일탈로 나가긴 했지만……. 게다가 집에 들어와 상습적으로 제 친구들을 마구 때린 것입니다. 그래서 친구들이 보통 스트레스를 받은 게 아닙니다. 내가 같은 백송여고 동창회원의 한 사람으로서 그런 꼴을 지켜보고만 있어야겠습니까? 제가 참다 참다 더 이상 도저히 못 참고 그 남편 새끼들이 애인들과 고급 외제 차를 타고 들어오는 거 봐 뒀다가 그것들이 손잡고 어디론가 갈 때 틈을 노려 달려가 정의감에 타이어 펑크를 내 버린 것입니다. 생각 같아선 차량들을 확 그냥 휘발유 뿌리고 라이터 불로 팍 불 질러 버리려다가 그래도 그냥 봐준 겁니다. 난, 여고 동창들을 위한 정의의 화신이자 의적입니다. 경찰은 알아서 판단하세요!"

"글쎄요. 어쨌든 그렇다고 그런 부분은 정당행위가 될 순 없습니다."

급기야 민지는 검찰로 송치됐다. 검찰 조사도 별 차이가 없었다. 이때, 타이어 펑크 피해자인 7인 남편들, 임복석 변호사, 김희수 한의사, 황표창 회계사, 한부익 판사, 이신행 높고푸른당 국회의원, 황성연 특별줄부, 허동구 부장검사가 검찰청에 나타났다. 이들은 뉴스를 접하고 본인들이 피해자라는 걸 확인하고 또 자신들이 신고자라는 것도 확인했다. 대형사고 피해자가 됐으니 말이다.

그래서 이들 남자들도 피해자로서 조사를 받는다. 그런데 조사 과정에 충격적인 일이 벌어졌다. 가해자 방민지가 자신들의 부인들이 속한 백송여고 동창회의 회원이란 것이다. 그래서 남자들도 다소 겸연쩍은 심정으로 대질에 임해야 했다.

민지가 말한다.

"이봐, 당신들. 난 당신들의 삶에 대해 특별히 알고 싶지 않다. 그런데 도대체 왜 우리 백송여고 동창들을 힘들게 하는가? 난 그걸 용납할 수 없다. 우리 친구들 말을 들어 보면 당신들은 20년 전부터 직장 부하 여직원들을 만나 놀러 다니고 외박하고 들어오고 게다가 룸살롱까지 밥 먹듯, 들락거렸다고 하던데……. 어떻게 그런 새끼들이 우리 여고 동창 친구들에겐 그렇게 가혹하게 차량을 압수하고 협박하고 때리고 그랬단 말인가? 이런 개, 돼지, 소, 닭만도 못한 새끼들아! 정신 차려라! 당신들 생식기를 다 거세하기 전에……."

그러자 임복석 변호사, 김희수 한의사. 황표창 회계사, 한부익 판사,

이신행 높고푸른당 국회의원, 황성연 특별졸부, 허동구 부장검사는 불쾌함으로 몸 둘 바를 몰라 하며 얼굴이 완전히 굳어 버린다.

그러자 검찰은 "아아아, 당신은 지금 가해자입니다. 범죄를 저지른 사람이고 신고로 경찰서에 끌려와 조사를 마쳤고 지금은 여기 검찰에 온 겁니다. 말조심하십시오."라고 말한다.

잠시 실내가 조용해졌다. 정적이 흐른 뒤, 이 남자들은 자신들의 과거의 과오가 떠올랐는지 숙연해지기 시작한다. 그러다가 남자들은 "뭐, 우리도 옛날에 특별히 잘한 것도 없는 사람들입니다. 검찰조사관님 저희들 차량이 파손된 건 있지만 그냥 넘어가려 합니다. 뭐! 타이어 펑크야 수리하면 되니까요! 그렇게 하도록 하겠습니다. 이 여자분을 용서하겠습니다."

"정말 그럴 거요?"

"네."

그런 연유로 다 풀려났다. 검찰 조사 과정에서 이들이 계룡산에서 자연인으로 생활하는 것도 다 드러났다. 이들 남자 각자는 서로가 잘 모르는 사이인데 지금 이 순간 검찰 조사를 받으며 자신들의 부인들이 모두 다 백송여고 동창회원이란 새로운 사실도 알게 된다. 그러면서 이들은 워낙 사회적 위치와 체면, 명예, 자존심을 따지는 이들이라 적잖은 괴로움을 느꼈다. 불가피하게 이번 사건이 언론 기사화되는 부분에 대해서 말이다.

15.
과욕이 파멸을 자초

    고급 외제 차량 15대가 수도권 일대에서 비슷한 시기에 타이어 펑크가 난 사건이니 국민적 관심이 뜨거울 수밖에 없었기에 어쩔 수 없는 일이었다.

    이 남자들의 명예가 짓밟히는 또 다른 결정적인 사건이 벌어지고 말았다.

    민지가 풀려나면서 기자들이 묻는 질문에 "이 남편들 다 내가 알기론 무슨 대중교통 기사들에게 승차 거부당하여 그걸로 자존심 상했다고 다들 산으로 기어들어 가 자연인으로 산중 생활하는 것 같습니다. 택시 기사들이 이 남편들의 부인들과 애인으로 지낸 사이입니다."라고 폭로를 해 버린다.

    이에 기자들은 여과 없이 그대로 기사화해 버린다. 그러자 이 남자들은 저 여자가 이런 사실까지 어떻게 알았을까! 사뭇 궁금해하며 공포에 빠진다. 이들은 그 대중교통 택시 기사와 부인들과의 관계를 구체적으로 정확히 모르기 때문이다. 민지라는 여자에 대해서도 부인들의 여고 동창이란 것밖에 알지 못했다. 이들 7인 남자들이 다 제각각 계룡산으로 들어가 버린 것인데 마치 서로 약속이라도 한 듯한 느낌이 들 수밖에 없었다.

다음 날, 모든 언론에 일제히 그 기사가 나온다. 기사 내용은 이랬다.

> 임복석 변호사, 김희수 한의사, 황표창 회계사, 한부의 판사, 이신행 높고푸른당 국회의원, 황성연 특급 졸부, 허동구 부장검사 얼마 전 대중교통 기사들에게 승차 거부 한 번 당하여 그 충격으로 하던 일을 관두고 계룡산 깊은 중턱으로 들어가 자연인의 산중 생활을 한다고 합니다.
> 이들은 들리는 말에 의하면 다 제각각이라 합니다. 서로가 그 산으로 들어간 사연에 대한 것에 서로 어떤 관련은 없다고 하고 어떤 우연의 일치라고 전합니다. 원인만 일치할 뿐입니다. 그리고 그 대중교통 기사들은 이들의 부인들의 애인들이었다고 합니다.
> 이들은 앞으로 영원히 산중 생활을 하며 자연인으로 남겠다고 전합니다. 이상입니다.

11월 21일 자 모든 방송 신문에 이런 내용의 기사가 나가자 시청자나 구독자들은 거의 대부분이 "무슨 그런 게 자연으로 산중 생활로 들어가는 사유냐. 우리 같은 극빈층들도 다 이를 악물고 버티는데 무슨 대중교통 기사에게 승차 거부 한 번 당했다고 그게 뭔 짓이야! 참 나, 진짜 한심한 새끼들이다. 얼마나 인생을 살면서 유복하게 호강하고 살았으면 저러겠어! 끈기도 없고 인내력도 없고 어휴! 정말 밥맛 떨어진다." 이런 반응이 주를 이뤘다. 물론, 사람마다 가치관의 차이가 있으므로 모를 일이다.

산으로 들어가는 것도 자유이고 안 들어가는 것도 자유다. 들어가는 사유라는 게 딱 뭐라고 정해진 규정 같은 것은 없는 것이다. 들어가서 마음만 편하면 그걸로 끝이다.

　이 기사는 일반 시청자, 구독자뿐만이 아니라, 다른 여러 산에서 자연인으로 산중 생활을 하는 사람들도 접하고 비웃기에 이른다. 왜냐면 자신들은 산으로 들어온 사유가 눈물겨울 정도로 피치 못할 지경이었기 때문이었는데 겨우 대중교통에 승차 거부당한 게 산중 생활을 시작한 사유라는 것을 이해할 수 없었기 때문이다.

　자연인으로 들어간 산중 생활하는 사람들을 정리하면 이렇다.

　1호로 경기도 광주 청렴맑은당 조행실 국회의원이다. 사유는 같은 당, 이방철 도의원 부인과 바람나 이게 들통나는 바람에 이 도의원에게 몰매를 맞고 치욕적인 귀싸대기, 가래침 등등 치욕을 맛봤다. 그로 인한 충격으로 칩거하다 자연인으로 지리산에서 산중 생활을 시작한 것이다.

　2호로 세일대학교 김하오 경제학과 교수, 사유는 여조교와 바람났고 그 뒤, 혼란스럽다가 여조교와 마을버스 타고 가다가 버스 기사에게 승차 거부당하자 그 충격으로 칩거하다 자연인으로 월악산에서 산중 생활하고 있다.

　3호로 최인안과 방민지이다. 이들도 그런 일이다. 두 사람은 바람이 났는데 민지의 남편 학원에게 걸려 두들겨 맞고 그 충격으로 자연인으로 치악산에서 산중 생활한다.

　그런데 이 대목에서 기이할 수도 있는 일은 치악산에서 산중 생활 중이던 그녀가 잠시 산에서 내려와 여고 친구들을 구출하고 여고 친구들의 남편들 7명에게 정신적 충격을 안겨 졸지에 그들도 자연인으로 계룡산에서 산중 생활을 하게 만들어 버렸다는 것이다. 자연인으로 산중 생활 중이던 여자가 다른 도시 생활하던 남자들 7명을 자연인으로 산중 생활로 빠뜨리는 일을 한 것이다.

4호는 위의 남자들 7명이다. 즉, 백송여고 동창회원들의 남편들이다. 그런데 7명 남편들은 서로가 누군지 잘 모른다. 비슷한 시기에 동일한 사건을 당했을 뿐인데 매우 희한하게도 다 제각각 산으로 들어가려 마음먹고 떠날 때, 하나같이 계룡산을 택했다는 것은 정말 알다가도 모를 일이었다.

그렇듯, 총 11명이나 돌고 도는 반복된 인생 속에서 삶의 한계, 즉 인간 정욕의 한계와 욕심 과다로 맞부딪치다가 결국 자연인으로 산중 생활을 하게 된 것이다. 깨달음은 있으리라!

어쨌든, 이들 모두 타이어 펑크 사건 건을 조용히 마무리하고 다시 산중 생활을 하러 각자의 산으로 들어갔다.

택시 기사들의 부인들 7인은 며칠 지나 최근 들어 또다시 남편들의 동태가 심상찮다는 걸 직감하기에 이른다. 그러나 뚜렷한 증거는 없었다. 그래도 좋지 않은 느낌이 들어 스트레스를 받던 차에 그녀들은 주말을 맞아 오후가 되자 주막집에 들러 막걸리 한잔하고 나와 마평동 공터에 앉아 담배를 피우기 시작하였다. 란비와 그 외 6인이다.

신랑 바로 세우기 공동조사단 부인연합이다. 때마침 남편들 중, 한 명이 택시를 몰고 그 옆길을 지나가다가 자신의 부인과 친구들이 담배를 피우는 장면을 목격하고 충격에 빠진다. 그래서 얼른 폰을 꺼내 들고 다른 택시 기사 동료들에게 고해바친다. 그러자 그들은 "그게 어디냐."라고 물으며 금세 몰려들기 시작하였다.

마평동 녹색 빛 공원이다. 남편들은 택시를 갓길에 세워 두고 부인들이 모여 담배 연기를 쪽쪽 빠는 장면을 보며 분노가 치밀어 오르기 시작한다.

"에잇, 저런 여편네 좀 봐, 이게 무슨 꼴이야! 누가 보면 어쩌려고 그래. 여자가 담배나 피우고 있으니, 저게 내 아내라는 게 진짜 엄청 쪽팔린다. 지나가다가 아는 사람들이 보면 어쩌지, 이거 가만두면 안 되겠는데……."

7인의 택시 기사들은 모두 다 이런 비슷한 말을 혼잣말로 중얼거린다. 그러다가 밖으로 나가진 않고 차 안에서 전화를 건다.

"이봐, 나야 나, 나 지금 당신이 서 있는 곳에 조금 옆에 있어, 지금 그게 뭐 하는 짓이야? 얼른 담배 좀 끄지 못해! 빨리 끄란 말이야!"

"아하! 됐다. 됐다. 당신 일이나 똑바로 하고 다녀, 내가 담배 피우는 거나 구경하지 말고 얼른 가, 일이나 해."

택시 기사 남편들은 한숨을 푹푹 쉬며 돌아간다. 그렇게 돌아가다가 엄 기사가 다른 기사들에게 전화를 걸어 "김량장 중앙시장 앞에 잠시 서라."라고 전화를 한다.

7인의 기사들은 그곳에 차를 세우고 걸어가다가 카페로 들어간다.

"야, 정말 어떻게 우리 부인이지만 그럴 수가 있지? 해도 해도 너무하는 것 같다. 우리 여편네는 원래 담배를 안 피웠었는데 최근에 피운 것 같아! 에잇."

"우리 마누라도 그런 것 같아요."

부인들은 사실 원래 담배를 안 피웠다. 현모양처 살림형이었다. 그렇지만 올해 들어 1,000년 만에 찾아온 극심한 폭염에다 남편들의 외도, 궁핍한 삶, 극심한 스트레스, 이런 게 겹치다 보니 지치고 지쳐 담배를 피우게 되었고, 얼마 전엔 택시를 타고 어딜 가다가 타락의 충동으로 기사에게 접근까지 하는 일을 펼치기도 하였다. 서민형 가정주부들의 도발이라고 해야 할까?

하여간, 지금 이 시간, 그녀들의 남편들은 카페에서 부인들에 대한 온갖 푸념을 늘어놓고 있다. 이 남편들은 8월 초에 바람피우다가 부인들에게 걸려 각각 귀싸대기를 백 대씩 얻어맞기도 했었다.

그때 본인들이 잘못을 하고도 그렇게 얻어맞은 것에 대해 속으론 엄청난 앙금을 지니고 있었는데 그 앙금이 공원 담배 연기로 증폭되어 버리는 형국을 맞이한 것이다. 즉, 이걸 핑계로 복수를 하자는 사람도 나타난 것이다.

"아니, 우리 같은 남자들이야 밖이든 공원이든 어디서든 담배를 피울 수 있지만 여자인 우리 마누라가 그러는 건 좀 그렇다. 너무 추해 보여, 너무 더럽기도 하고 또 누가 볼까 무서워. 그래서 말인데 우리가 힘을 합쳐 앞으로 그러지 못하도록 따끔하게 혼내 줘야 하지 않겠어?"

"맞아요. 맞습니다. 그럼요."

"그럼 어떻게 혼내 줘야 할까요?"

택시 기사 중, 한 명이 아이디어를 말한다.

"우리 저것들에게 고춧가루와 소금을 잔뜩 뿌려 버리자고요. 저거 두들겨 팬다고 해결되겠어요? 이렇게 안 하고 그냥 가서 말로 하면 어디 듣겠어요? 사실 쥐어패기도 그렇고 사람들 다 보는데……. 가장 좋은 게 고춧가루와 소금을 잔뜩 뿌리면 저항을 못 하고 엄청 괴로워할 거라고요. 그때 차에 태우고 집으로 데리고 가는 거지요. 이 방법밖에는 지금으로선 달리 특별한 방법이 없네요."

그들은 기상천외한 방법으로 자신들의 마누라의 흡연을 방해하고 집으로 끌고 가기 위한 작전을 세운다. 그들은 중앙시장으로 들어가 고춧가루와 소금을 다량 구입한다. 공원에서 담배 피우고 있는 마누라들에게 뿌리기 위함이다.

마대 몇 자루에다 가득 담은 후 트렁크에 싣는다. 그 뒤, 그 마평동 녹색 빛 공원으로 달려간다. 택시 7대가 달려가는 것이다.

그들이 그곳에 도착하니 그때까지도 부인들은 벤치에 앉아 담배를 피우고 있었다. 시간은 오후 2시 반이었다. 남편들은 트렁크에서 고춧가루와 소금이 든 마대를 꺼내어 들고 부인들이 모여 담배 피우는 벤치를 막 달려가 자루를 뜯고 인정사정없이 막 뿌린다.

"벌건 대낮에 여기서 뭐 하는 짓이야? 무슨 여자들이 담배나 뻑뻑 피워 대고 있어? 내가 아는 사람들이 지나가다가 보면 어쩌려고 그래? 에잇, 이런 시발년 봐라!"

"야이, 여편네야! 넌 쪽팔리지도 않냐? 야아, 아아아!"

"아악악, 으으으!"

부인들은 그저 무방비로 앉아 있다가 속절없이 엄청난 양의 고춧가루, 소금 공격을 당하자 피우던 담배를 손에서 놓쳤다. 눈을 제대로 뜰 수도 없고 고통스러워 몸을 제대로 가눌 수가 없었다.

그녀들이 그러는 사이에 심지어 남편들은 귀싸대기를 후려치기도 하였다.

"야, 이것아 네가 그땐 나보고 바람피우고 다닌다고 날 귀싸대기를 백 대 때렸지, 내가 그때 얼마나 고통스러웠는지 알아? 오늘은 네년이 좀 맞아 봐라!"

그야말로 참혹했다.

"내 저번엔 맞았지만 오늘은 네가 죽는 날이다. 여자가 담배 피우는 건 못 봐준다."

퍽퍽퍽, 짝짝짝. 그녀들은 땅바닥에 피를 흘리며 쓰러진다. 그러는 사이에 남편들은 다 제각각 자신들의 부인들을 끌고 택시로 가 강제로 태운다. 그 후, 집으로 달려간다.

각각 성남, 안양, 의정부, 인천, 부천, 수원, 용인 중앙동으로 들어갔다. 집으로 소처럼 끌려들어 간 그녀들은 비참한 시간을 보내야만 하였다.

그녀들은 울먹이며 "난 병원에 급하게 가야 한다."라고 말하며 빠져 나간다. 그녀들은 황급히 병원으로 가서 진료를 받았다. 고춧가루와 소금이 얼굴 부위로 엄청나게 뿌려졌고 귀싸대기까지 강타당했으니 말이다. 다행히 치료는 잘 됐다.

그녀들은 이를 바득바득 갈기 시작하였다. 그냥 당할 순 없다는 것이었다. 이번에 갈라설망정 너 죽고 나 죽자는 식이었다.

이날부터 하루 더 쉬니 괜찮았다. 그러면서 주말이 다 지났다. 날이 밝자 월요일이 찾아왔다. 부인들은 다시 그때 그 마평동 녹색 빛 공원에서 만나자고 서로 연락을 취한다.

그래서 오후 2시를 기해 만나게 된다. 그녀들도 예전 남편들이 바람을 피우며 날뛰다가 한동안 잠잠했지만 최근 또다시 꿈틀거리기 시작한 것 같다는 어떤 직감 같은 것이 있었다.

그래서 그녀들은 이걸 최대한 포착하여 이번 기회에 끝내 버린다는 쪽으로 방향을 잡는다. 란비 외에 6인인데 이걸로 남편들 7명을 대적하기엔 역부족일 거라고 판단한다. 그래서 란비는 서민형 백송여고 동창회장답게 자신이 이끄는 동창회원들에게 구원 요청을 한다. 최란비 회장을 빼면 21명이다. 그 인원이 합세하면 28명이 된다. 그러면 얼마든지 남편들에게 대적할 수 있는 인원이라 판단한 것이다. 여기서 대적이란 남편들의 불륜을 포착하는 데 있어서 작전 수행의 여러 가지를 수행할 수 있는 역량을 말한다.

최란비 회장이 구원 요청을 하자 금세 21명이 이 공원으로 몰려들었다. 그렇기에 이젠 총 28명의 정예부대가 완성되었다. 그녀들이 이곳에서 모여 전략회의를 한 내용은 이렇다. 남편들이 집에 돌아와 쉴 때 쥐도 새도 모르게 번개같이 폰을 확인하는 것이다. 폰을 보면 애인들을 만나는 시간들이 나올 것이다. 그 시간에 그 장소에 가서 섬멸하는 것을 골자로 한다.

아닌 게 아니라, 그녀들의 그 계략이 적중하였다. 바로 이날, 집에 들어가 소파에 앉아 쉬다가 남편이 들어와 샤워하기 위해 욕실에 들어간 순간, 폰을 확인한다. 그 안에 그런 정보를 모두 다 포착했다.

내일 오후 1시에 공동으로 신갈오거리 MNB 카페에서 만나는 것이 적혀 있다. 그러니까 택시 기사 7명 복철, 영식, 종은, 민창, 선구, 배석, 태석이 각자의 애인들, 진아, 가린, 호리, 숙희, 미숙, 경란, 보라를 같은 장소에서 만나기로 하는 내용이었다.

란비는 이걸 보고 또다시 경악을 금치 못하고 만다. 7인 여인들이 백송여고 동창회원들이라 그렇다. 예전에도 외도 사실이 알려져 풍비박산 나는 지경까지 갔는데 잠잠하다가 또 소용돌이가 일어나니 말이다.

란비는 차라리 너무 잘됐다고 생각한다. 어쩌면 그들이 그렇게 모이는 순간이 신랑 바로 세우기 부녀공동조사단에겐 절호의 기회인지도 모르기 때문이다.

내일 오후 1시 신갈오거리 MNB 카페에 진을 치고 있다가 초전박살 내리라! 우리 서민형 백송여고 동창회원까지 증강됐으니 28명으로 저들 14명을 산산조각 내리라! 오늘 밤 1분 1초가 더더욱 더디게만 느껴진다. 시간아, 얼른 지나가 다오! 내 주먹과 발이 운다. 흑흑. 헉헉. 훅훅.

란비는 그렇게 전열을 가다듬으며 이날 밤 깊은숨을 들이쉰다.

"내일은 당신들과 귀족형 백송여고 동창회원 7명에게 칼바람 피바람이 부는 날이 될 것이다."

드디어 날이 밝아 대망의 복수의 칼을 휘두를 시간이 초읽기에 들어간다. 란비는 정예부대 총 28명을 거느리고 시간 맞춰 신갈오거리로 달려갔다. 만반의 대비 차원에서 30분 일찍 도착했다.

그 카페 뒤편에 숨어 있었는데 1시가 가까워질수록 한 명씩 한 명씩 나타나기 시작하였다. 정예부대 28명은 쾌재를 불렀다. 택시 기사 남편 7명과 귀족형 백송여고 동창회원 7명이 이제 모두 들어왔다.

이렇게 14명은 오후 1시부터 그곳 카페에서 화기애애한 표정으로 시원한 아메리카노를 마시며 오붓하고 야릇한 얘길 나누고 있었다.

지금 이 순간, 카페 밖에 어느 누가 와 있는지 알 길은 없었다. 시간이 조금 더 지나 1시 20분쯤 되자, 밖에 있던 란비를 비롯한 28명의 신랑 바로 세우기 공동조사단 연합과 서민형 백송여고 동창회원이 일제히 몰려들기 시작한다.

"와아아아아! 아아아아, 악, 악악, 악악, 악악악, 으라라라라, 차차차차차, 차차차차차."

마치, 점령군 같았다. 삽시간에 28명이 그 카페로 쳐들어와 소릴 지른다.

"야, 너희들 또 이 짓 하지?"

란비가 말한다. 그러자, 자리에 있던 진아, 가린, 호리, 숙희, 미숙, 경란, 보라는 당황해 어쩔 줄을 몰라 하며 어디론가 숨으려고 몸을 움직인다.

"어! 란비가 여길 어떻게 알고 왔지! 정말 무서운 일이 벌어졌다."

"야, 너희들 같은 백송여고 동창들끼리 정말 이럴 수 있어? 이런 벌레만도 못한 년들아! 오늘 너희들 죽는 날이다. 이런 개 같은 년들아"

그러자, 택시 기사 7명은 얼굴이 굳어지며 몸 둘 바를 몰라 한다. 부인들이 들어와 난리를 치고 있기 때문이다. 더군다나 며칠 전 그들은 부인들이 공원에서 담배를 피운다는 이유로 고춧가루와 소금을 마대에 넣어 막 뿌리고 집으로 끌고 들어가 엄청난 폭행을 가한 적이 있었기에 더더욱 이젠 수세에 몰리는 형국이었다. 부인들이 나서기 시작한다.

"야, 이 남편 새끼야, 너 엊그제 날 죽이려고 내 얼굴에 고춧가루 소금 뿌려 끌고 가 두들겨 패 버린 거였잖아? 그런 놈이 이렇게 벌건 대낮에 여기서 이렇게 오붓하고 야릇하게 데이트를 즐겨! 오늘은 내가 널 죽이는 날이다. 난 고춧가루 소금은 준비 안 했다. 대신 내 맨몸으로 널 죽일 것이다. 너와 난 철천지원수다. 이생에 만나지 말았어야 했다. 근데 재수 없게 만났다. 재수 없는 종지부를 지금 이 순간 찍으련다. 칼 어딨어! 칼, 칼!"

부인들이 느닷없이 칼을 찾자 남편들은 몸을 움츠리며 도망갈 준비를 한다. 그들이 도망갈 듯한 몸짓을 취하자, 28명의 그녀들은 괴성을 지르며 카페 안에 있는 탁자든 의자든 번쩍 들어서 앉아 있는 그들을 향해 마구 집어 던진다. 이 기물에 그들은 강타당하여 피범벅이 되어 버린다. 이것으로도 분이 풀리지 않는 부녀들은 막 달려들어 그들을 막 짓밟고 사커킥을 연발로 날린다. 또 아메리카노가 담긴 잔을 들어 던져 버린다. 커피가 그들의 얼굴과 옷에 확 퍼진다. 그러자 잔이 바닥에 떨어지며 쨍그랑, 쨍그랑 소리를 내며 깨져 버렸다. 완전 아수라장이 되어 버렸다. 그러자, 카페 여직원 둘이 황급히 뛰어온다.

"왜 이래요? 하지 말아요."

그러자, 란비가 눈물을 흘리며 고함을 친다.

"야, 이 더러운 년들아, 이런 백송여고 동창회 더러운 집단들아! 너희들은 패륜아만도 못한 것들이다. 얼마 전 방송 신문에 너희 남편들이 여기 있는 택시 기사들에게 승차 거부당하여 그 충격으로 산으로 들어가 자연인으로 산중 생활을 한다고 그런 것 다 봤다. 이젠 너희들도 그런 남편들 따라 산으로 들어가 자연인이 되어 산중 생활을 해라! 그게 너희들이 이 짓 안 하고 살아갈 수 있는 유일한 길인 것 같다. 야, 이년들아! 다들 산으로 들어가 자연인이 되어라! 어서 산으로 들어가란 말이야!"

란비가 그렇게 고함을 쳐도 화가 풀어지지 않자, 유리잔에 든 물을 그녀들에게 막 뿌려 버린다. 잔도 던져 버리자 깨져 파편이 튀겨 얼굴로 날아든다.

그녀들은 이번 일로 인해 심한 충격을 받고 다음 날 모두 다 모여 실제로 설악산으로 들어가 버렸다.

어제 부인들이 그 카페에 들어와 강력한 폭력을 휘두르자 남편들도 심한 부상을 당해 그녀들 7명처럼 충격이 이만저만이 아니었다. 결국 택시 기사 남편들 7명도 다들 모여 속리산으로 들어가 버린다. 산중 생활하는 사람들이 무척 늘어나는 형국이 되었다.

란비와 6인 신랑 바로 세우기 부녀공동조사단 연합은 남편들이 사라지자 괴로움이 사라지고 행복감이 밀려왔다. 그 뒤, 최란비는 서민형 백송여고 동창회 총회원 28명과 12월 겨울을 맞이하여 광교산으로 중년 아줌마들의 건강과 행복을 찾아 2박 3일로 여행을 떠났다.

드디어 12월 초순 6일 수요일이 되자 8월 15일 기흥 갑구 보궐선거에서 참패를 당한 집권여당 시민사랑당 신허찬과 그의 딸 신라미가 남자친구를 내세워 대체적인 설욕전을 펼칠 수 있는 국민 트롯 킹맨 대회가 열렸다.

10월 초 국민 트롯 킹우먼 대회가 열리던 계절과 다르게 급격히 추워지는 바람에 광교호수공원 특설광장에선 할 수가 없었고 광교대학교 체육관에서 치러지게 됐다.

이 남성들의 오디션도 여성들처럼 3일간에 걸쳐 치러질 예정이었다. 6일 수요일부터 8일 금요일까지이다.

방식은 여성 대회와 동일했다. 마지막 날 16명이 결선을 치르는 것이었다. 허찬과 라미는 자신들이 보선과 여성 트롯대회에서 참패를 당한 걸 보복할 수 있는 기회는 이번 트롯 킹맨대회가 유일하다고 판단하고 있었다.

그렇기에 첫날 예선전부터 그들은 자신들의 지인들을 총출동시켜 맹렬히 응원전을 펼치며 광교대 체육관 실내를 아주 뜨겁게 달궜다. 심지어 허찬은 지난 보선에서 선거운동에 참가했던 운동원들까지도 동원하여 딸의 남친이 노래를 할 때마다 열띤 박수를 치게 하는 박수부대를 결성했고, 딸 라미는 자신의 대학 친구들을 다 동원하여 남친을 응원하며 박수를 치게 하는 박수부대를 만들었다.

상대 당 국민만 생각하는 당 이천승의 딸의 남친이 참가자로 나왔기에 어떻게든 그를 꺾어야만 한다는 결기가 가득 차 있었다.

이번마저 딸의 남친 허태상이 상대편 남친인 조동팔에게 진다면 허찬과 라미의 충격은 수십 배가 될 게 자명했다.

6일 첫날은 태상, 동팔 다 1라운드에 통과되며 결선을 향해 달려갈 기회를 잡았다.

둘째 날도 2라운드에 무난히 통과되어 결국 마지막 날 16강에서 치열한 결선을 치르는 혈투를 펼치게 됐다.

허찬, 라미는 손에 땀을 쥐며 동원한 수많은 사람들과 간절한 응원전을 펼쳤으나 결과는 또다시 상대편 천승의 딸의 남친인 동팔에게 대상을 넘겨 주고야 말았다.

이날도 이천승은 관람하러 오지 않고 겸손한 이미지를 부각하는 데 경주했고 딸 혜미만이 남친 동팔을 응원하러 왔을 뿐이었다.

이날 백송여고 회원들은 국민 트롯 킹맨 대회의 남자 참가자들, 남자 가수들과 함께 사진을 찍었다. 의처증 중증이라 이를 뒤따라온 남편들이나 예전에 이혼한 전 남편들이 행패를 부렸으나 참가자들과 가수들의 화가 치밀어 올라 남편들을 멱살을 움켜잡고 쥐어패 버리며 응전하였다.

"아니, 아저씨들 저 여성 가요 팬들이 우리 같은 참가자와 함께 사진 좀 찍었다고 너무 그렇게 남편들이 발광을 떨면 의처증이 아니라 히스테리로 진단을 내려야 할 것 같은데……."

대망의 결선이 치러진 날 폭력 사건이 얼룩져 트롯 오디션 축제가 퇴색되고야 말았다.

이 사건은 모든 일간지에 대서특필됐다.

특급 졸부, 회계사, 변호사, 병원장, 높고푸른당 국회의원, 부장검사, 한의사 회장, 차장 판사, 대법관, 공정거래위원장, 교수들 등등 저명인사 남편들 트롯 오디션에 와 부인들에게 행패 부리다가 트롯 오디션 남자 참가자들에게 쥐어 터져 병원 응급실행.

작가의 말

돌고 도는 반복된 인생이란 우리 곁에 늘 존재한다. 해가 바뀌고 사라져도 끝없는 반복은 어김없이 또다시 돌아온다. 이젠 그 반복은 일상이 된다.

인간들의 인생은 선택의 길이라고 한다. 그것도 맞다. 그렇지만 더욱 정확한 것은 반복의 길인 것 같다. 하루하루가 낙엽같이 나부끼며 나뒹굴며 공회전을 거듭한다. 한 번의 선택도 두 번의 선택도 그 당시엔 옳았어도 계속 돌고 돌아 반복되다 보면 그렇지 않은 것 같은 느낌을 주곤 한다. 낙엽처럼 힘없이 거센 바람에 쓸려 다니기 때문이다. 하루살이를 보는 것 같다.

변함이란 일정하지 않다. 사연도 그렇다고 생각한다. 그래서 불규칙적으로 변한단 것이다. 정답이라고 생각하기 전에 한 번 더 생각하는 지혜가 꼭 필요해 보인다. 모두 다 그런 실수를 반복하면서 나이가 들어 간다.

그러나 그런 실수를 최소화할 수 있어야만 한다. 그렇지 않으면 그 후유증을 그 누구도 해결해 주지 않는다. 그럴 수도 없다. 우리는 결국 개별적 존재이기 때문이다.

몸이 그렇고 마음이 그랬다. 훗날 큰 환란을 당하기 전에 다시금 생각할 필요는 분명 있다. 반복된 인생이란 날카로운 화살을 닮았고 그게 결국 무뎌지면서 또 맥없는 낙엽 같은 시간으로 빠져들어 갔다.

2023년 12월 3일
박종삼